C. S. Lewis.

文艺评论的实验

（重译本）

AN EXPERIMENT IN CRITICISM

【英】C.S. 路易斯 著 邓军海 译注 普亦欣 王月 校

华东师范大学出版社
上海

华东师范大学出版社六点分社　策划

谨以此译献给父亲一样的老师

陈进波先生

目 录

译文说明

1. 凡关键词，竭力统一译名；无其奈间一词两译，则附注说明。无关宏旨之概念，酌情意译；

2. 凡关键字句，均附英文原文，一则方便对勘，二则有夹注之效；

3. 凡路易斯称引之著作，倘有中文译本，一般不再妄译；

4. 严几道先生尝言，迻译西文，当求信达雅。三者若不可兼得，取舍亦依此次第，先信，次达，再次雅；

5. 路易斯之文字，言近而旨远，本科生即能读通，专家

教授未必读透。拙译以本科生能读通为60分标准,以专家教授有动于心为80分标准;

6. 为疏通文意,亦为彰显路易斯之言近旨远,拙译在力所能及之处,添加译者附注。附注一则可省却读者翻检之劳,二则庶几可激发读者思考;

7. 凡译者附注,大致可分为四类:一为解释专名,一为疏解典故,一为拙译说明,一为互证对参。凡涉及专名之译注,均先查考工具书。不见于工具书者,则主要根据"英文维基百科";

8. 凡路易斯原注,均加【**原注**】之类字符予以说明。凡未加此类说明之脚注,均系译注;

9. 为方便阅读,拙译在每段段首,都添加【§1. **开场**】之类字符。标示原文段落及其大意。大意系译者管见,仅供读者诸君参考;至于段数,只是为了方便诸君查考原文,以斧正拙译。诸君如若发觉此等文字有碍阅读,打断原著之文脉,略去不读即可;

10. 老一辈翻译家迻译西文,大量作注,并添加大意之类文字,颇有"导读"之效。拙译有心效法。倘若拙译之效法,颇类东施效颦,意在"导读"反成误导,则罪不在西施,罪在东施；

11. 拙译系重译本。此前，华东师范大学出版社 2008 年出版徐文晓译本，北京第二外国语大学赵元先生在个人博客中也摘译了本书之大部分。前译过人之处，拙译一律借鉴，不再徒呈智巧；

12. 路易斯之书，好读难懂，更是难译。凡拙译不妥以至错讹之处，敬请诸君指正。不敢妄称懂路易斯，但的确爱路易斯。故而，诸君斧正译文，乃是对译者之最大肯定。专用电邮：cslewis2014@163.com

译者琐言

概述一流文字，只能是腰斩。拙译前言自然不必概说本书讲了什么，只想勉力为读者诸君提供一些信息(information)，庶几有助诸君领略此书之卓异。故以琐言名之。

1

《文艺评论的实验》一书，出版于 1961 年，也即 C. S. 路易斯辞世前两年，是生前出版的最后一本专著。

台湾的林鸿信先生说,此书"为路易斯文学理论的定论",[1]可谓探本之言。因为此书之主要观点,尤其是令当今之文学研究者颇感不舒服的一些观点,此前,均散见于其他著作或文学论文之中,而在此书中则一展全貌。

可是,林先生的这句话却说错了:

> 在一个尚未重视"读者角度"诠释理论的时代,他的文学理论显得非常独特,甚至有开"读者反映诠释理论"先河的味道。[2]

说路易斯重视读者或重视阅读,当然是了。因为路易斯本来就不是个文学批评家,而是个读书家:"他家中到处是书,每个房间、每个楼梯角都堆得满满的(有些时候要摆两重),虽然大都不是儿童书,但百无禁忌,他都可以拿去读。"[3]

---

① 林鸿信:《纳尼亚神学:路易斯的心灵与悸动》,台北:校园书房,2011,第231页。

② 同上书,第232页。

③ [英]B.希卜黎:《幽谷之旅:C.S.鲁益士传》,吴里琦译,香港:海天书楼,1998,第6页。

至于说他的文学理论“非常独特”，则是因为现代的文学理论太奇怪了。在现代学术机制下，一个文学爱好者不研习文学理论，倒离文学挺近；越是研习文学理论，反倒可能离文学越来越远，甚至完全隔膜，大有“七窍凿而混沌死”的嫌疑。这其中，就包括以开启“读者时代”自诩的读者反应批评。不信，不妨对照阅读路易斯此书和读者反应批评的理论著作，大约可以知道，译者绝非信口雌黄。

事实上，读者反应批评诸理论家，根本不买路易斯的账。一个证据就是，在蔚为大观的读者反应批评论著里，基本上看不见路易斯的名字，更无人提及路易斯的《文艺评论的实验》。比如，其理论代表伊瑟尔（Wolfgang Iser）在其代表作《阅读行动》（*The Act of Reading*，1976）一书中，仅仅引用了路易斯《失乐园序》（*Preface to Paradise Lost*）里的一句话。而在读者反应批评的权威论文集《文本中的读者：论受众及阐释》（*The Reader in the Text*：*Essays on Audience and Interpretation*）中，人名索引里则根本没有路易斯。

这一事实，也许能约略说明，路易斯之重视阅读，与读者反应批评之重视阅读，是两码事，甚至是截然不同的两码子事。

至于路易斯此书和读者反应批评著作如何不同，那可是个专门的研究课题，译者自然无缘置喙，也无意置喙。虽如此，还是想就日常观察和内省体验，略提几句。

2

一读再读，还是和初读之时一样，依然觉得《文艺评论的实验》，是现代的文学理论著作中，最贴文学爱好者之心的著作。无论你我之身份，是专治文学理论的行内人还是行外人，只要你我曾经为文学动过心，曾经感觉到文学之美好，就会感到这部理论著作之切身。

拙译初稿，曾在"者也读书会"上一字一句共同阅读，也曾在译者的美学课堂上逐句讲疏。读过或读懂拙译初稿的朋友，无论是在校大学生还是译者同仁，都说有"中枪"的感觉，是"躺着也中枪"，躲也躲不及。

看来路易斯的这部书，还是颇能挠到当前文学教育的一些痒处，或者说挠到了现代文学教育的一些痒处。

路易斯文学论文集《论故事》之编者 Walter Hooper

说,那些论文 1966 年以《天外有天》(*Of Other Worlds*)为题出版时,当时的批评风气是:

> 当此之时,文学批评的主流语调鼓励读者在文学中什么都找:生命之单调,社会之不公,对穷困潦倒之同情,劳苦,愤世,厌倦。什么都找,除了乐享(enjoyment)。脱离此常规,你就会被贴上"逃避主义"(escapist)的标签。见怪不怪的是,有那么多的人放弃在餐厅用餐,进入房屋之底层——尽力接近厨房下水道。①

这种批评风气,一直延续至今,声势越来越浩大。文化研究、政治批评占据文学课堂,似乎就是绝佳证明。

虽然或正因声势浩大,路易斯不为所动。

编者 Walter Hooper 说,这种批评风气,是座牢狱;大言炎炎的文学批评家,则是文学狱吏(our literary gaolers)。他说,倘若没有路易斯,我们仍被捆绑。路易斯那些文学论

---

① Walter Hooper, Preface, in C. S. Lewis, *On Stories: And Other Essays on Literature*, NY: Harcourt, 1982.

文的价值在于，打开牢门，砸断锁链，放我们出来——出来乐享（enjoy）文学，出来到文学餐厅用餐，而不是去查看文学下水道。

有两位英国文学理论专家曾说：“与其说读者反应批评终止了‘谁来阅读’、‘什么是阅读’之类问题，毋宁说它打开了后现代主义这个潘多拉的盒子。”[①]倘若此言不虚，读者反应批评重视阅读重视读者的结果，就显得十分蹊跷。因为在当前时代，政治批评充斥文学课堂，后现代主义厥功至伟，甚至使之诣其极致。假如重视读者重视阅读的理论，其结果就是在文学教育中什么样的政治都谈，无论是宏观政治还是微观政治，就是不谈文学，那么，这样的重视，就与文学阅读或读者无关。

3

路易斯的学生 Kenneth Tynan 这样描述路易斯的文学

① ［英］安德鲁·本尼特、尼古拉·罗伊尔：《关键词：文学、批评与理论导论》，汪正龙、李永新译，桂林：广西师范大学出版社，2007，第 13 页。

课堂：

> 作为教师，路易斯的卓异之处在于，他能够领你步入中古心灵（the medieval mind），进入古典作家的心灵（the minds of a classical writer）。他能使你领悟，古典和中古依然活泼泼地。这意味着，问题不是文学要与我们有关，而是我们要与它有关。（it was not the business of literature to be 'relevant' to us, but our business to be 'relevant' to it.）①

倘若非要说路易斯此书有个主旨的话，那么，不妨可以说，他在劝说或要求作为文学爱好者的你我，不要惦记着说文学要与我们有关，而是时刻惦记我们要与它有关。

惦记文学要与我们有关，是在强调现代人念兹在兹的

---

① Bruce L. Edwards, "The Christian Intellectual in the Public Square: C. S. Lewis's Enduring American Reception," in *C. S. Lewis: Life, Works, Legacy*, 4 vols., ed. Bruce L. Edwards (London: Praeger, 2007), 4:3.

主体性(subjectivity);惦记我们要与文学有关,则是说人应走出自我中心。① 前者似在强调"权利",后者则在强调"义务";前者说的是阅读政治,后者说的则是阅读伦理。② 读者反应批评大盛的一个结果就是:"20世纪80至90年代,阅读的政治维度日益成为批评论争关注的中心。"③

换言之,《文艺评论的实验》初看上去与读者反应批评挺像,实则是两码事,甚至完全相反。至少就译者所见,此书与其说与引领文学理论新潮流的读者反应理论相像,不如说与"朱子读书法"或古人所谓"读论语孟子法"气味相投。换言之,与其说路易斯的阅读理论开读者反应批评之

---

① 自我中心,乃人之天性。路易斯在《返璞归真》(汪咏梅译,华东师范大学出版社,2007)中说:"我们每个人的自然生命都以自我为中心,都希望受到别人的赞扬和仰慕,希望为一己之便,利用其他的生命和整个宇宙,尤其希望能自行其道,远离一切比它更好、更强、更高、使它自惭形秽的东西。自然的生命害怕灵性世界的光和空气,就像从小邋遢的人害怕洗澡一样。从某种意义上说它很对,它知道一旦灵性的生命抓住它,它一切的自我中心和自我意志就会被消灭,所以它负隅顽抗,免遭厄运。"(第175页)

② 窃以为,"权利"和"义务"并非两两相对之概念。因为二者所属论域不同。"权利"属政治论域,与之相对的概念是"权力"(power);"义务"属伦理论域,与之相对的是"为己"。大谈权利与义务之辩证关系的学者,混淆了政治与伦理两个领域。

③ [英]安德鲁·本尼特、尼古拉·罗伊尔:《关键词:文学、批评与理论导论》,汪正龙、李永新译,桂林:广西师范大学出版社,2007,第14页。

“先河”,不如说他开了古人论读书之“后河”。

至于路易斯论阅读如何与中国古人相映成趣,拙译脚注有详细征引,读者诸君可自参看,兹不赘。

4

现代学术有一个很不好的习惯,就是爱贴标签。仿佛对哲人的最大尊重,就是说他属于某某主义或某某派,尔后就可以心安理得地不读他的著作。

路易斯不属于任何主义,也无意于建立什么新的美学流派。

假如非得给贴个标签的话,路易斯所提出的也不是什么所谓的“他者性美学思想”,①仿佛西方美学发展又有什么新动向似的,而是在陈述一种古老的阅读伦理或阅读德性。路易斯在本书第十章第1段自陈:

---

① 读来读去,总是感觉苏欲晓女士的《自我与他者:C. S. 路易斯的“他者性美学思想”》一书及杨春时先生的《他者性的美学:超越性与主体间性的变异》一文,其中的“他者性”美学思想这个标签,不太适合或很不适合路易斯。

> 然而，我是否有个惊人疏忽？虽然提及诗人及诗歌，但就诗歌本身，我未置一词。可是注意，几乎我所讨论过的所有问题，在亚里士多德、贺拉斯、塔索、锡德尼，或许还有布瓦洛看来，都会理所当然地出现于名为《诗学》的文章里，假如这些问题向他们提出的话。

藉用《论语》的话来说，路易斯的确是“述而不作信而好古”。他的著述，无意于也不屑于创见。他曾说：“很多这些所谓的创新，其实只有娱乐价值。”[①]而他在《痛苦的奥秘》序言里说的这段话，也许是在委婉说明，现代人文知识分子津津乐道的所谓创新，其实极有可能是无知之代名词：

> 除了最后两章内容显然属臆测之外，我相信自己只是重述古代的正统教义。如果本书有任何部分是“创见”，即新奇或非正统的话，那是有违我自己的意愿

---

① [英]鲁益师：《飞鸿22贴》，黄元林等译，台北：校园书房出版社，2011，第7页。

的,也是由于我自己的无知所致。[1]

路易斯此书是在述旧,在述文学阅读应是什么样子的旧,在述阅读伦理的旧。至于文学阅读到底是什么样子,读者应有怎样的阅读德性,诸君不妨开始阅读本书。因为路易斯的文字,如对床夜语,又如谆谆劝诫,读来煞是亲切,译者自不必亦不应在此挡道。

5

《文艺评论的实验》,英文原名为 *An Experiment in Criticism*,更忠实一点的译名应为《一项批评实验》。华东师范大学出版社 2008 年出版徐文晓之中译本,定名为《文艺评论的实验》,拙译从之。

发心重译,缘于 2014 年春以徐译本为底本,在美学课堂上逐字逐句讲疏该书。讲疏自然得核对原文,亦需查考他著,方才发觉徐译本有诸多不尽如人意之处,一些译文甚

---

① [英]鲁益师:《痛苦的奥秘》(新译修订本),邓肇明译,香港:基督教文艺出版社,2001,第 II 页。

至有望文生义之嫌。比如,路易斯显然对现代文学教育和批评中的某些习性,颇有微词,徐译本竟浑然不觉。

重译计划得到了华东师范大学出版社六点分社社长倪为国先生的支持。按理,出版重译本,除了增加出版成本而外,对出版社没任何好处。然而倪先生却是满心支持,不由令人感慨系之。

古人尝云,校书如扫落叶,旋扫旋生。更何况译本校订,那更是常扫常有,旋扫旋生。拙译校订译文加添脚注所费心力,四五倍于翻译。拙译初稿,普亦欣与王月各自校订两遍。另有吾友杨伯、拙荆郑雅莉,者也读书会诸多书友及美学课堂上的诸多小友,均通读初稿,商定译名,贡献译注。

这么多人关心支持拙译,道谢,显得有些空乏。然而,还是想道声感谢。不是客套,而是衷心。

2014年1月发心翻译路易斯,正值恩师陈进波先生去世三周年之祭日。陈老师一生默默无闻,是地地道道的革命老黄牛。弟子不才,无以为祭,只有翻译。谨以拙译献给父亲一样的老师,陈进波先生。

2015年4月5日星期日于津西小镇楼外楼

一　少数人与多数人[①]

THE FEW AND THE MANY

【§1—2. 缘何重审雅俗之辨】

这本小书，想做个试验（try an experiment）。文学批评历来都用于评判书籍。暗含其中的对读者阅读的评

① 【译按】藉阅读方式定文学趣味之高下，或许可行。之所以不按常规套路，以书之好坏区分趣味高下，是因为，甲喜爱女性杂志乙喜爱但丁，这两种"喜爱"大不相同。"多数人"与"少数人"之阅读，区别有四：1. 读过与阅读；2. 消遣与阅读；3. 依然故我与变化气质；4. 过目即忘与魂牵梦绕。质言之，盲于文学者与敏于文学者之根本区别在于，他们认为不应对书如此在乎。这一分别也适于欣赏艺术与自然。

判,都衍生于对书籍本身的评判。准此理路,坏的趣味(bad taste)[①],顾名思义,就是对滥书之喜好(a taste for bad books)。我想看看,如果把这一推导过程颠倒过来,会是怎样一种情况。让我们把区分读者或阅读类型作为基础(basis),把区分书籍作为推论(corollary)。我们且来考查一番,把好书定义为以某种方式阅读的书,把滥书定义为以另一种方式阅读的书,可行性究竟有多大。

我认为这值得一试。在我看来,常规套路一直隐含着一个谬误。我们常说,甲喜爱(like)女性杂志,或女性杂志符合甲的趣味(taste);乙喜爱但丁[②],或但丁符合乙的趣味。这仿佛是在说,"喜爱"和"趣味"二词用于二者之时,意思没有变化;仿佛是在说,虽然对象(object)不同,动作(activity)却毫无二致。然而据我观察,至少在通常情况下,事实并非如此。

---

① taste一词,作为一个文学理论或美学关键词,汉语学界通译"趣味",拙译从之。虽然译为"品味",可能更为传神。

② 但丁(Dante,1265—1321),意大利最伟大的诗人,以其不朽的叙事诗《神曲》而被誉为"神的诗人"。《神曲》反映了基督教对人的现世与永恒的命运的深刻看法,表现出作者惊人的想象力、渊博的学识和语言方面的独创。(参《不列颠百科全书》第5卷134页,中国大百科全书出版社,1999)

【§3—7. 对书的两种爱:多数人与少数人】

至少从学生时代起,我们一些人就对好的文学初生兴发感动(response)[1]。其余大多数人,在学校读《船长》杂志[2],在家则读从流通图书馆(circulating library)借来的短命小说。那时就很明显,多数人对他们所读书籍的“喜爱”,很不同于我们对自己所读书籍的“喜爱”。现在依然明显。二者之别一目了然。

【§4. 读书不等于读过】首先,多数人从不重读任何书籍。盲于文学之人(an unliterary man)[3]的标志就是,他

---

① 原文是 Already in our schooldays some of us were making our first responses to good literature. 其中 response 一词,依叶嘉莹先生之名文《古典诗歌兴发感动之作用》,意译为“兴发感动”。

② 《船长》(*The Captain*),英国 1899—1924 年间发行的一份少年儿童杂志,月刊。因刊登沃德豪斯(P. G. Wodehouse,1881~1975)的早期校园小说而闻名于世。参维基英文百科。

③ literary 与 unliterary 二词,乃本书一对核心概念,使用频率最高。与此二词相呼应的,还有使用频率不高的 extra-literary 与 anti-literary 二词。此四词作为读者类型之限定语,徐译本《文艺评论的实验》,将 literary 与 unliterary 译为“文学性”与“非文学性”,将 extra-literary 与 anti-literary 译为“超文学”与“反文学”。这一翻译,中规中矩。可问题在于,literary 与 unliterary 二词还有其他用法,此译法顿时捉襟见肘,徐译本不(转下页注)

把“我读过”(I've read it already)当作拒绝阅读一部作品的充分论据。[①] 我们都知道,有些女性对一部小说的记忆非常模糊,得在图书馆里站上半小时,把小说翻阅一过,才敢确定自己确曾读过。一经确认,就会立即把书丢开。对这些人而言,书是死的,就像燃尽的火柴、旧火车票,或昨天的报纸;他们已经用过它了(have already used it)。[②] 相反,阅读伟大作品的人,一生中会把同一部作品读上十遍二十遍,甚至三十遍。[③]

(接上页注)得不随文转译。

窃以为,理论著作之核心概念,自当统一译名,不可额外增加读者诸君之阅读负担,故暂不从徐译。为求强行统一,姑将 literary 与 unliterary 二词,译为“敏于文学”与“盲于文学”; extra-literary 与 anti-literary,译为“超文学”与“反文学”。至于 the literary 一词仅谈职业身份之时,方兼顾语境,译为“文人”。

强行统一译名之灵感,来自钱锺书先生《释文盲》一文。钱先生说,不识字者固然为文盲,但还有另外一种文盲,即文学盲,艺术盲。路易斯所说的 the unliterary,即钱先生所说的文学盲。

① 路易斯的这一区分,不由令人想起埃利希·弗洛姆所区分的两种生活模式:占有(having)与存在(being)。这表现在知识领域,就是“我有知识”和“我知道”之别;在信仰领域,就是“有信仰”和“在信仰中生活”之别;在爱情领域,就是占有对方和爱对方之别。参见[美]埃里希·弗罗姆:《占有还是生存》,关山译,北京:三联书店,1989,第 2 章。

② 注意“用过”(used)一词。路易斯将人对书及艺术品之态度分为两种,一为使用(using),一为欣赏(appreciating)。见本书第三章。

③ 程子曰:“颐自十七八读《论语》,当时已晓文义。读之愈久,但觉意味深长。”路易斯在《给孩子们的信》(余冲译,华东师范大学出版社,2009)中说:“我一生都在断断续续地读《傲慢与偏见》,而一点儿也没有厌倦过。”(第 44 页)在名为 Unreal Estate 那场对谈中,路易斯说,一本书假如没有读过第二遍,便是未曾读。见 C. S. Lewis, *On Stories*: *And Other Essays on Literature*, ed. Walter Hooper, NY: Harcourt, p. 146。

【§5. 读书不等于消遣】第二,多数人尽管也经常读书,却并不珍视读书。他们转向阅读,只因百无聊赖。一旦有别的消遣(pastime),当即欣欣然弃之不顾。读书是给坐火车、生病、闲得发慌时预备的,或是用来"催睡"的。他们有时一边读书一边闲聊,也常常一边读书一边听广播。而敏于文学之人(literary people)总在闲静之时阅读,心无旁骛。如果无法专心一意、不受干扰地读书,哪怕只几天,他们也会感到若有所失。①

【§6. 读书变化气质】第三,对敏于文学者(the literary)而言,初次阅读某部文学作品的体验,其意义之重大,只有爱情、宗教或丧亲之痛这类体验,方可与之相提并论。他们的整个意识(whole consciousness)为之一变。变得面目一新。在其他类型的读者中,则无此迹象。他们读完故事或小说,基本无动于衷,或者根本无动于衷。②

---

① 贾岛有诗云:"一日不做诗,心源如废井。"此之谓也。

② 程子曰:"今人不会读书。如读《论语》,未读时是此等人,读了后又只是此等人,便是不曾读。"卡夫卡有言:"一本书必须是一把能劈开我们心中冰封的大海的斧子。"这段话出自卡夫卡《致奥斯卡·波拉克》(1904.1.27):"我认为,只应该去读那些咬人的和刺人的书。如果我们读一本书,它不能在我们脑门上猛击一掌,使我们惊醒,那我们为什么要读它呢?或者像你信中所说的,读了能使我们愉快?上帝,没有(转下页注)

【§7. 敏于文学者优游涵泳】最后,不同阅读行为的自然结果就是,少数人所读之书,常常萦绕心际,多数人则否。前者在独处时默念最为心喜的诗行、段落。书中场景和人物提供了一种图像(iconography),他们借以解释(interpret)或总结(sum up)自身经验。他们互相探讨读过的书,细致而又经常。后者则很少想起或谈及他们的阅读。①

(接上页注)书,我们也未必不幸福,而那种使我们愉快的书必要时我们自己都能写出来。我们需要的书是那种对我们产生的效果有如遭到一种不幸,这种不幸要能使我们非常痛苦,就像一个我们爱他胜过爱自己的人的死亡一样,就像我们被驱赶到了大森林里,远离所有人一样,就像一种自杀一样,一本书必须是一把能劈开我们心中冰封的大海的斧子。我是这么认为的。"(《卡夫卡全集·第七卷》,叶廷芳主编,河北教育出版社,1996,第25页)

① 路易斯在《文学趣味之差异》(Different Taste in Literature)一文中说:

在文学领域,滥艺术之"消费者",特征更易界定。他(或她)可能每周都亟需一定小说配给,如果供应不上,就会焦灼。可是,他从不重读。敏于文学者(the literary)与盲于文学者(the unliterary)之分际,在此再清楚不过。敏于文学者重读,其他人只是阅读。一经读过的小说,对于他们,就像昨天的报纸。有人没读过《奥德赛》或马罗礼或包斯韦尔(Boswell)或《匹克威克外传》,这不奇怪。可是,有人告诉你他读过它们,从此就万事大吉,(就文学而言)这就奇怪了。这就像有人告诉你,他曾洗过一次脸,吻过一次妻子,散过一次步。滥诗是否有人重读(它可能沦落到空卧房里了),我有所不知。可是,我们有所不知这一事实却意味深长。没人发现,两个滥诗爱好者会称赏诗句(capping quotations),并在良辰美景之夜专心致志讨论他们的心爱诗行。滥画亦然。买画人说,无疑真心诚意地说,他看它可爱、甘甜(sweet)、美丽、迷人或(概率更高的)"妙"(nice)。可是,画一挂起来,就视而不见了,也从不再盯着看了。(见 C. S. Lewis, *On Stories: And Other Essays on Literature*, ed. Walter Hooper, NY: Harcourt, p. 120—121)

【§8. 常规套路用 taste 和 like 二词,含糊其辞】

显而易见,假如多数人心平气和且善于辞令,他们就不会指责我们喜爱不该喜爱的书,而会指责我们根本不该对书如此在乎。我们视为幸福之重要组成部分的东西,他们认为可有可无。因此,他们喜爱甲而我们喜爱乙这一简陋表述,一点也不符合实情。假如“喜爱”(*like*)是个正确字眼,可用来形容他们对书之待遇,那么就得给我们对书之待遇另找一个词。或者反过来说,如果我们“喜爱”自己所读的一类书,就不能说他们“喜爱”任何书本。如果少数人有“好的趣味”(good taste),那么我们或许就不得不说,不存在所谓“坏的趣味”(bad taste)这种东西。因为,多数人那种阅读倾向(inclination)完全是另一码事,根本谈不上趣味,假如我们用趣味一词不含糊其辞的话。①

---

①　分析哲学的这一技巧,路易斯很是熟谙。但路易斯显然对分析哲学评价不高,甚至认为分析哲学乃是将现代世界引入虚无之帮凶。详参拙译路易斯《人之废》(华东师范大学出版社,2015)一书。亦可参路易斯《空荡荡的宇宙》(The Empty Universe)一文,文见拙译路易斯文集《切今之事》(华东师范大学出版社,2015)。

【§9. 对艺术和自然美的两种喜爱】

尽管下文几乎全谈文学，但值得注意的是，这一态度差别同样也反映在其他艺术及自然美之中。许多人爱听流行音乐，边听边哼曲调、打拍子、交谈、吃东西。这一流行曲调一旦过时，他们也就不爱听了。爱听巴赫(Bach)的人，表现截然不同。有些人买画是因为墙上“没画就光秃秃的”；等买回家一个星期后，他们对这些画就视而不见了。但是有少数人，对一幅伟大画作经年乐此不疲。至于自然，多数人“和别人一样喜爱美景”(like a nice view as well as anyone)。他们一点也不反对这一说法。然而比方说，把风景视为选择度假地的重要因素——把风景纳入与豪华宾馆、好高尔夫球场和阳光充足的气候同等的考量等次——在他们看来则显得做作不堪。像华兹华斯那样与自然美景“为伍”简直是矫情。①

---

①　华兹华斯(Wordsworth，1770—1850)，英国主要的浪漫主义诗人和桂冠诗人。他与S. T. 柯勒律治合写的《抒情歌谣集》促进了英国浪漫主义运动的兴起。其作品的主要主题是人与大自然的关系。诗人把自己描绘为“大自然的崇拜者”，人们也常称他为“大自然的祭司”。(参《不列颠百科全书》第18卷306页)

二　若干不当形容[①]

FALSE CHARACTERISATIONS

【§1. 以"少数""多数"形容，只是权宜之计】

从逻辑意义讲，说一类读者是多数而另一类读者是少

① 【译按】说敏于文学者乃少数，盲于文学者属多数，这只是方便之词。二者之别，不在数量。故需澄清一些可能之误解：1. 少数多数之分，与精英大众之分无涉；2. 少数多数之分，并无固定樊篱；3. 敏于文学者，不等于文学专家，不等于附庸风雅者，更不等于文化信徒（the devotee of culture）；4. 敏于文学者，亦不能被描述为成熟读者。企图以文化救人救世的文化信徒，混淆了做人之认真与阅读之认真，是以前一种认真去从事阅读。其结果就是，他们并非接受文学，而是使用文学，成了没了清教神学的清教徒。

数，只是个“偶然”（accident）。这些数词不能标示两类之别。我们讨论的是，不同的阅读方式。平素观察，已足令我们描述大概。虽如此，我们尚须更进一步。首先，须排除一些区分“少数”和“多数”的草率做法。

【§2—5. 几点显见的澄清】

【§2. 多数人非所谓俗人】一些评论家写到那些文学上的“多数人”时，仿佛他们方方面面都属于多数，甚至属于群氓似的。这些评论家斥责他们没文化（illiteracy）、未开化（barbarianism），其文学反应“愚钝”、“粗鲁”、“套板”①。

---

① 套板反应（stock response），心理学术语。朱光潜《咬文嚼字》一文说：

一件事物发生时立即使你联想到一些套语滥调，而你也就安于套语滥调，毫不斟酌地使用它们，并且自鸣得意。这就是近代文艺心理学家所说的“套板反应”（stock response）。一个人的心理习惯如果老是倾向于套板反应，他就根本与文艺无缘。因为就作者说，“套板反应”和创造的动机是仇敌；就读者说，它引不起新鲜而真切的情趣。一个作者在用字用词上离不掉“套板反应”，在运思布局上面，甚至在整个人生态度方面也就难免如此。不过习惯力量的深度常非我们的意料所及。沿着习惯去做总比新创更省力，人生来有惰性。常使我们不知不觉的一滑就滑到“套板反应”里去。（《朱光潜全集》新编增订本卷六《我与文学及其他 谈文学》，中华书局，2012，第218页）

（转下页注）

(言下之意就是)这些反应,必使他们在生活各方面都显得迟钝麻木,成为对文明的永久祸害。① 这有时听起来像是在说,读“通俗”小说关乎道德堕落。我发现这并未得到经验证实。我认为这些“多数人”中的某些人,在心理健康、道

(接上页注)

路易斯对“套板反应”则持相反观点。他在《失乐园序》第8章中说,套板反应对人之为人,对人类社会之维系,必不可少:

人类对事物不假思索的正直反应,并不是“与生俱来”,但我们总是动不动就用一些刻薄的形容词来抨击,诸如“陈腐”、“粗糙”、“恪守成规”、“传统”。其实,这些反应是经由不断地操练、小心翼翼养成的,得来辛苦,失去却易如反掌。这些正直的反应是否能延续下去,成了人类的美德、快乐,甚至种族存亡之所系。因为,人心虽非一成不变(其实一眨眼间就会出现难以察觉的变化),因果律却永不改变。毒药变成流行品后,并不因此就失去杀伤力。经由不断坚持一些陈旧的主题(诸如爱情是甜美的,死亡是苦涩的,美德是可爱的,小孩和庭园是有趣的),古老的诗歌所提供的服务,不仅具有道德、文明教化上的重要性,甚至对人的生物性存在也至关重要。(见《觉醒的灵魂2:鲁益师看世界》,寇尔毕编,曾珍珍译,台北:校园书房,2013,第291页)

① 这里似暗讽新批评,尤其是新批评之先驱、维多利亚时代的诗人及批评家马修·阿诺德(Matthew Arnold)。后者志在以文学或文化救世,让文学或文化发挥过去宗教所所发挥的功能。法国学者安托万·孔帕尼翁(Antoine Compagnon)在《理论的幽灵》一书中,这样描述马修·阿诺德的事业:“19世纪末,英国作家马修·阿诺德给了文学批评一个任务,即建立社会道德以筑起一道抵挡内心野蛮的堤坝……对于这位维多利亚时代的批评家而言,文学教学,就是要陶冶、教化那些产生于工业社会的新兴中产阶级,使他们变得人性化。文学的社会功能与康德所说的非功利性迥然不同,它的目标就是为职业人士提供闲时的精神追求,在宗教日益衰落之时唤醒他们的民族情感。”(吴泓缈、汪捷宇译,南京大学出版社,2011,第217页)

德品性(moral virtue)、精明谨慎、礼仪举止和适应能力等方面,与少数人中的某些人相比,非但不逊色,甚或更出色。况且我们清楚得很,在我们这些“文人”(the literary)①当中,无知、卑鄙、畏缩、乖戾、刻薄之人,比例不在少数。对此置若罔闻,一概而论地乱搞“种族隔离”,我们势必什么都做不了。

【§3. 少数人与多数人,并无固定藩篱】如此二分即便没别的毛病,仍然过于死板。这两类读者之间并无固定藩篱。有人曾属多数,却变为并加入少数。也有人背弃少数而成为多数,就像我们遇见老同学时,常常遭遇的沮丧那样。那些对此艺术属于“大众”水准的人,欣赏彼艺术,则可能造诣颇深;音乐家之诗歌偏好,有时实在不敢恭维。还有,许多对各门艺术都没什么感觉的人,照样可以有过人之智识(intelligence)、学问(learning)及敏锐(subtlety)。

【§4. 文学专家是少数人,却往往大跌眼镜】后一现象,并不让我们感到特别惊讶。因为他们的学问与我们不同,哲学家或物理学家之敏锐亦不同于文人(a literary person)之敏锐。令人更为惊讶且不安的是,那些因职位所系,

① 此处 the literary 指职业身份,依语境变化,译为“文人”。至于该词之其他用法,一律译为“敏于文学者”。

理应对文学有深刻、恒久鉴赏力的人，实际上却并非如此。他们只是专家（professionals）。[1] 或许他们曾满怀兴发感动（had the full response），然而“山高水远举步维艰”[2]，早已将之消磨殆尽。此刻我想到的是国外大学里那些不幸学者。他们得不断发表文章，必须就某些文学作品说出新意，或必须显得说出新意，不然就无法“保住饭碗”。[3] 或者说

---

① 路易斯《中世纪和文艺复兴时期文学研究》第4章：“各样艺术的历史，都在诉说着同一桩可悲的故事——艺术愈来愈趋向专业化，也愈来愈趋向贫瘠。”见《觉醒的灵魂2：鲁益师看世界》，寇尔毕编，曾珍珍译，台北：校园书房，2013，第381页。或见胡虹译《中世纪和文艺复兴时期的文学研究》，华东师范大学出版社，2010，第98页。

② 此处意译。原文为‘hammer, hammer, hammer on the hard, high road’，乃一则伦敦绕口令（tongue twisters），见 Sir E. Denison Ross, *This English language*, London: Longmans, Green, and co., 1939, p. xxviii。

③ 关于人文科研，路易斯一直颇有微词。他在‘Interim Report’一文中说，牛津和剑桥都有一种“恶”，即“科研”（Research）这一睡魔。他认为，在自然科学中讲求科研成果，还有的可说；在人文学科中讲求科研成果，则无异于杀：“在科学中，我总结，刚通过荣誉学士考试的优等生，可以真正分担前辈之工作，这不仅对他们自身有益，也对学科有益。然而，对于新近获得英语或现代语言优等生身份的人来说，情况就不一样了。这样一个人，不能或无须（就其名分而言他不笨）为人类知识增砖添瓦，而是要去获得更多我们已经拥有的知识。他后来开始发现，为了跟上他刚刚萌发的兴趣，他还有那么多的事情需要知道。他需要经济学，或神学，或哲学，或考古学（往往还有更多的语言）。阻止他从事这类学习，把他固定在一些细枝末节的研究上，声言填补空白，这既残酷又令人沮丧。它浪费了一去不复返的青春年华。”故而，他认为以科研成果论学术职位，是一个很坏的习惯。他期望牛津和剑桥合力破除这一坏惯例。文见拙译《切今之事》（华东师范大学出版社，2015）。

我想到的是，忙得不可开交的书评家，他们尽可能飞速翻阅一本又一本小说，就像小学生预习功课那般。对这些人来说，阅读只是活计(mere work)。摆在他们面前的文本，并非自在之物(exist not in its own right)，而仅仅是原料(raw material)；是黏土，他们用来造砖。于是我们经常可以发现，在业余时间，他们之阅读与多数人毫无二致，假如业余时间他们还阅读的话。① 我仍清楚记得曾经的一次冷遇。我们刚开完主考官会议出来，我冒失地向其中一位提起某一伟大诗人，好几个考生答卷上都写到这位诗人。此人态度(我忘了原话)可以这样表述："天哪，伙计，都好几个小时了，还想接着讨论？没听见下班铃声？"对于这些因经济原因和过度劳累而落到如斯境地的人，我唯有同情而已。不幸的是，野心勃勃和争强好胜也会导致这一境地。而且，无论何以至此境地，它总是摧毁欣赏(appreciation)。

---

① 乔治·奥威尔有小说名曰《一个书评家的自白》(《奥威尔文集》，董乐山译，北京：中央编译出版社，2010，第316—319页)，其中的那个书评家，与此段描述颇为相似。钱锺书在《写在人生边上》之序言里亦说，书评家的独特本领就是："无须看得几页书，议论早已发了一大堆，书评一篇写完交卷。"(见钱锺书《写在人生边上；人生边上的边上；石语》，三联书店，2002)

我们所寻找的"少数人"不能等同于行家(*cognoscenti*)。吉伽蒂波斯①和德赖斯达斯特②必然也不位列其中。

【§5. 附庸风雅者】附庸风雅者(the status seeker)就更不用说了。③ 恰如现在或者曾经有一些家庭和社交圈,

---

① 吉伽蒂波斯(Gigadibs),是布朗宁(Robert Browning)之长诗《布劳格兰主教的致歉》(*Bishop Blougram's Apology*,1855)中的人物,一个浅薄记者。在长达1013行的无韵诗句里,面对身为怀疑论者的这个记者的攻击,主教捍卫自己的信仰。

② 德赖斯达斯特(Dryasdust)是司各特(Walter Scott,1771—1832)虚构的人物,一个令人厌恶的演说家。司各特的几部小说序言均以"致德赖斯达斯特"的面目出现。

③ 关于the status seeker(徐译本译为"社会地位追逐者"),约翰·罗斯金(John Ruskin)在《芝麻与百合》(英汉对照版,外语教学与研究出版社,2010)中论虚荣的一段文字,可以做最好之注脚。他说,他经常收到家长来信,咨询关于孩子教育的问题。但这些来信根本不关心"教育",而是关心"地位",孩子受教育的目的就是为了获取某种"社会地位"(station in life):"能让孩子外表体面;能让孩子到豪宅做客时充满自信;能最终帮助孩子建造自己的豪宅。总之,能引导孩子提高人生的品质(Advancement in Life)。"(第5页)

罗斯金说,家长热衷孩子"提高人生的品质",究其实乃热衷"虚荣"。因为人们所热衷的这种"提高",并不是"赚很多钱",而是要让"别人知道我们赚了很多钱";也不是达到某一伟大目标,而是要让别人看到我们达到目标。我们之所以渴望地位,是因为渴望掌声。在罗斯金看来,满足虚荣心是我们很多行为的动力:

> 对虚荣心的满足是我们辛苦劳作的动力,也是我们休息放松时的慰藉;对虚荣心的满足触及我们根本的生命之源,触及之深,使得虚荣心受伤往往被称作(实际上也是)致命的伤害;我们称之为"心疾",这种表达和我们把身体的某个部位的坏死或无法治愈的伤口称作"体疾"是一样的。……通常,水手不会仅因为知道自己比船上的其他水手更(转下页注)

把对狩猎、郡际板球或军官名册的兴趣，几乎视为社交的必要条件。现在同样也有其他家庭和圈子，他们热议（因而偶尔一读）众口交赞的文学作品，尤其是令人瞠目的新作品，以及遭禁的或以其他方式颇有争议的作品。你想拒不谈论，则需要十足的独立性。这类读者，可称其为“小俗之人”（small vulgar）。他们在某一方面的表现和“大俗之人”（great vulgar）[①]并无二致。他们完全受风尚（fashion）支配。[②] 他们适时丢下乔治王朝时期的作家，开始崇拜艾略特先生[③]；适时

（接上页注）能管理好这艘船就想当船长，他想当船长是为了听到自己被称为船长。（第7页）

同理，牧师想成为主教，主要是因为想被人称作“大人”；人热衷王位，是因为想被人称作“陛下”。想藉助“提高人生的品质”来“融入上层社会”（getting into good society），其原因也是虚荣：“我们想融入上层社会，不在于我们身处其中，而在于在别人眼里我们是身处其中的；我们之所以认为其美好主要是因为它惹人注目。”（第7页）

① “大俗之人”，似指前文所说之文学专家。

② 路易斯《梦幻巴士》第5章：“坦白说罢，我们的意见原不是诚实得来的。我们不过发觉自己接触到一股思想潮流，因为看它好像很新式又盛行，才投身其中。你晓得，在大学里我们总是机械化地写一些会得高分的文章，说一些会博取赞赏的话。我们一生当中何曾孤独、诚实地对着最重要的问题——超自然的事物实际不会发生吗？我们又何曾有过一时真正地抗拒信仰的失落。”（魏启源译，台北：校园书房，1991，第46—47页）

③ 艾略特（T. S. Eliot，1888—1965），美国出生的英国诗人、剧作家、文学批评家和编辑、诗歌领域现代派运动领袖。代表作有《荒原》（1922）和《四个四重奏》。《四个四重奏》使他被公认为当时在世的最伟大的英语诗人和作家，1948年获功勋奖章和诺贝尔文学奖。（参《不列颠百科全书》第6卷32页）

赞许把弥尔顿[①]“拉下宝座”，发掘出霍普金斯[②]。如果你书上的献辞以“To”开头，而不以“For”开头，他们就不会喜欢。然而，这一家人在楼下讨论正欢之际，唯一真正的文学体验或许出现在楼上最尽头的卧室里：一个小男孩正躲在被窝，靠手电筒读《金银岛》（*Treasure Island*）。[③]

---

① 弥尔顿（John Milton，1608—1674），在英国诗人中地位，仅次于莎士比亚。代表作长篇史诗《失乐园》对撒旦形象的塑造，是世界文学最高成就之一。文学史上对弥尔顿及其诗作的评价，有鲜明的历史性变化。1667年以后，由于J·艾迪生论《失乐园》的文章的发表，弥尔顿的声誉稳步上升，声名远播欧洲大陆。诗人的影响在维多利亚时代逐渐减弱。到了20世纪，庞德和艾略特所倡导的新诗歌与批评强烈地贬低弥尔顿而推崇多恩。但到了40和50年代批评界的态度又发生变化，众多讨论弥尔顿思想和信仰的书籍和文章刊发出来，从而为对其诗歌美学研究带来全新的理解和细致的分析。（参《不列颠百科全书》第11卷210页）

② 霍普金斯（Gerard Manley Hopkins，1844—1889），英国诗人和耶稣会教士，被公认为维多利亚时代最具独特风格、最有力量和最有影响的作家之一。霍普金斯生前出版的诗作较少，直至1918年才由其好友，当时已经是桂冠诗人的R. 布里吉斯，将其作品汇编成诗集出版。其作品对20世纪的主要诗人T. S. 艾略特、D. 托马斯、W. H. 奥登、S. 斯彭德和C. D. 刘易斯都有明显的影响。（参《不列颠百科全书》第8卷162页）

③ 《金银岛》（*Treasure Island*），英国小说家斯蒂文森（Robert Louis Stevenson，1850—1894）的成名作。故事以少年吉姆·霍金斯口吻自述，讲述了一个海盗寻宝、与海盗斗智斗勇的故事。

【§6—10. 少数人非文化信徒】

【§6. 文化信徒】 作为一个人(as a person),文化信徒(the devotee of culture)要比附庸风雅者可敬得多。他除了读书,还参观画廊、参加音乐会。这样做不是为了使自己更受欢迎,而是为了自我提升,开发潜力,成为更完整的人(more complete man)。[1] 他真诚,或许还很谦虚。他绝不追随风尚,而更可能是全身

---

① 徐译本将 the devotee of culture 译为“文化爱好者”,分量略嫌不足,故而改译为“文化信徒”。因为路易斯在这里所针对的,乃是马修·阿诺德所开启的“文化信仰”(a faith in culture)的传统。

阿诺德有两行形容颇为知名的现代性的诗句:“Wandering between two worlds, one dead / The other powerless to be born / With nowhere yet to rest my head / Like these, on earth I wait forlorn。”贺淯滨中译为:“两重世界间,徘徊复飘零。其一业已死,另一无力生。吾心何所倚,吾身落此境,但有一匹夫,独候尘埃中。”此诗形容了宗教没落之后,人心之漫无依归,社会亦将沦于无政府状态(anarchy)。

阿诺德开出的惩乱之方就是“文化”。阿诺德所说的文化,与汉语语境中所谓中西文化之类的用法很不相同。用他的话来说,文化就是“美好与光明”(sweetness and light)、“美与智”(beauty and intelligence),乃宗教与科学、希伯来精神与希腊精神之完美结合,代表着人类追求完美、自我提升、全面发展的努力。阿诺德说:“文化就是探究完美、追寻和谐的完美、普遍的完美……完美在于不断地转化成长、而非拥有什么,在于心智和精神的内在状况、而非外部的环境条件。”文见马修·阿诺德:《文化与无政府状态》,韩敏中译,三联书店,2002,第 11 页。亦可重点参见此书第 1 章及译者所附“关键词”。

心扑在各个时期各个国家的“知名作家”(established authors)、“世界上最优秀的思想和言论”[1]上面。他基本不尝试冒险,也基本没有钟爱的作家。但这位高尚之人(worthy man),就我所关心的阅读方式而言,也许根本谈不上是真正的文学爱好者。就像每天早上练哑铃,也许根本不是爱好运动。体育运动通常有助于体格健全;然而,假如体格健全成为运动的唯一理由或主要理由,运动就不成其为运动(games),而只是“锻炼”(exercise)了。

【§7. 两种不同的爱好】毫无疑问,一个爱好(has a taste for)运动(同时也爱好大吃大喝)的人,当他给自己定下规矩,给予运动爱好一般的优先权,那么他的行为就会恰好合乎健康动机。同理,一个既乐于好的文学作品又乐于用垃圾作品来打发时间的人,基于文化理由,基于原则,会理性地选择前者。在这两个例子中,我们都假定了一种真

---

① 原文为“the best that has been thought and said in the world”,语出马修·阿诺德《文化与无政府状态》。阿诺德自陈其“文化信仰”(a faith in culture):“这件事无论我们如何去命名,都是指通过阅读、观察、思考等手段,得到当前世界上所能了解的最优秀的知识和思想,使我们能做到尽最大的可能接近事物之坚实的可知的规律,从而使我们的行为有根基,不至于那么混乱,使我们能达到比现在更全面的完美境界。”(韩敏中译《文化与无政府状态》,三联书店,2002,第147页)

正的乐在其中(a genuine gust)。第一个人选择踢足球而放弃饕餮大餐,那是因为他乐于运动,也乐于大餐。第二个人读拉辛[1]而不读埃·莱·巴勒斯[2],那是因为《安德罗玛克》[3]对他确有吸引力,《人猿泰山》[4]也是。不过,只是出于卫生保健的动机,参加某一运动,可就不是玩(play);只是渴望自我提升而读悲剧,那也不是接受(receive)悲剧。这两种态度让人最终只关注自己。二者都把有些东西当作一种手段。可是这些东西,当你在玩或阅读时,必须因其自身价值而予以接受。你应该考虑的是进球,而不是身体健康;你的头脑应该沉浸在一盘精神象棋中,它以"雕刻为亚历山大

---

① 拉辛(Jean Racine,1639—1699),法国戏剧诗人和古典悲剧大师。

② 埃·莱·巴勒斯(E. R. Burroughs,1875—1950),美国小说家。他的泰山故事塑造了一个世界闻名的民间英雄。(参《不列颠百科全书》第3卷261页)

③ 安德罗玛克(Andromaque),特洛伊王子赫克托耳的妻子。1667年,拉辛根据传说创作了诗剧《安德罗玛克》,该剧表现了拉辛最喜爱的主题之一:悲剧性的疯狂和狂热的爱情。(参《不列颠百科全书》第1卷325页)

④ 泰山(Tarzan),通俗小说中享有盛名和流传最久的人物之一,是近30部小说和几十部电影中的丛林冒险英雄。泰山是美国作家E. R.巴勒斯笔下的人物,1912年首次出现在一家杂志刊载的故事里。由于深受读者喜爱,后出版了名为《人猿泰山》的小说和一系列获得非凡成功的续集。小说讲述了一个英国贵族的儿子泰山如何被遗弃在非洲丛林,被一群类人猿养大,并在一系列冒险活动中学会英语、与一位科学家的女儿简相遇并产生爱情,最后重获贵族称号的故事。(参《不列颠百科全书》第16卷460页)

体的激情”为棋子，以人类为棋盘。[①] 假如真能沉浸其中，哪还有时间考虑文化(Culture)这么一个空洞抽象的概念？[②]

【§8. 新批评与文学清教徒】这类孜孜矻矻的错误读法，恐怕在我们这个时代格外盛行。使英国文学成为中小学和大学的一门“学科”(subject)，[③] 其不幸结局之一就是，

---

① 【原注】对拉辛作品的这一描述源自欧文·巴菲尔德(Owen Barfield)先生。

【译注】亚历山大体(alexandrines，亦译亚历山大诗行)，因12世纪末法语长诗《亚历山大的故事》之诗行形式而得名。欧文·巴菲尔德，路易斯之挚友。

② 关于因某事本身而喜欢某事，在路易斯看来，其中有“德性”(virtue)，有“天真”(innocence)、“谦卑”(humility)和“忘我”等属灵成分。即便是喜欢打板球、集邮、喝可口可乐之类小爱好，若是无关利害地(disinterestedly)真心喜欢，那也是修心养德的“原材料”(raw material)或“起点”(starting-point)，也会因之对魔鬼的攻击有了免疫力。魔鬼引诱人的一大策略就是：“哪怕在那些无关紧要的事情上，也要用世界、习俗或者时尚的标准(the Standards of the World, or convention, or fashion)来取代这个人自己真正的好恶。”故而，大鬼教导小鬼说：“你应该千方百计地让病人离开他真正喜欢的人、真正喜欢吃的东西和真正喜欢读的书，让他去结交‘最优秀’的人、吃‘正确’的食物，读‘重要’的书。我就认识一个这样的人，他抵制住了在社交上的雄心抱负的强烈诱惑，原因是他更嗜吃猪肚和洋葱。”参见《魔鬼家书》(况志琼、李安琴译，华东师范大学出版社，2010)第十三封信(第50页)。引文中的英文，系本译者所加。

③ 英国文学成为一门学科，在英语世界，乃一现代事件。恰如语文教育和中文专业，在中国乃现代事件一样。

据英国学者彼得·威德森《现代西方文学观念简史》(钱竞、张欣译，北京大学出版社，2006)一书，在英格兰，最早提供英国语言文学教育的是19世纪20年代伦敦的地方“学院”，首位英文教授受聘于1828年。(转下页注)

勤勉而又听话的年轻人从小就被灌输这样的观念，即读大家名作是值得称道之事。如果该年轻人是不可知论者(agnostic)①，

(接上页注)此后几十年，其他郡县学院纷纷效法。

牛津与剑桥不为所动。牛津大学在19世纪50年代，曾极力反对将英语教学列入教学大纲。

转折点在上世纪初。其标志是，1902年，教育法案颁布；1907年，英语学会成立，“该学会所信奉的是阿诺德的原则，而学会的宗旨是推动、提升英语文学文化在教育中的地位、作用。”有了这样的前提条件，“英语”开始在学校课程表中占有核心地位，成为“在一个充分民族化的教育体系中的一门适合于每一个儿童的基本科目”。(第47页)此后，大学教育中，英国文学又与英国语言(语言学家为英语之专业化的始作俑者)分家，现代大学的“文学”体制由此奠定。

1902年，牛津大学首次延请英语文学教授；剑桥则在1912年。虽然在当时，这两位教授认为他们所教的只是“女人味”课程。但是，这毕竟是个开端，“人文研究”殿堂里不再是老主人古典教育，而是来了新客“英国语言与文学”。此后，随着新批评之发展壮大，英国语言文学不止与古典教育分庭抗礼，而且一支独大，几乎将古典教育取而代之。现代“文学”体制宣告形成。(详参《现代西方文学观念简史》第43—49页)

① 关于上帝之存在，有三种主要观点：有神论，无神论及不可知论。尼古拉斯·布宁、余纪元编著《西方哲学英汉对照辞典》(人民出版社，2001)释不可知论(agnosticism)：

[源自希腊词：a(非)和*gnostikos*(正在认识的人)] T. H. 赫胥黎所用的术语，指这样一种立场：它既不相信上帝存在也不相信上帝不存在，并且否认我们能够有任何关于上帝本性的知识。不可知论即相对于认为我们能认识上帝存在和本性的有神论；又相对于否认上帝存在的无神论。不可知论者认为，人类理性有着固有的和不可逾越的界限，正如休谟和康德所表明的。我们不能证明任何支持有神论或无神论主张的合理性，因而应该中止我们对这些问题的判断。不可知论的态度许多时代以来一直经久不衰，但它在19世纪关于科学与宗教信仰的论争中在哲学上变得重要起来。不可知论也更一般地用来表示，对超越我们直接感知或共同经验的东西这类主张的真假问题应中止判断。

其祖上是清教徒，那么你将得到一种令人遗憾的心灵状态。[1] 清教道德意识仍在起作用，却没了清教神学——就像空转的石磨；又像消化液在空胃工作而导致胃溃疡。这个不幸的年轻人，把其祖上曾用于宗教生活的所有道德顾虑、清规戒律、自我检省、反对享乐，统统用到了文学上；恐怕不久还得加上所有的褊狭和自以为义（self-righteousness）。瑞恰慈博士[2]的学说宣称，正确地阅读好诗具有良好疗效，这印证了他的清教徒态度。[3] 缪斯女神充当了复

---

① 原文为“you get a very regrettable state of mind”，这里的“你”，指的是劝人读好书、相信文化能救人救世的文化信徒。

② 瑞恰慈（I. A. Richards，1893—1979），英国语言学家和文学批评家。其著作有《意义的意义》（*The Meaning of Meaning*，1923），《文学批评原理》（*Principles of Literary Criticism*，1924），《科学与诗》（*Science and Poetry*，1925），《实用批评》（*Practical Criticism*，1929）以及《如何阅读》（*How to Read a Page*，1942）。本书中的许多观点，针对的正是瑞恰慈的《文学批评原理》。

③ 瑞恰慈（I. A. Richards）的《文学批评原理》（杨自伍译，百花洲文艺出版社，1997）一书致力于让神经生理学为文学批评提供科学基础。在他看来，我们心中有许多相互冲突的冲动，故而，人之心灵健康端赖于冲动之组织（organization）和有条不紊（systematization），从而由“混乱心态”（chaotic state）转向一种“组织较好的心态”（better organized state）。准此，“道德规范这个问题（problem of morality），于是就变成了冲动组织的问题（problem of organization）”；“最有价值的心态（the most valuable state of mind），因此就是它们带来各种活动最广泛最全面的协调，引起最低程度的削减、冲突、匮乏和限制”（中译本第49—50页，英文夹注参照英文原本所加）。优秀文学作品的价值就在于此精神疗效。

仇女神欧墨尼得斯[1]的角色。一位年轻女士带着深深的负罪感向我的一位朋友坦白，想看妇女杂志的罪恶欲望不断引诱着她。

【§9. 认真之人与认真学生】正是由于这些文学清教徒的存在，我才没用“认真”(*serious*)一词来形容正确的读者和阅读。初看起来，这正是我们想要找的字眼。然而它致命地含混。一方面，它可以指“庄重”、“一本正经”之类；另一方面，则可以指“一丝不苟、全神贯注、奋发向上”。因此，我们说史密斯是个“认真的人”，是指他不苟言笑；说威尔逊是个“认真学生”，是指他学习刻苦。认真的人，可能浅尝辄止或是个半瓶子醋，而绝非认真学生。认真学生则可能像迈丘西奥(Mercutio)[2]一样好玩。认真做某事，可能只是此意义之“认真”，而非彼意义之“认真”。为了健康而玩球的人，是个认真的人：真正的足球运动员不会把他称作认真玩家(serious player)。他对游戏并非全神贯注；并不真正在意。他作为一个人的认真，恰恰导致他作为一个玩家的轻佻。他只是

[1] Muses，希腊神话中九位艺术女神之统称；Eumenides，希腊神话中的三位复仇女神之统称。

[2] 莎士比亚戏剧《罗密欧与朱丽叶》中的人物，罗密欧的朋友。

"玩玩而已"(plays at playing),假装在玩。真正的读者,认真阅读每一部作品,也就是说他全神贯注地读,尽可能使自己善于接受(receptive)。正因为此,他不可能阅读每部作品都庄重严肃。因为,"作者以什么心意写",他就"以什么心意读"①。作者意在轻快,则轻快地读;作者意在庄重,则庄重地读。读乔叟的故事,②他会"躺在拉伯雷的安乐椅上大笑不止"③;读《秀发遭劫记》④,则会报以十足的轻佻。是小玩意,就当作小玩意来把玩;是悲剧,就当作悲剧来欣赏。他不会犯此类错误,把掼奶油当成鹿肉而大嚼特嚼。

【§10. 文学清教徒可悲的"认真"】这正是文学清教徒(literary Puritans)最可悲的失败之处。作为人,他们太过认真,以至于作为读者,他们无法成为认真的接受者。我

---

① 原文是 For he will read 'in the same spirit that the author writ'. 引号内文字,出自蒲柏之诗体论文《论批评》(1711):"A perfect judge will read each work of wit / With the same spirit that its author writ."因暂未找到中译文,故拙译采用意译。

② 指乔叟的《坎特伯雷故事集》。

③ 原文为"laugh and shake in Rabelais' easy chair",乃蒲柏诗句,出自蒲柏的讽刺长诗《愚人志》(*The Dunciad*)卷一。

④ 《秀发遭劫记》(*The Rape of the Lock*),英国诗人蒲柏(Alexander Pope,1688—1744)的长篇叙事诗。湖北教育出版社 2007 年出版黄果炘之中译本。

曾经出席一个本科生的论文答辩，他写的是简·奥斯汀[①]。仅看他的论文，绝不会看出她小说中一丝一毫的喜剧色彩，要是我之前从未读过奥斯汀的话。一次我做完讲座，一位年轻人陪着我从磨坊巷走回莫德林学院。他痛苦而又反感地抗议道，我不该暗示《磨坊主的故事》[②]是写来供人发笑的。他认为我的话有害、粗俗、大不敬。我还听说，有人发现《第十二夜》是对个人与社会关系的透彻研究。我们正在培养的，是一批严肃得有如兽类（“微笑从理性中流淌而出”[③]）的年轻人；严肃得就像苏格兰长老会某牧师的19岁儿子，他来到英格兰的雪利酒会，把恭维全当成表白，把玩笑全当成侮辱。[④] 他们是认真的人，却不是认真读者；他们并未舍去先见（preconception），并未向所读作品，公正而又大方地敞开心扉。

---

① 简·奥斯汀（Jane Austen，1775—1817），英国女作家。她是第一个通过描绘日常生活中的普通人，使小说具有鲜明现代性质的小说家。她针对当时英国中产阶级习俗创作的戏剧性作品有：《理智与情感》（1811）、《傲慢与偏见》（1813）、《曼斯菲尔德花园》（1814）、《爱玛》（1815）、《诺桑觉寺》和《劝导》，后两部于作家死后1817年出版。（参《不列颠百科全书》第2卷60页）

② 乔叟《坎特伯雷故事集》中的一篇。

③ 见弥尔顿《失乐园》第九章239行。兽类没有理性，故不会微笑。

④ 不知典出何处。

【§11.“少数人”亦非“成熟”读者】

既然以上所有的描述都不正确，我们可否用“成熟”来形容文学上的“少数人”呢？这个形容词当然能说明许多问题：读书的最高境界，和做其他事的最高境界一样，离不开历练和规矩（experience and discipline），因此小孩子无法达致。不过仍然有所遗漏。如果我们认为每个人一开始都像多数人那样对待文学，尔后随着整体心智的成熟，就能学会像少数人那样阅读，我相信我们搞错了。我认为这两类读者在上幼儿园时就已具雏形。识文断字之前，文学对他们而言是听到的故事，而不是读到的故事。孩子们的反应难道不是有所不同？等他们可以自己看书了，两种不同的类型已然定型。有的孩子没事可做才会读书，对每一故事都囫囵吞枣，只想“看看发生了什么”，很少重读；有的孩子则反复阅读，并且深为感动。①

---

①　路易斯在《为儿童写作之三途》（On Three Ways of Writing for Children）一文中说：（转下页注）

【§12. 我们自己也是多数人】

正如我所说的,以上对这两类读者特征的种种描述都嫌草率。我提到它们,是为了让它们不再碍事。我们务必亲自体会这些态度。对我们绝大部分人来说,这可以做到,因为我们在某些艺术门类中,大都从此态度转向彼态度。我们所知道的“多数人”的经验,不仅来自观察,也来自自省。

(接上页注)

不把“成熟的”这个语词当作一个纯粹的形容词,而用它来表示一种称许,这样的批评家本身就不够成熟。关心自己是否正在成长中、羡慕成年人的事,以为这样做就是成熟的表现;每当想到自己的行为可能很幼稚,就满脸通红。以上这些现象都是童年和少年的特征。……

十几岁时的我读神话故事,总是藏藏躲躲,深恐让人发现了不好意思。现在我五十岁了,却公公开开地读。当我长大成人时,我就把一切幼稚的事抛开了——包括害怕自己幼稚,包括希望自己非常成熟。(见《觉醒的灵魂1:鲁益师谈信仰》,曾珍珍译,台北:校园书房,2013,第61页)

三　少数人与多数人如何使用绘画与音乐[①]

HOW THE FEW AND THE MANY USE PICTURES AND MUSIC

【§1. 小时候的看画经历】我成长之地，没好画可看。因此，我最早接触绘画艺术，全靠书中插画。童年时期，我的一大乐事就是，看比阿特丽克斯·波特[②]为其《故事集》

---

① 【译按】多数人使用绘画与音乐，而非接受。使用，即为我所用，我们依然自我中心。接受，则是虚心，是走出自我牢笼。所使用者，为工具；所接受者，乃本身。接受艺术，即把艺术当作艺术来看。这并非所谓的艺术本体论，而是一种阅读伦理。

② 比阿特丽克斯·波特（Beatrix Potter，1866—1943），英国儿童读物作家。主要作品有《兔子彼得的故事》（1900）、《松鼠纳特金的故事》（1903）、《小兔本杰明的故事》（1904）等，创造了野兔彼得、小鱼杰瑞米、小鸭迈玛和其他动物角色。她的文字初看浅显易懂，却含有不动声色的幽默，而且配有用水彩画传统技巧绘制的插图。（参《不列颠百科全书》第13卷441页）

【图 3.1】波特之插画

【图 3.2】阿琴·拉克汉之插画

所配插画;学生时期,我的乐事则是,阿瑟·拉克汉[①]为《尼伯龙根的指环》所作插画。我仍保存着这些书。如今翻看

① 阿瑟·拉克汉(Arthur Rackham,1867—1939),英国著名插图艺术家。曾为《尼伯龙根的指环》、《爱丽丝梦游仙境》、《仲夏夜之梦》、《格林童话》、《亚瑟王之死》等经典著作插图。其插图笔法流利,透露着神秘与奇幻,其技巧和观念影响到许多后世插画家。(参拉克汉插图本《尼伯龙根的指环》,安徽人民出版社,2013)

这些书，我绝不会说："我当时怎会乐享(enjoy)如此拙劣的作品?"真正让我惊讶的是，插画品质良莠不齐，我竟不加分辨。如今明摆着的是：波特的一些插画笔法巧妙、色彩纯净，另一些则难看、构图不当，甚至敷衍了事。(她简洁利落的经典文风，倒能贯穿始终。)我现在能看出拉克汉的天空、树木和怪物令人佩服，但人物常常像是假人。我怎么当时没看出来呢？我相信，我记得够清，能给出解答。

【图 3.3】女武神

【§2. 作为替代品的画】我喜爱波特的插画，正值我醉心于人性化动物(the idea of humanised animals)，可能比大多数孩子都更醉心；我喜爱拉克汉的插画，正值北欧神话成为我生活的主要兴趣。显然，二位艺术家的画吸引我，是因为画所再现的事物。画是替代物(substitutes)。假如童年时期真能遇见人性化动物，或学生时期真能遇见女武神[①]，我一定更喜欢真的。同样，我赞赏一幅风景画，仅当且只因它所再现的乡野，在现实中我乐意漫步其中。等再长大一点，我赞赏一幅仕女图，仅当且只因它所再现的女性，当她真的现身，定会吸引我。

【§3. 画之所关与画之所是】现在我明白了，其结果就是，我对实际摆在眼前的东西，注意得很不够。画之所“关”(what the picture was ‘of’)，当时最最要紧；画之所是(what the picture was)[②]，则几乎无关紧要。画之作用，几如象形文字(hieroglyph)。一旦调动起我对所绘之物的情感和想象力，画就满足我之所求。持久而仔细地观察这幅画本身，并无必要。甚至反而有可能妨碍我的主观活动(the subjective activity)。

---

① 女武神(Valkyries，又译“瓦尔基里”)，北欧神话里主神奥丁的处女随从。她们的主要任务是上战场，依照奥丁的命令来决定谁应当战胜，谁应当战死，并将英勇的死者带到奥丁面前。“瓦尔”意为“被杀者”，“瓦尔基里”就是“被杀者的拣选人”。(参依迪丝·汉密尔顿《神话》，刘一南译，华夏出版社，2014，第347页)

② what the picture was ‘of’直译是“这幅画关乎什么”，what the picture was直译则为“这幅画是什么”，为突出二者之对比，亦为了加深印象，译为比较生涩的两个术语，“画之所关”与“画之所是”。

【图 3.4】《峡谷之王》

【图 3.5】《老牧羊人的主要哀悼者》

【§4—5. 多数人把画当作替代物】种种证据显示，我自己当时对绘画的那种经验，多数人仍滞留其中。

几乎每幅广泛流行的绘画复制品，它所描绘的事物，在现实中都让那些赞赏者以这样那样的方式，或愉悦，或逗

【图 3.6】米莱斯之名画《吹泡泡》

乐，或兴奋，或动情——《峡谷之王》[①]、《老牧羊人的主要哀悼者》[②]、《吹泡泡》[③]；狩猎场景和战役；临终和晚宴；孩子、狗、猫和小猫；可引起伤感的沉思少女（饰以衣物），和可引起欲望的欢悦少女（衣饰较少）。

【§6. 多数人并不在意艺术，只看重写实】画的买主，夸赞之词如出一辙："这是

---

① 《峡谷之王》（*The Monarch of the Glen*，1851），维多利亚时代学院派画家埃德温·兰斯爵士（Sir Edwin Landseer，1803—1873）之油画。该画原为威斯敏斯特宫而作。因长期用于广告而流行，如哈特福德金融服务集团（The Hartford Financial Services Group）以之为 logo。

② 《老牧羊人的主要哀悼者》（*The Old Shepherd's Chief Mourner*，1837），埃德温·兰斯爵士的另一画作。该画以拟人手法，描绘了昔日与老牧羊人相依为命的牧羊犬在老主人的灵前守灵，在这充满人性的狗的形象上画家寄予深厚的情意。它蹲坐在棺材前抬头陷入悲哀的沉思，似乎在回忆过去与主人相伴的岁月之温馨美好。而今主人已逝，只留下它孤独度日。画境以景写人，通过房间的简陋陈设表现老牧羊人的处境，见物如见人。

③ 《吹泡泡》（*Bubbles*，1886），作者拉斐尔前派创始人米莱斯（John Everett Millais，1829—1896）。该画曾用于肥皂广告。

我见过的最可爱的面孔”——“注意老人桌子上的《圣经》”——“你能看到，他们都在聆听”——“多美的老屋啊！”其侧重点，我们可称为画的叙事品质（narrative qualities）。线条、色彩（就复制品而言）或构图，他们几乎从不提及。画家的技巧，有时候是“看看他如何制造出烛光映照酒杯的效果”。但他们赞赏的是写实（realism）——甚至是接近视幻觉法①的那种写实——及其难度，无论难度确实存在还是他们假想。②

【§7. 画沦为使用对象】但是画买回家还没多久，他们就再也不提那些夸赞，对它的注意力也消失殆尽。对画的拥有者而言，它很快死去，与相应读者只读一遍的小说一个下场。它已被用过，完成了任务。

【§8. 自我中心与敞开心扉】我曾经有过的这种态度，差不多可以定义为“使用”（using）画。你持这一态度之时，就

---

① 视幻觉法（*trompe—l'oeil*，亦译“错视画法”），一种绘画技巧，它再现某一物体，其逼真与写实达到乱真程度，足以欺骗人们的眼睛。这种技巧为罗马壁画家广为使用。自早期文艺复兴以来，欧洲画家偶尔也在静物或肖像之外，画上假的外框，或者画一窗户图像，望之似乎真有这些东西。（参《不列颠百科全书》第17卷213页）

② 苏轼有诗云：“论画以形似，见与儿童邻。”

会把画——或者干脆说，从画中草率而又无意识地挑选出来的元素——当成你自己某种想象及情感活动的启动器(self-starter)。换句话说，你"拿它派用场"(do things with it)。你并未敞开心扉，看看如其本然的画，能对你起什么作用。①

【§9. 象征物与使用】你给画的这种待遇，用在另两类象征物(representational objects)上，倒十分恰当；这两类象征物即圣像(ikon)和玩偶(toy)。(我这里并非在东正教严格意义上运用"圣像"一词；我指的是任何二维或三维的作为敬拜之辅的象征物。)

【§10. "使用"：对象只是手段或津梁】某一特定玩偶或圣像本身，或许就是件艺术品，但这在逻辑上属于偶然；其艺术优点，不会使它变成一件更好的玩偶或者更好的圣像，也许会使它更糟。因为玩偶或圣像之目标，并非使自身成为注意对象，而是激发和释放孩子或敬拜者的某些活动。玩具熊之存在，是为了让孩子赋予它想象的生命和人格，从而与之建立准社会关系。② 这就是"和它

---

① 原文是 You don't lay yourself open to what it, by being in its totality precisely the thing it is, can do to you. 中文怎么译，怎么别扭。

② "郎骑竹马来，绕床弄青梅"，即是这种准社会关系的绝佳描绘。

玩”的涵义。这一活动越是成功，玩具熊的长相越无关紧要。过于密切或长久注意玩具熊那毫无变化和毫无表情的脸，会妨碍游戏。十字架之存在，是为了把敬拜者的情思引向耶稣受难。十字架最好不要有精美、巧妙或原创之处，这会使人只注意十字架自身。正因为此，虔诚信徒可能会选择最简陋、最朴质的（emptiest）圣像。越朴质，便越通透（permeable）；可以说，信徒们是想穿过实体形象而超以象外。同理，孩子喜爱的往往不是最昂贵、最栩栩如生的玩偶。

【图 3.7】丁托列托《美惠三女神》(1578)

【图 3.8】济慈《索西比奥斯花瓶的雕版摹图》(约 1819)

【§11."使用"不等于欣赏,但并非一无是处】如果这就是多数人使用画的方式,我们必须立即摒弃傲慢的想法,即认为他们之使用常常且必然庸俗而愚蠢。可能是,也可能不是。他们藉由画引起的主观活动,有各种层面之分。对某一此类观者而言,丁托列托①的《美惠三女神》(*Three Graces*),或许只能助他淫思驰骋;他把画当作色情图片(pornography)使用。对另一此类观者而言,那幅画也许是他沉思希腊神话之起点,这沉思有其自身的价值。

① 丁托列托(Tintorette,约 1518—1594),文艺复兴后期威尼斯画派著名的风格主义画家。年轻时曾在手工艺作坊受过严格的传统训练,后师事提香学画。丁托列托偏爱多变的透视和装饰风格,精通风格主义,其作品《基督与淫妇》和《圣马可拯救奴隶》以流畅轻快的笔触和沉湎于想象的灵感,以及奇异多变的透视和光影变幻的空间,成为当时文艺界注意的中心。(参《不列颠百科全书》第 17 卷 89 页)

可以想见,这样的沉思或许能生发出不同于画、但和画一样好的作品来。济慈观看一个希腊古瓮时,也许正是如此。①若如此,他对古瓮的使用,就令人钦羡。但令人钦羡的是这一使用方法本身,而不是对制陶艺术之欣赏(appreciation)。与此相应,对画的使用方法林林总总,大都值得一提。唯有

① 指济慈的《希腊古瓮颂》(查良铮译):委身"寂静"的、完美的处子,/受过了"沉默"和"悠久"的抚育,/呵,田园的史家,你竟能铺叙/一个如花的故事,比诗还瑰丽:/在你的形体上,岂非缭绕着/古老的传说,以绿叶为其边缘;/讲着人,或神,敦陂或阿卡狄?/呵,是怎样的人,或神!在舞乐前/多热烈的追求!少女怎样地逃躲!/怎样的风笛和鼓谣!怎样的狂喜!/听见的乐声虽好,但若听不见/却更美;所以,吹吧,柔情的风笛;/不是奏给耳朵听,而是更甜,/它给灵魂奏出无声的乐曲;/树下的美少年呵,你无法中断/你的歌,那树木也落不了叶子;/卤莽的恋人,你永远、永远吻不上,/虽然够接近了——但不必心酸;/她不会老,虽然你不能如愿以偿,/你将永远爱下去,她也永远秀丽!/呵,幸福的树木!你的枝叶/不会剥落,从不曾离开春天;/幸福的吹笛人也不会停歇,/他的歌曲永远是那么新鲜;/呵,更为幸福的、幸福的爱!/永远热烈,正等待情人宴飨,/永远热情地心跳,永远年轻;/幸福的是这一切超凡的情态:/它不会使心灵餍足和悲伤,/没有炽热的头脑,焦渴的嘴唇。/这些人是谁呵,都去赶祭祀?/这作牺牲的小牛,对天鸣叫,/你要牵它到哪儿,神秘的祭司?/花环缀满着它光滑的身腰。/是从哪个傍河傍海的小镇,/或哪个静静的堡寨山村,/来了这些人,在这敬神的清早?/呵,小镇,你的街道永远恬静;/再也不可能回来一个灵魂/告诉人你何以是这么寂寥。/哦,希腊的形状!唯美的观照!/上面缀有石雕的男人和女人,/还有林木,和践踏过的青草;/沉默的形体呵,你象是"永恒"/使人超越思想:呵,冰冷的牧歌!/等暮年使这一世代都凋落,/只有你如旧;在另外的一些/忧伤中,你会抚慰后人说://"美即是真,真即是美,"这就包括/你们所知道、和该知道的一切。

一件事，我们可以说得斩钉截铁，概莫能外：它们本质上都不是欣赏绘画(appreciations of pictures)。

【图 3.9】波提切利《马尔斯与维纳斯》

【§12. 欣赏的首要之务是顺服】真正的欣赏(appreciation)要求相反的过程。我们不应放任自己的主观活动，使画沦为主观活动之载体。我们必须先尽可能统统抛开自己所有的先见(preconceptions)、兴趣(interests)、联想(associations)。我们必须把自己的场地清空，给波提切利①的《马尔斯与维纳斯》或契马布埃②的《耶稣受难》腾出空间。否定性

---

① 波提切利(Sandro Botticeli，1445—1510)，意大利佛罗伦萨早期文艺复兴画家。所作《维纳斯的诞生》和《春》被现代评论家誉为文艺复兴精神的代表。其艺术创作复杂而丰富，最具个人风格，擅长表现情感。(参《不列颠百科全书》第3卷69页)

② 契马布埃(Cimabue，早于1251—1302)，佛罗伦萨画家和装饰艺术家。活动于意大利拜占廷艺术风格由盛而衰的时期，其作品给意大利绘画带来了新的空间意识和雕刻特征，被看做是西欧新旧传统的分界线。(参《不列颠百科全书》第4卷226页)

努力(negative effort)之后,才是肯定性(positive)努力。我们必须用自己的眼睛。我们必须看,一直看,直至真切看到画面上到底是什么。我们坐在画前,是为了让画对我们起作用(to have something done to us),而不是为了拿画来派可能之用场(we may do things with it)。任何艺术品,对我们的第一命令是顺服(surrender)。[①] 看。听。接受。别让自己碍事。[②](不要先问自己顺服眼前的这部作品是否值得,这没有好处,因为除非你已经顺服,否则你不可能发现是否值得。[③])

---

① 中国老话说,万恶淫为首。而在基督教传统中,骄傲则是"万恶之首"。参见路易斯《返璞归真》(汪咏梅译,华东师范大学出版社,2007)第三章第8节,即第125—131页。

② 苏轼有诗云:"欲令诗语妙,无厌空且静。静故了群动,空故纳万境。"

③ 路易斯在这里申明的,是一个简单不过的道理:我们跟人初次交往,切勿先把他或她预想成坏人。假如我们老把人想得很坏,那会使我们看不见好人。相反,我们一开始预想他或她是好人,我们既能找到好人,也能发现坏人:好人就是比你预想的还好或至少一样好的人,坏人则是跟你的预想相反的人。路易斯在本书第九章第9段,讲了这一道理:

> 过于"明智"的乡下人,进城之时被反复告诫谨防骗子,在城里并不总是一帆风顺。实际上,拒绝颇为诚恳之善意、错过诸多真正机会、并树立了几个敌人之后,他极有可能碰上一些骗子,恭维他之"精明",结果上当。……真正并深情结交诚实人,比起对任何人之习惯性的不信任,能更好地防范坏蛋。

以此态度阅读,即路易斯所谓"坏的阅读"。网上流传着萧伯纳的一句话:"对说谎者的惩罚,不是没有人再相信他,而是他不再相信任何人。"或许可作路易斯所谓"坏的阅读"之最佳注脚。

【图 3.10】契马布埃《耶稣受难》

【§13. 赏画,倒空观念仍嫌不够】我们必须放在一边的,不只是,比如说,我们自己关于马尔斯和维纳斯的“观念”(ideas)。这只会给波堤切利的(同样意义上的)“观念”腾出空间。因而我们只会接受其创作中和诗人共有的那些元素。既然他终究是个画家,不是诗人,这样做就仍不够。我们必须接受的是,他特有的绘画创作:即整块画布上诸多色块、色彩和线条构成的复杂和谐(the complex harmony)。

【§14. 使用与接受】二者之别的最好表述,可能莫过于此:多数人使用(*use*)艺术,少数人接受(*receive*)艺术。多数人的表现,恰如一个人该倾听时却谈说,该接受时却给予。我并不是说,正确的观赏者就是被动的(passive)。他之观赏也是一种想象活动(an imaginative activity);但却是顺从的(obedient)想象活动。一开始,他显得被动,这是因为他正在确认对他的指令。充分领会这些指令之后,假如他得出结论，认为它们不值得顺从——换言之，认为这是一幅拙劣画作——那么他就会弃之不顾。

【§15. 好画可能遭滥用】从有人把丁托列托的画用作色情图片这一例子来看，好的艺术作品显然可能遭滥用。可是，与差的艺术作品相比，要误用好作品并不那么容易。要是可以撇开道德或修养伪装，这人会很乐意丢开丁托列托，去看基尔希纳①的画或去看照片。后者里面不相干的东西更少；火腿多，纸卷少。

【图 3.11】基尔希纳《作为一个军人的自画像》(约 1915)

---

① 基尔希纳(Kirchner，1880—1983)，德国油画家、版画家，属于表现派，深受德国后期哥特派美术家和丢勒的影响。他认为美术是将内心冲突转化成视觉形象最有力、最直接的手段，其作品大部分是表现人的作恶心理和色情的，如《柏林街头》等。(参《不列颠百科全书》第 9 卷 283 页)

【图 3.12】基尔希纳《伞下的女孩》(1909)

【§16. 但滥画不可能得到好用】但我相信,反过来则不可能。以少数人给予好画作的那种全面又有节的“接受”(full and disciplined ‘reception’),来乐享拙劣画作,是不可能的。我最近认识到了这点。当时我在车站等车,附近有一块广告牌。有那么一两分钟,我发觉自己真的在看一张海报——画面上,一个男人和一个姑娘在酒店里喝啤酒。它当不起这等待遇。无论初看上去它具有何种优点,每增加一秒之注意,此优点就减一分。微笑变成蜡像的僵笑。颜色是尚可忍受的写实,或者在我看来如此,却一点也不令人欣悦。构图中没有一点让眼睛满足的东西。整张海报，除了是“关于”某些事情（‘of’ something）之外，并非悦人之对象（a pleasing object）。我想，任何一幅拙劣画作在细看之下，定都如此下场。

【§17. 无人乐享拙劣画作，他们乐享的乃是观念】若是这样，说大多数人“乐享拙劣画作”（enjoy bad pictures），就不够准确。他们乐享的是，拙劣画作暗示给他们的观念（ideas）。他们并未把画当画看（see the pictures as they are）。如果他们把画当画看，会看不下去。可以说，无人乐享拙劣作品，也不可能有人乐享。人们不喜欢拙劣画作，是因为其中人脸画得像木偶，该有动感的线条没有动感，整个构图既无活力也不雅致。而这些缺点，他们根本就视而不见；正如一个富于想象的活泼泼的孩子，沉浸在游戏之中时，他就会对玩具熊的真实面孔视而不见。他不再注意，熊的眼睛不过是两颗珠子。

【§18. 使用绘画之错处并不在于动情，而在于不能走出自己】要是说艺术中的低劣趣味（bad taste in art）就等于喜好低劣本身（a taste for badness as such），那么，尚无人能说服我世上真有这事。① 我们假定其有，是因为我们用形容词“滥情”(sentimental)来泛论这一切大众乐享(popular enjoyments)。假如“滥情”一词意思是说，这些大众乐享就存在于我们可以称为“情操”(sentiments)的活动里，那么我们错得还不算离谱(尽管我认为有待寻找更好的词)。假如我们是说，这些活动一律都是，令人作呕(mawkish)、无病呻吟(flaccid)、无理可讲(unreasonable)、不大光彩(disreputable)，我们就是强不知以为知了。因思及孤独的

---

① 流俗的批评理路，总是认为“艺术中的低劣趣味”(bad taste in art)的意思就是“喜好低劣本身”(a taste for badness as such)，以为一个人之所以趣味低级，是因为他爱的就是低劣。路易斯显然不同意。

也许联系路易斯对善恶的看法，对理解这一点不无裨益。流俗见解以为，恶人之所以是恶人，是因为他爱作恶。路易斯在《返璞归真》卷二第2章指出，只有“为善而善”，却无“为恶而恶”：

恶实际上是用错误的方式追求善。你可能纯粹为了善而行善，但不可能纯粹为了恶而行恶。……善是其本身，恶只是变坏的善，先有善的东西存在，然后才可以变坏……要想行恶，他必须先有好的冲动，然后才能变好为坏。如果他是恶的，他既不会有善的东西去渴望，也不会有好的冲动去变坏，这两样都必须来自善的力量。……要作恶，他首先必须存在、有智慧和意志。但是存在、智慧和意志本身都是善的，这些东西必须来自善的力量，即使作恶，他也必须从对手那里去借或去偷善的东西。……恶本不存在，恶只是一个寄生物。恶得以持续下去的力量是由善赋予的，坏人得以有效作恶的一切东西——决心、聪明、漂亮的外表、存在本身——都是好的。所以我们说，严格意义上的二元论是讲不通的。(汪咏梅译，华东师范大学出版社，2007，第56—57页)

老牧羊人之死和那条狗之忠诚，而受到触动，抛开当前话题而论，这种触动本身绝非卑下之标识。不应如此乐享图画的真正理由是，你从未走出自己（you never get beyond yourself）。[1] 如此使用绘画，只能唤起你本已具有的东西。你没有跨过边界，进入绘画艺术本身给世界增添的那块新地域。走遍天涯海角，你找到的仍是你自己。[2]

【§19. 对多数人来说，音乐等于唱歌】在音乐方面，我想我们一开始，大多或者几乎全都属于多数人阵营。在

---

① 自我中心，乃人之天性。路易斯在《返璞归真》（汪咏梅译，华东师范大学出版社，2007）中说："我们每个人的自然生命都以自我为中心，都希望受到别人的赞扬和仰慕，希望为一己之便，利用其他的生命和整个宇宙，尤其希望能自行其道，远离一切比它更好、更强、更高、使它自惭形秽的东西。自然的生命害怕灵性世界的光和空气，就像从小邋遢的人害怕洗澡一样。从某种意义上说它很对，它知道一旦灵性的生命抓住它，它一切的自我中心和自我意志就会被消灭，所以它负隅顽抗，免遭厄运。"（第175页）

② 原文为德文，Zum Eckel find' ich immer nur mich。路易斯显然以为读者足够博学多识，此文出处不用注明。

然而，英语界读者亦不知出处何在。或以为，出自《尼伯龙根的指环》之第二部《女武神》（Die Walküre）第二幕第二场："Zum Ekel find' ich ewig nur mich in allem, was ich erwirke!" 英译文："With disgust I find only myself, every time, in everything I create."鲁路的《尼伯龙根的指环》（安徽人民出版社，2013）中译本译为："我对自己总是感到恶心，面对自己造成的所有事情！"（第55页）拙译该句，暂用徐译《文艺评论的实验》之译文，略有改动。

每部作品的每次演出中，我们的注意力全都在"曲调"(tune)上，也就是乐曲中可用口哨吹出来或者用鼻子哼出来的那部分。一旦抓住了曲调，其他部分则几乎听而不闻。既没注意作曲家如何处理这个曲调，也没注意演奏者如何传达作曲家的这一处理。我相信，对曲调本身的反应有两重。

【§20. 对音乐之机体反应】第一种，也是最明显的，是合群的和机体的反应(a social and organic response)。我们想"参与其中"(join in)；跟着唱、哼曲子、打拍子、随着节奏扭动身子。[1] 多数人何其经常地感到并放纵这一冲动，我们一清二楚。

【§21. 对音乐之情感反应】第二种是情感反应(an emotional response)。曲调似乎约请我们变得或雄壮、或悲哀、或欢快。小心翼翼地加上"似乎"一词，事出有因。一些音乐纯粹主义者(musical purists)[2]告诉我，某些曲子(airs)

---

① 《礼记·乐记》："夫乐者，乐也，人情之所不能免也。乐必发于声音，形于动静，人之道也。"

② "声有哀乐"与"声无哀乐"，乃音乐美学中的古老争论，中西皆然。声无哀乐论，即音乐纯粹主义。 （转下页注）

适合于某些情感(emotions),是种幻觉;对音乐之理解真正走向深入,这种对应就会逐渐减弱。这种对应的确并非放之四海而皆准。即便在东欧,小调所具有的意味(significance)也与大多数英国人的感受不同。一次我听到一首祖鲁战歌,它听起来如此哀怨如此温柔,让我想起了摇篮曲,而不是嗜血的班图武士列队行进。有些时候,这类情感反应不但由音乐本身引起,还由给作曲所添加的那令人浮想联翩的文字标题引起。

【§22. 情感反应并非乐享音乐,而是乐享观念】一旦情感反应被充分调动起来,想象就随之而来。无法排遣的悲

(接上页注)

声有哀乐,乃生活常识。哀乐舒缓而喜乐欢快,即是明证。在古中国,《礼记·乐记》可谓声有哀乐论之经典文献。其中曰:“乐者,音之所由生也;其本在人心之感于物也。是故其哀心感者,其声噍以杀。其乐心感者,其声啴以缓。其喜心感者,其声发以散。其怒心感者,其声粗以厉。其敬心感者,其声直以廉。其爱心感者,其声和以柔。……”“凡音者,生人心者也。情动于中,故形于声。声成文,谓之音。是故治世之音安以乐,其政和。乱世之音怨以怒,其政乖。亡国之音哀以思,其民困。”

嵇康之《声无哀乐论》则针锋相对,言“心之与声,明为二物”。恰如我等爱某人并不等于某人可爱,憎某人并不等于某人可憎,音声令我等有哀乐之感,并不等于声有哀乐。故而嵇康说:“声音自当以善恶为主,则无关于哀乐;哀乐自当以情感而后发,则无系于声音。”

在西方,音乐纯粹主义之经典文献乃奥地利汉斯立克的《论音乐的美:音乐美学的修改新议》(杨业治译,人民音乐出版社,1978)。

伤、尽兴狂欢、血染沙场等模糊观念(dim ideas),油然而生。渐渐地,我们真正乐享的就是这些观念。曲调本身几乎湮没无闻,更不用提作曲家的处理手法和演出质量。对一种乐器(风笛),我仍然处于这一境地。我辨不出此曲彼曲之别,也辨不出风笛手之好坏。全都是“风笛曲”,一样令人沉醉、心碎、热狂。包斯威尔①对一切音乐的反应都是如此:“我告诉他音乐给我的冲击,有时巨大得无与伦比,使我精神受到极大痛苦,心中溢满感伤,随时可痛哭流涕,或者悲愤填膺,恨不得立刻血洒沙场。”约翰逊②之回答值得铭记:“先生,如果音乐能够使我变成这种大傻瓜,我宁愿永远不听音乐。”③

---

① 包斯威尔(James Boswell,1740—1795),英国著名文人约翰逊博士的苏格兰朋友,《约翰逊传》的作者。20世纪出版的他的日记,证明了他也是世界上最伟大的日记写作者之一。在他记述自己与约翰逊博士交往的文字中,他以一个历史学家的客观态度分析并记录下自己的虚荣心及弱点,而在描述约翰逊的情节中又无情地将自己的人格放到次要的地位。(参不列颠百科全书》第3卷63页)

② 约翰逊博士(Samuel Johnson,1709—1784),英国诗人、评论家、传记作者、散文家和词典编纂者塞缪尔·约翰逊,不仅由于他的著作,而且还由于他的富有说服力的、机智诙谐的谈话而成为名人。在整个英国文学范围内,莎士比亚之后,约翰逊也许是最著名,也是最经常被引用的一个人物。(参《不列颠百科全书》第9卷59页)

③ 【原注】Boswell, *Life of Johnson*, 23 September 1777.

【译注】见包斯威尔《约翰逊传》,罗珞珈、莫洛夫译,中国社会科学出版社,2004,第343页。

【§23. 二种反应并不丢脸】我们曾不得不提醒自己，对画作之大众使用(the popular use of pictures)，虽谈不上对画作如其本然的欣赏，然而其本身并不一定卑下、不上档次——尽管确实经常如此。对音乐之大众使用(the popular use of music)，则几乎不必再作类似提醒。不应对机体反应或情感反应，不分青红皂白一概指责。这样做只能是蔑视全人类。在集市上绕着小提琴手载歌载舞(机体反应与合群反应)，显然是情中应有之义。"竖琴声一响，禁不住泪水盈眶"[1]并不愚蠢，也不丢脸。这两种反应并非盲于音乐者(the unmusical)所特有。我们也能碰到，音乐专家哼曲子或吹口哨。他们，或他们中的一部分，也对音乐之情感暗示作出反应。

【§24. 欣赏音乐与欣赏绘画之同：顺从】可是，音乐进行时，他们从不哼曲子、吹口哨；只有在回想之时，他们才这样做，恰如我们默诵心爱诗行。这段或那段音乐的直接情感冲击，很不重要。当他们把握了整部作品的结构，把作

---

① 路易斯之引文'the salt tear harped out of your eye'，不知出自何处，只能直译。即"不知何人吹芦管，一夜征人尽望乡"、"羌管悠悠霜满地，人不寐，将军白发征夫泪"之意。

曲家之创作(既是感性的又是理性的)纳入听觉想象之后,他们会有某种情感反应。但那是另一种情感,指向另一种对象。它浸润着知性(intelligence)。同时又比大众使用(the popular use)更感性,因为它更离不开耳朵。他们全神贯注地聆听所发出的实际声响。但是大多数人听音乐和看画一样,搞个节选或概括,挑出对他们有用的,忽略其余部分。恰如画作的第一要求是"看"(Look),音乐的第一要求是"听"(Listen)。作曲家在开头或许会给出一个可以用口哨吹出来的"曲调"。但问题不在于你是否特别喜欢那个曲调。等着。听着。看看作曲家将要用它谱出什么。

【§25. *有些音乐*】不过我发现,音乐有一个绘画所没有的难题。我感觉有些简单曲子(simple airs),抛开其所派用场和演奏好坏不谈,内在的粗鄙、丑陋。无论我如何努力,都摆脱不了这种感觉。我想到的是某些流行歌曲和某些赞美诗。假如我的感觉并非空穴来风,那么推论就是,在音乐方面可以有肯定意义上的拙劣品味(bad taste in the positive sense):正因其拙劣,才乐于如斯之拙劣(a delight in badness as such just because it is bad)。不过这或许说明我并非十分敏于音乐(musical)。也许是因为某些曲调,诱人心生趾高气扬或自悲自怜之情，我实在受不了，以至于无法把它当作可以派上好用场的中立音符排列去聆听。我把这一问题留给真正的音乐家来回答：是不是再恶心的曲调（《可爱的家》[1]甚至都不算恶心），到了伟大作曲家手里，都能变成一部优秀交响曲的素材。[2]

【§26. 大众态度都是“使用”艺术】幸运的是，这个问题可以不用回答。大致而言，对音乐之大众使用与对绘画之大众使用，足以互相印证。二者都是“使用”，而非“接受”；都迫不可待地要拿艺术作品来派用场，而不是等它来对我们起作用。结果，画布上可以看见的，或演出中可以听

---

① 《可爱的家》（*Home sweet home*），英国作曲家毕肖普（Henry R. Bishop，1786—1855）作曲。《外国名歌 200 首》（章民，王怡 编，人民音乐出版社，2004）收录此曲。

② 钱锺书《围城》第四章里的这段描写，也许就是恶心曲调之一例：

没进门就听见公寓里好几家正开无线电，播送风行一时的《春之恋歌》，空气给那位万众倾倒的国产女明星的尖声撕割得七零八落——

春天，春天怎么还不来？

我心里的花儿早已开！

唉！！！ 我的爱——

逻辑的推论当然是：夏天没到，她身体里就结果子了。那女明星的娇声尖锐里含着浑浊，一大半像鼻子里哼出来的，又腻又粘，又软懒无力，跟鼻子的主产品鼻涕具有同样品性。可是，至少该有像鼻子那么长短，才包涵得下这弯绕连绵的声音。（人民文学出版社，1991，第 127 页）

见的，很大一部分被忽略。之所以遭忽略，是因为它们不能被“使用”。假如作品里没有什么可以派上如斯用场——假如交响曲里没有容易上口的曲调，假如画的内容大多数人并不关心——那么就会遭到断然拒绝。虽然不必指摘这两种反应本身，但二者都使得一个人无法充分体验这两门艺术。

【§27. 一个可笑的暂时错误】在这两门艺术中，当年轻人正要从多数人阵营跨入少数人阵营时，有可能会犯一个可笑的错误，但所幸是暂时的。当一个年轻人最近刚发现，音乐里有比容易上口的调子更具有持久乐趣的东西时，会把出现这类调子的任何作品，都斥为“廉价”。处于同样阶段的另一个年轻人，会因为一幅画的题材诉诸人心中的正常情感，而斥之为“滥情”(sentimental)。这好比，你一旦发现除了舒适之外，对房子还应有别的要求，你就得出结论说，但凡舒适的房子就不是“好建筑”。

【§28. 附庸风雅者或文化信徒有时还不如普通人】我说了，这个错误是暂时的。我是说，在音乐和绘画的真正爱好者身上是暂时的。而在附庸风雅者和文化信徒身上，它有时会成为痼疾。

四　盲于文学者之阅读①

THE READING OF THE UNLITERARY

【§1—3. 谈艺术，不可概论】

【§1. 文学欣赏与音乐欣赏之别】我们很容易区分，听众是对一首交响曲作纯粹的音乐欣赏（the purely musi-

① 【译按】盲于音乐之听众只要曲调，盲于文学之读者只要事件。后者有五个特征：1. 看热闹；2. 无语感；3. 不看好书；4. 不见文字；5. 快速高效。正因为只要事件，只关心接下来发生了什么，所以他们不喜欢好文学而喜欢滥文学。他们所喜欢事件，略可分为三类：1. 刺激；2. 能满足好奇；3. 能提供替代满足。这些只要事件的读者，盲于文学；而那些竭力维护英语纯洁性的“文风贩子”，则反文学。

cal appreciation)，还是把它主要或完全当作起点，以生发非可听闻(inaudible)(因此也非关音乐[non-musical])之事物，如情绪和视觉形象。同样意义上，对文学作纯粹的文学欣赏(a purely literary appreciation of literature)，却不存在。每篇文学作品都是文字序列；字音(或其对应的字符)之所以是文字(words)，正是因为字音将人的心灵带向字音之外。文字之为文字，意在于此。神游乐音以外，走向非可听闻、非关音乐之事物，这或许是听音乐的错误方式。然而，同样神游于文字之外，走向非关言辞(non-verbal)、非关文学(non-literary)之事物，却并非错误的阅读方式。这正是阅读。否则，我们就会说，眼睛一页页扫过用我们不懂的语言写成的书页，也是阅读；否则，即便不学法语，我们也能阅读法语诗了。一首交响曲的第一个音符，要求我们只关注它本身。《伊利亚特》的第一个字，则把我们的心灵引向愤怒；①我们了解愤怒，是在此诗和整个文学之外。

① 《荷马史诗·伊利亚特》(罗念生、王焕生译，人民文学出版社，1994)打头就说："女神啊，请歌唱佩琉斯之子阿基琉斯的致命的忿怒，那一怒给阿开奥斯人带来无数的苦难，把战士的许多健壮英魂送往冥府，使他们的尸体成为野狗和各种飞禽的肉食。"(卷一第1—5行)

【§2. 词之为词,在于有所意指】有人主张“一首诗应无它意,只是自己”(a poem should not mean but be)①,有人反对。在此,我并不企图了却这桩公案。无论孰是孰非,可以确定的是,诗中文字必须有所意指。一个词,“只是自己”(was)、并无“它意”(mean),就不成其为词。这一点,甚至适

---

① 语出美国诗人麦克利什(Archibald MacLeish, 1892—1982)的名诗《诗艺》(*Ars Poetica*),该诗写于1925年,被视为现代主义诗歌之美学纲领。全诗如下:“A poem should be palpable and mute /As a globed fruit,// Dumb / As old medallions to the thumb, // Silent as the sleeve-worn stone / Of casement ledges where the moss has grown — //A poem should be wordless / As the flight of birds. // A poem should be motionless in time / As the moon climbs, // Leaving, as the moon releases / Twig by twig the night-entangled trees, // Leaving, as the moon behind the winter leaves, /Memory by memory the mind — //A poem should be motionless in time / As the moon climbs. // A poem should be equal to / Not true. // For all the history of grief / An empty doorway and a maple leaf. // For love / The leaning grasses and two lights above the sea — // A poem should not mean / But be.”

一不知名网友译文(http://www. jintian. net/today/html/93/t－2393. html):“一首诗应哑然可触 / 像一种圆润的果物,/ 笨拙 / 像老硬币与大拇指,/ 沉默如长了青苔的窗沿上 / 一块衣袖磨秃的石头—— / 一首诗应无语 / 像鸟飞。// 一首诗应静止在时间里 / 像月亮徐徐升起,/ 离别,像月亮放出 / 一枝枝缠在夜里的树木,/ 离别,像冬叶深处的月光,/ 一段段心中的记忆—— / 一首诗应静止在时间里 / 像月亮徐徐升起。// 一首诗应等于:/ 不是。/ 对全部的历史悲伤 / 一个敞开的门口,一片枫叶。/ 对爱 / 一片低草,海上两处灯火—— / 一首诗应无它意 / 只是自己。”

用于“胡话诗”(Nonsense poetry)①。*Boojum*② 一词，在其语境里不只是个噪音。如果把格特鲁德·斯泰因③的 a rose is a rose，当作是 arose is arose，结果就不一样。

【§3. 谈艺术，不可一概而论】每门艺术都是自身，而非其他艺术。④ 因此，我们得出的任何普遍原则，运用到各

---

① 胡话诗(Nonsense Poetry，亦作 Nonsense Verse)，也就是所谓“没意思的诗”或者“无意思的诗”。英语诗歌之一体，与欧洲中世纪歌谣有亲缘关系。17 世纪曾流行一时，但不被文学史家看重。19 世纪胡话诗达到发展的顶峰，代表诗人是爱德华·李尔(Edward Lear)和刘易斯·卡罗尔(Lewis Carroll)。

② Boojum 一词，出自刘易斯·卡罗尔(Lewis Carroll)的《追猎蜗鲨》(The Hunting of the Snark)。《追猎蜗鲨》是胡话诗的经典之作，其中包含一个十人团队出海追猎蜗鲨的荒诞故事，于 1876 年出版。

Snark 是一个虚构的动物物种，是个混成词，它可以是 Snake＋Shark(蛇鲨)，Snail＋Shark(蜗鲨)，Snarl＋bark(吼吠)等等。*Boojum* 则是 Snark 的一个变种。

③ 格特鲁德·斯泰因(Gertrude Stein，1874—1946)，美国先锋派作家、怪人和自封的天才。她在巴黎的家，在两次世界大战之间，是主要艺术家和作家的沙龙。在沙龙中，她的文艺评论受到人们的尊重。她随便讲的话可以使人成名，也可以使人名誉扫地。(参《不列颠百科全书》第 16 卷 195 页)

④ 概论之失，钱锺书《中国诗与中国画》里的这段话，是个绝佳提醒：

我们常听说中国古代文评里有对立的两派，一派要“载道”，一派要“言志”。事实上，在中国旧传统里，“文以载道”和“诗以言志”主要是规定个别文体的职能，并非概括“文学”的界说。“文”常指散文或“古文”而言，以区别于“诗”“词”。这两句话看来针锋相对，实则水米无干，好比说“他去北京”、“她回上海”，或者羽翼相辅，好比说“早点是稀饭”、(转下页注)

门艺术上时，必须有所针对。[①] 我们接下来的任务是，找到适当模式，把“使用”与“接受”之别运用到阅读上。盲于音乐之听众(unmusical listener)，只注意主旋律(top tune)及其用场。盲于文学之读者(the unliterary reader)身上，与此相应的是什么呢？我们的线索是，这类读者的行为。在我看来，它有五个特征。

(接上页注)“午餐是面”。因此，同一个作家可以“文载道”，以“诗言志”，以“诗余”的词来“言”诗里说不出口的“志”。这些文体仿佛台阶或梯级，是平行而不平等的，“文”的等级最高。西方文艺理论常识输入以后，我们很容易把“文”一律理解为广义上的“文学”，把“诗”认为是文学创作精华同义词。于是那两句老话仿佛“顿顿都喝稀饭”和“一日三餐全吃面”，或“两口都上北京”和“双双同去上海”，变成相互排除的命题了。传统文评里有它的矛盾，但是这两句话不能算是矛盾的口号。对传统不够理解，就发生了这个矛盾的错觉。(《钱锺书论学文集》，花城出版社，1990，第4页)

① 托克维尔在《论美国的民主》(董国良译，商务印书馆，1988)中指出，民主社会的知识人对“一般观念”(general ideas)具有一种亘古未有的激情：“我每天一早起来，总是听到人们又发现了我以前闻所未闻的某个一般的、永久的规律。即使是一个平庸的小作家，他也跃跃欲试，企图发明一些可以治理大国的经纶；他要是不在一篇文章中把全人类都写进去，他是决不会心满意足的。”(《论美国的民主》下卷第530页)对一般观念的热爱，形成了这样一种思维习惯：“找出所有事物的共同准则、把大量的事物总括在同一的形式之下、只用一个原因来解释无数事实。”(同上，第531页)这种概论热情，泛滥到艺术理论或文学理论领域，就是无顾各艺术门类之不同，用一个大写的艺术(Art)或(中国学者爱用的)“文艺”一词，概括小写的复数的arts。现代以来形形色色的美学理论体系，都有此病。

【§4—10. 盲于文学者之特征】

1. 若非强制，非叙事之作（narrative）不读。我不是说，他们都读小说（fiction）。最最盲于文学之读者，胶着于“新闻”。他每天兴致勃勃地阅读，在某个他从未去过的地方，不知何故，某个他不认识的人娶了、解救了、抢劫了、强奸了，或者谋杀了另一个他不认识的人。高他一等的读者——只读最低级小说的那些人——和他并无本质区别。那些人和他想读到的事件，属于同一类型。区别只在于，他像莎士比亚剧中的莫普萨一样，想要确信“它们肯定是真的”①。这是因为他着实盲于文学（unliterary），②以至于无法想象虚构（fic-

① 莫普萨，《冬天的故事》中的牧羊女。语出自第四幕第四场：“我顶喜欢刻印出来的民歌了，因为那样的民歌肯定是真的。”（《莎士比亚全集》第7卷，译林出版社，1998，第266页）

② 钱锺书《释文盲》一文说，不识字者固然为文盲，但文学界也有文盲：“价值盲的一种象征是欠缺美感；对于文艺作品，全无欣赏能力。这种病症，我们依照色盲的例子，无妨唤作文盲。……说来也奇，偏是把文学当作职业的人，文盲的程度似乎愈加厉害。好多文学研究者，对于诗文的美丑高低，竟毫无欣赏和鉴别。……看文学书而不懂鉴赏，恰等于帝皇时代，看守后宫，成日价在女人堆里厮混的偏偏是个太监，虽有机会，却无能力！”（文见钱锺书《写在人生边上》）拙译依钱先生此典，将unliterary译为“盲于文学”。

tion)之合法,甚至无法想象虚构之可能。(文学批评史表明,欧洲用了几百年时间才完全跨过这道坎。)

2. 不长耳朵。他们全凭眼睛阅读。最最刺耳的不谐和音,与最最动听的节奏和元音构成的旋律,在他们听来毫无区别。正是凭这一点,我们才发现,一些受过高等教育的人盲于文学。他们会写出这样的句子:"the relation between mechanization and nationalisation"①,面不改色。

3. 不仅在听觉方面,而且在其他任何方面,他们要么对文风(style)毫无意识,要么会偏爱那些我们本以为写得相当拙劣的书。拿本《金银岛》(*Treasure Island*)给一个盲于文学的 12 岁孩子读(并非所有 12 岁的孩子都盲于文学),而不是他常看的讲海盗的"血气男儿"故事;或者拿本威尔斯②的《登月先锋》(*First Men in the Moon*)给一个只看最低级科幻小说的人读。你常会大失所望。你给他们的

① 原文意为"机械化与国有化的关系",一经汉译,就会失去原文字句音律之丑。故保留原文。

② H. G. 威尔斯(H. G. Wells,1866—1946),英国小说家、记者、社会学家和历史学家,以科幻小说《时间机器》、《星际战争》和喜剧小说《托诺-邦盖》、《波里先生的历史》闻名。(参《不列颠百科全书》第 18 卷 168 页)

书,看来正是他们想看的那种类型,只不过写得太好了:描写是真正的描写,对白令人浮想联翩,人物可以清晰想见。他们走马观花般随便翻翻,就把书丢在一边。书中的某些东西让他们退避三舍。

4. 他们所乐享的叙事之作(narratives),文字成分减少到最低限度——连环画故事,或者是对白少得不能再少的电影。①

5. 他们要进展迅速的叙事。必须不断有事“发生”。他们最爱用“缓慢”、“拖沓”之类术语,表达不满。

【§9. 盲于音乐者只要曲调,盲于文学者只要事件】不难看出这些特征的共同来源。正如盲于音乐之听众只想要曲调(Tune),盲于文学之读者只想要事件(Event)。前者几乎统统忽略了乐队实际奏出的声响;他只想哼哼曲调。后者则几乎统统忽略了眼前文字正在做的一切;他只想知道接下来发生了什么。

【§10. 盲于文学者何以有此特征】他只读叙事之作,

---

① 在这个所谓的“读图时代”或“图像学转向”的时代,此种情形变其本而加厉,甚至还披上了“时代潮流”的外衣。

因为只有在那里,他才能找到事件。他对所读之书的声韵方面,充耳不闻。因为节奏和旋律,无助于他发现谁娶了(营救、抢劫、强奸或谋杀了)谁。他之所以喜欢连环画式叙事,以及几乎没有对白的电影,因为其中没有什么在他与事件之间碍手碍脚。他喜欢速度,因为进展迅速的故事全由事件(events)构成。①

【§11—15. 盲于文学者缘何喜欢坏文字,不喜欢好文字】

【§11. 无人因其拙劣而喜欢拙劣】他之文风(style)偏好,尚需多费唇舌。看上去,我们碰到了对拙劣本身之喜欢(a liking for badness as such),即因其拙劣而喜欢拙劣

---

① 朱光潜先生在《我与文学及其他》一书中,曾有一个很形象的比方说,一流小说里的故事,其实只是花架。看小说只看故事的人,其实相当于只看花架不看花:"第一流小说家不尽是会讲故事的人,第一流小说中的故事大半只像枯树搭成的花架,用处只在撑扶住一园锦绣灿烂生气蓬勃的葛藤花卉。这些故事以外的东西就是小说中的诗。读小说只见到故事而没有见到它的诗,就像看到花架而忘记架上的花。要养成纯正的文学趣味,我们最好从读诗入手。能欣赏诗,自然能欣赏小说戏剧及其他种类文学。"(《朱光潜全集》新编增订本卷六,中华书局,2012,第23页)

(for badness because it is bad)。[1] 但我相信这不是实情。

【§12. 好文字与坏文字:隔与不隔】我们自以为,自己对某人文风之评判(judgement),是逐字逐词即时作出;然而实际上,我们的评判,通常必定尾随字和词对我们的影响(effect),不管间隔多么微乎其微。读到弥尔顿的"斑驳树影"(chequered shade)[2]时,我们发觉自己正在想象某种光与影的分布,感到格外生动、惬意、愉悦。[3] 于是我们得出结论,"斑驳树影"写得好。结果(result)证明了工具(the means)之精良。物体清楚可见,证明我们借以观看的镜片

---

① 参第三章第18段译者脚注。

② 弥尔顿《欢乐颂》(L'Allegro,或译《欢乐的人》)第96行。参见殷宝书译《弥尔顿诗选》,第5页。

③ 《红楼梦》第四十八回,香菱跟黛玉学诗一段,可证路易斯所说之理:

香菱笑道,"据我看来.诗的好处,有口说不出来的意思,想去却是逼真的;有似乎无理的,想去竟是有理有情的。"黛玉笑道:"这话有了些意思,但不知你从何处见得?"香菱笑道,"我看他《塞上》一首,内有一联云:'大漠孤烟直,长河落日圆',想来烟如何直?日自是圆的。这'直'字似无理,'圆'字似太俗。合上书一想,倒像是见了这景的。若说再找两个字换这两个,竟再找不出两个字来。再还有'日落江湖白,潮来天地青',这'白''青'两个字也似无理,想来必得这两个字才形容得尽。念在嘴里倒像有几千斤重的一个橄榄似的。还有'渡头馀落日,墟里上孤烟。'这'馀'字和'上'字,难为他怎么想来!我们那年上京来那日下晚便挽住船,岸上又没有人,只有几棵树,远远的几家人家作晚饭,那个烟竟是碧青,连云直上,谁知我昨日晚上看了这两句,倒像我又到了那个地方去了。"

(lens)之好。[①] 又如,我们读《盖伊·曼纳令》[②]中的一段,[③]主人公仰望天空,看见行星在各自的"液态的光的轨道"中"打滚"('rolling' in its 'liquid orbit of light')。行星在打滚,还有看得见的轨道,这实在荒唐无稽,我们根本不会去想象这幅画面。即使"轨道"(*orbits*)是"球体"(orbs)之误,情况也好不到哪去。因为靠裸眼观察,行星不是球体,甚至连圆盘都不是。我们眼前除了一片混乱,一无所见。于是我们说,司各特写得不好。这是块坏镜片(lens),因为我们透过它看不到东西。与此类似,我们读到的一个个句子,会

---

① 路易斯所谓"物体清楚可见,证明了我们借以观看的镜片(lens)之好",王国维《人间词话》谈"隔"与"不隔",可资为证:

问"隔"与"不隔"之别,曰:陶谢之诗不隔,延年则稍隔矣。东坡之诗不隔,山谷则稍隔矣。"池塘生春草","空梁落燕泥"等二句,妙处唯在不隔。词亦如是。即以一人一词论,如欧阳公《少年游》咏春草上半阕云:"阑干十二独凭春,晴碧远连云。千里万里,二月三月,行色苦愁人。"语语都在目前,便是不隔。至云"谢家池上,江淹浦畔",则隔矣。"生年不满百,常怀千岁忧。昼短苦夜长,何不秉烛游?""服食求神仙,多为药所误。不如饮美酒,被服纨与素。"写情如此,方为不隔。"采菊东篱下,悠然见南山。山气日夕佳,飞鸟相与还。""天似穹庐,笼盖四野。天苍苍,野茫茫,风吹草低见牛羊。"写景如此,方为不隔。

② 《盖伊·曼纳令》(*Guy Mannering*,又名《占星人》,1815)是司各特(Sir Walter Scott,1771—1832)的历史小说。司各特乃苏格兰小说家、诗人、历史学家、传记作者,常被认为是历史小说的首创者和最伟大的实践者。(参《不列颠百科全书》第15卷148页)

③ 【原注】第三章最后。

让我们的内在听觉(inner ear)[①]感到或满足或不满足。依这种体会,我们来评判该作者的节奏是好还是坏。

【§13. 判断隔与不隔,需要顺从】 以下将会看到,我们据以作评判的一切体验(experiences),都基于认真对待文字。除非我们充分关注字音和字义,除非我们顺从(obediently)文字之约请,去接受、想象、感受,否则,我们就不会有那些体验。除非你真正努力透过镜片(lens)看,否则就无法知道它的好坏。我们永远也无法得知某部作品写得不好,除非我们一开始先把它当成好作品读,最后发现我们对

---

① inner ear,直译为"内心之耳",参照美学史上著名的"内在感官"(inner sense)说,意译为"内在听觉"。

18世纪英国学者夏夫兹博里(The Earle of Shaftesbury,1671—1713)最早提出审美的"内在感官"、"内在眼睛",即后来的所谓"第六感官"说。他在《论特征》中说:"我们一睁开眼睛去看一个形象或一张开耳朵去听声音,我们就马上见出美,认出秀雅与和谐。我们一看到一些行为,觉察到一些情感,我们的内在眼睛也就马上辨认出美好的,形状完善的和可欣羡的。"(朱光潜译,见《西方美学家论美和美感》,商务印书馆,1980,第95页)

夏氏之门生哈奇生(F. Hutcheson, 1694—1747)发展了这一学说,将这一学说系统化。他认为外在感官只能接受简单观念,得到较弱的快感;内在感官却可以"美、整齐、和谐的东西所产生的复杂观念",得到"远较强大的快感":"就音乐来说,一个优美的乐曲所产生的快感远超过任何一个单音所产生的快感,尽管那个单音也很和婉、完满和洋溢。"(朱光潜译,上书第99页)

作者的礼遇过了头。但是,盲于文学之读者给予文字的那点可怜关注,只为从中抽绎事件。除此之外,别无它求。好的写作能够给予或坏的写作不能给予的大部分东西,他既不想要,也用不上。

【§14. 盲于文学者缘何喜欢劣作】这就既解释了他何以不珍视佳作,也解释了他何以喜欢劣作。在故事连环画中,好绘画不但没必要,还会成为障碍。因为每个人物或物体,必须一下子且毫不费力地辨认出来。绘画不是供仔细端详的,而是当作陈述(statement)来理解的;它们距象形文字(hieroglyphics)仅一步之遥。对盲于文学之读者来说,文字之处境与此相同。用陈词滥调来描述每一种外表和情感(情感可能是事件的一部分),对他来说再好不过,因为一看就明白。“不寒而栗”(My blood ran cold)是形容恐惧的象形文字。像大作家可能会做的那样,试图具体而又细致入微地呈现此恐惧,对盲于文学之读者而言,则是双重意义上的哑口黄连。因为这提供给他的,他不想要;而且这要求他对文字付出某种或某程度的关注,他并不愿意付出。这就好比努力让他买件东西,他用不着,价格还很是不菲。

【§15. 盲于文学者缘何不喜欢佳作】对他而言,佳作之所以令他不快,要么因太过俭省,要么因太过详尽。劳伦斯笔下的林地景色,①或罗斯金笔下的山谷,②细致得令他

① 劳伦斯(D. H. Lawrence,1885—1930),20世纪英国最重要也最有争议的小说家之一。主要小说有《儿子和情人》(1913),《恋爱中的女人》(1920)和《查泰莱夫人的情人》(1928)。后者曾被认为有伤风化而在一些国家遭禁。(参《不列颠百科全书》第9卷505页)

劳伦斯笔下的自然景观,常常写得栩栩如生,具有灵性,与人的心灵感受息息相通。如《查泰莱夫人的情人》中所描写的林地场景:"一阵阵阳光忽明忽暗,奇异地明亮,照亮树林边上榛树下面的燕子草,它们像金叶似的闪着黄光。树林一片寂静,越来越静,但却不时射来一阵阵阳光。早生的银莲花已经开放,开得满地都是,一眼望不到边,树林里一片洁白。"(赵苏苏译,人民文学出版社,2004,第103页)

② 罗斯金(John Ruskin,1819—1900),英国著名作家、学者,维多利亚时代英国最伟大的艺术评论家,在英国享有"美的使者"之称达四十年之久。主要著作有《现代画家》(五卷)、《芝麻与百合》、《建筑的七盏明灯》等。(参广西师范大学出版社中译本《现代画家》)

罗斯金笔下的山谷,见其《金河王》(*The King of the Golden River*)一书:

在很久很久以前,斯德里亚有一座与世隔绝的山。山中有一条大峡谷,那里的土地非常肥沃,四周山岭环绕,山顶常年积雪,并有瀑布从山间流过,派生出许多湍急的小溪。其中,有一条从东向西的瀑布,流过悬崖峭壁,顺势而下。因为那悬崖很高,太阳出来的时候,凡是太阳照得到的地方,闪烁出耀眼的光芒,如流金一般,而低处则黯淡无光,所以附近的人都称这条河为金河。(程湘梅译,中国青年出版社,2013,第1—2页)

此时,正是夕阳西下的时候,山上的岩石呈现出万紫千红的颜色,天空中的晚霞如火焰一般艳丽,在高山上、岩石周围漫天飞舞,而那金河从山上直流而下,流过悬崖和峭壁,如流动的金子,比以往更加鲜艳夺目。在水花飞溅的河流上,形成了一道美丽的彩虹,随着河水延伸,(转下页注)

不知如何应对；另一方面，他也不满意马罗礼[①]的这一描写："他到达一座堡寨的背后，看到一切的建筑都很雄伟壮丽，后门直对着海面，门外没设警卫，只留下两只狮子在门前；那时月明如昼，可数毫发。"[②]"我不寒而栗"(My blood ran cold)若换成"我极度恐惧"(I was terribly afraid)，也不能让他满意。就好的读者而言，这类简单的事实陈述(such statements of the bare facts)往往最能激发想象力。但"月明如昼，可数毫发"(the moon shining clear)，盲于文学之读者仍嫌不够过瘾。他们宁愿读到，堡寨"沐浴在一片银色月

(接上页注)颜色越来越淡。(同上，第23—24页)

薄雾带着水汽在山谷中环绕，一望无际的远山在薄雾后徘徊，低处的峭壁躲在淡淡的阴影里，在雾中几乎辨认不出来，只有山顶，在阳光的照耀下，方显出它的本来面目。阳光沿着棱角分明的悬崖，穿过青翠欲滴的苍柏，放射出万丈光芒。远远望去，那高处的怪石，宛如被风雨蚕食的城堡，外表参差不齐，形状各异；偶尔在某处，有残雪未化，在阳光的照耀下如闪电一般耀眼。山上终年不化的积雪在蓝天的映衬下，比天上的云更加洁白、纯净。周围一片沉寂，沉寂如在梦乡。(同上第36页)

①　马罗礼(Sir Thomas Malory，创作时期约1470)。英国作家，身份不明，因《亚瑟王之死》一书而闻名。此书是英国第一部叙述亚瑟王成败兴衰及其圆桌骑士们的伙伴关系的散文作品。(参《不列颠百科全书》第10卷409页)

②　【原注】Caxton版十七章14行(Vinaver版1014行)

【译注】马罗礼《亚瑟王之死》，黄素封译，人民文学出版社，1960，第878页。

光中”(bathed in a flood of silver moonlight)。这部分是因为,他们对所读文字之关注,非常不够。什么都要突出(stressed),什么都要“大书特书”(written up),否则,他们就注意不到。更重要的原因是,他们需要象形文字,即能引起他们对月光的惯常反应(stereotyped reactions)的那种东西(月光当然是书本、歌曲和电影中的月光;我相信他们阅读时,绝少用得上对真实世界的记忆)。因此他们阅读方式之缺陷,是双重的(doubly),也是悖谬的(paradoxically)。他们缺乏专注又顺从的想象力(attentive and obedient imagination),无法利用具体而准确的场景描写或情感描写。另一方面,他们缺乏丰富的想象力,无法(在一瞬间)扩充简单的事实陈述。因此,他们要的就是徒有其表的描写和分析,不必用心阅读,却足以让他们感到行动(action)并非在真空里进行——约略提及树木、树荫和草地就代表树林,“噗”地飞出的瓶塞和满桌菜肴就代表宴会。为了这一目的,陈词滥调越多越好。这类段落之于他们,正如布景之于大部分戏院常客。没有人会真正注意它,不过要是它缺席(absence),人人都能马上看出。因此,好作品几乎总是以这样或那样的方式,令盲于文学之读者不快。当一个好作家把你领入一座花园时，他要么会给予你此时此刻那座花园的准确印象——不必很长，重要的是选择——要么只说“清晨，在花园”。盲于文学者，对两者都不满意。他们管前者叫“废话连篇”，但愿作者“闲话少叙，言归正传”。他们憎恶后者如真空(as a vacuum)；[①]他们的想象力无法在其中呼吸。

【§16. 文风贩子反文学，只看文字】

方才说过，盲于文学之读者对文字关注不够，以至于无法充分地利用它。我必须注意到，还有一种读者，对文字之关注过了头，误入歧途。我想到的这种人，我称之为“文风贩子”(Stylemongers)。这些人拿起一本书，专注于他们所谓的该书“文风”(style)或其“英语”(English)。他们作评判，既不凭声韵(sound)，也不凭其感染力(power to communicate)，而是看它是否符合某些武断的规则。他们的阅读，是一种持续不懈的搜捕女巫行动，专挑书中的美语用法、法语用法、分裂不定式和以介词结尾的句

① 亚里士多德有“自然憎恶真空”(nature abhors a vacuum)之说。文中当用此典。

子。[①] 他们不问，该美语用法或法语用法是增强了还是削弱了我们语言的表现力。他们毫不在乎，最优秀的英语演说家和作家以介词结尾，已有一千多年。他们毫无道理地讨厌某些词。这个词是“他们一直讨厌的词”；那个词“总是让他们联想起某某来”。这个太过常见，那个太过罕见。在所有人中，这类人最没资格谈论文风；因为真正相干的只有两个测试——(恰如德莱顿[②]所说)“声情并茂”(sounding and significant)能做到几分——他们却从未应用。他们评判工具，不是看它是否出色完成本该派上的用途；他们把语言看作“只是自己”(is)、并无“它意”(mean)；他们评判镜片，靠的是盯着镜片看(looking *at* it)，而不是透过镜片看(looking *through* it)。[③]

---

① 汉语界所谓维护“汉语纯洁性”之运动，与之相当。

② 德莱顿(John Dryden，1631—1700)，英国诗人、剧作家和文学评论家。17世纪后期英国最伟大的诗人，写过30部悲、喜剧和歌剧，对诗歌、戏剧作过富有才智的评论，对英国文学做出宝贵而持久的贡献。在文学上的成就为当时之冠，文学史家将其所处的时代称为“德莱顿时代”。(参《不列颠百科全书》第5卷416页)

③ 路易斯在《工具房里的一则默想》(Meditation in a Toolshed)一文中，曾区分了盯着看(looking at)与顺着看(looking along)。文见《被告席上的上帝》(*God in the Dock*)，拙译该书将于2015年由华东师范大学出版社出版。佛家亦有“见月忘指”之说。见指不见月，即路易斯所说的这种情形。

经常听人说，淫秽文学的审查几乎只针对特定词汇，书籍遭禁不是因为倾向问题而是因为用词问题。一个人可以自由地向公众散布效力最强的催欲剂，只要他有本事避免使用禁词（哪个称职作家没这本事呢？）。[1] 文风贩子的标准与文学审查的标准，虽出于不同理由，但其离谱程度和方式，却毫无二致。如果说大众是盲于文学（unliterary），文风贩子则是反文学（antiliterary）。他在盲于文学者（他们上学时吃尽他的苦头）之心中，埋下对“文风”（*style*）一词的恨恶，也埋下对每本据说写得很好的书的极度不信任。假如“文风”一词意味着文风贩子所珍视的东西，那么，这一恨恶及不信任倒很恰当。

---

① 英国曾有法律规定，认定一部书是否淫秽，就是看是否出现 four-letters words。所谓 four-letters words，是指由四个英语字母构成的几个庸俗下流的词，都与性或粪便有关，是一般忌讳不说的短词，如 cunt，fart，homo。路易斯认为，这一法律极为愚蠢。原因就在于，名副其实的作家都有本事躲开这些词。他在《正经与语文》（Prudery and Philology）一文中也说：“现有法律以及（难于出口的）现有趣味，并不能真正阻止任何名副其实的作家，去说他想说的话。假如我说当代人对文字媒介如此生疏，以至于无论写什么主题，都不能逃脱法律，那么，我是在侮辱他们，说他们低能。”（见拙译《切今之事》，华东师范大学出版社，2015，第 153—154 页）

【§17—21. 盲于文学者喜爱三类事件】

我之前说过,盲于音乐者(the unmusical)挑出主旋律(Top Tune),拿它来哼唱、吹口哨,并让自己进入情绪化的、想象的白日梦。他们最喜欢的,自然是那些最容易让他们派上这些用场的曲调。与此相类,盲于文学者(the unliterary)挑出事件(Event)——“发生之事”(what happened)。他们最喜欢的那类事件,与他们拿它所派用场,协调一致。我们可分出三大类。

【§18. 第一类:刺激】他们喜欢“刺激的”(exciting)事件——危险迫在眉睫,逃脱命悬一线。他们的快感在于(替代性的[vicarious])[1]焦虑的不断积聚和释放。赌徒之存在

---

[1] vicarious,心理学术语,一般汉译为“替代性的”。由《心理学大词典》(林崇德等编,上海教育出版社,2004)词条“替代性宣泄”(vicarious catharsis),可略见 vicarious 词意之一斑:

一译“替代性疏泄”。宣泄的一种。通过观看他人的攻击行为,以释放或发泄自己的攻击驱力和被压抑的情绪过程。如无辜受挫、情绪压抑的人观看武打片或激烈的体育比赛,可减弱其攻击倾向和愤怒情绪。该过程同亲身实施的攻击行为一样,可助人求得紧张解除和安宁感,且不会造成不良后果。(见 1234 页)

就表明，即便是实际的焦虑，也会令许多人产生快感，或至少是快感整体的一个必不可少的因素。螺旋滑梯之类的游戏广泛流行就表明，若只有恐惧感而不用真正担心发生危险，这种恐惧感是令人愉快的。胆更大的（Hardier spirits）为了获得快感，寻求真正的危险和真正的恐惧。一位登山爱好者曾对我说："登山毫无意思，除非有那么一刻，你发誓说，'要是从这儿掉下去我还会活着，我就永远不再登山'。"盲于文学者渴盼刺激，并无神秘可言。我们都有这种渴盼。我们都喜欢观看难解难分的比赛。

【§19. 第二类：好奇】第二，他们喜欢自己的好奇心（inquisitiveness）得到调动、保持、加剧，最后得到满足。因而，迷雾重重的故事广受欢迎。这种快感很是普遍，无须解释。哲学家、科学家、学者之快乐，很大一部分就是这个。流言蜚语之乐，也在于此。

【§20. 第三类：替代满足】第三，他们喜欢的故事，能令自己——通过人物替代性地（vicariously）——分享到快感或幸福。这有很多种情况。有可能是爱情故事，这些故事要么肉感而又淫秽（sensual and pornographic），要么感伤而又充满启迪（sentimental and edifying）。有可能是发迹故事。这些故事可能关乎上流生活,或仅仅关乎豪奢生活。我们最好不要假定,从这类故事所得的替代快乐(vicarious delights),一定是真实快乐的替代品(substitutes)。并非只有相貌平平、无人垂青的女性才读爱情故事;读发迹故事的人,也不全是失败者。

【§21. 分类只是抽象】我如此分类,是为求明了。实际上,绝大多数书籍只是大致属于某类,而非全然属于某类。充满刺激或迷雾重重的故事,通常都会加点"爱情佐料"(love interest),往往还是胡乱添加。写爱情故事、田园牧歌(idyll)或上流生活,不得不加点悬念和焦虑,不管这些东西多么微不足道。

【§22. 盲于文学者之盲,非因他们之所有,乃因他们之所无】

我们要清楚,盲于文学者之盲于文学,非因他们以这些方式乐享(enjoy)故事,而乃因他们不会以其他方式乐享。并非他们之所有(what they have),而是他们之所无(what they lack),使他们自绝于充分的文学体验。这些是他们该有的，可有些别的他们则不该没有。因为这些乐享(enjoyment)，好读者读好书时也有。当独眼巨人摸索到奥德修斯藏身的那只公羊时，[1]当我们不知道淮德拉(和希波吕托斯)得知忒修斯突然回家后作何反应，[2]当我们不知道班纳特家族蒙羞会给达西对伊丽莎白的爱情带来什么影响，[3]我们会焦急地屏息以待。读到《罪人忏悔录》[4]之第一部，或读到梯尔尼将军[5]的行为变化时，我们的好奇心给大大激发起来。我们想知道《远大前程》[6]中皮普的幕后恩人是谁。斯宾塞对妖人布西兰的

---

① 见《荷马史诗·奥德赛》第九卷第444行。

② 忒修斯，雅典国王，希腊神话中声名仅次于赫拉克勒斯的英雄。忒修斯的续弦淮德拉，恋上了与她同年的前妻之子希波吕托斯。求爱遭拒，因羞恨而自缢。留下遗书说："希波吕托斯要侮辱我。这是逃避他的唯一方法。与其不忠于丈夫，不如一死。"当时，忒修斯不在雅典。(参[德]斯威布《古希腊神话故事》，楚图南译，人民文学出版社，1958，第214—215页)

③ 指简·奥斯汀(Jane Austen，1775—1817)小说《傲慢与偏见》(*Pride and Prejudice*，1796)。

④ 《罪人忏悔录》(*The Confessions of a Justified Sinner*)，詹姆斯·霍格(James Hogg，1770—1835)的小说，译言网古登堡计划译出该书，纸质文本似未出版。

⑤ 简·奥斯汀小说《诺桑觉寺》(*Northanger Abbey*，1798)中的人物。

⑥ 《远大前程》(*Great Expectations*，又译《孤星血泪》)，狄更斯晚年之教育小说。

庄园[1]的描写中，每一节诗都让我们胃口大吊。至于对假想幸福的替代性乐享（vicarious enjoyment of imagined happiness），田园式作品之存在就确保它在文学中受人尊敬的地位。在别的作品中也一样，虽然我们不要求每个故事都有一个幸福结局，然而当作品出现这一结局，恰如其分且处理得体，我们也一定会乐享书中人物之幸福。我们甚至还准备替代性地乐享（vicariously enjoy），完全不可能实现之心愿得到实现，比如《冬天的故事》中雕像那幕；因为，但愿一个死者，生前遭受我们残酷且又不公之待遇，死而复生，原谅我们并"一切如旧"——还有什么心愿如此之不可能？[2] 只在阅读中寻求替代性幸福的那些人，盲于文学（unliterary）；然而，那些声称它不配成为好的阅读之有机部分的人，则错了。

① House of Busirane，斯宾塞（Edmund Spenser，1552? —1599）的六卷本长诗《仙后》卷三中的一段重要情节。台湾地区学界译为"补色宫"，大陆汉语界译为"布西兰的庄园"。因《仙后》暂无中译本，又为求文意通畅，姑且译为"妖人布西兰的庄园"。

② 莎士比亚传奇剧《冬天的故事》第五幕第三场，也即整出戏最后一场之情节。

五　论神话[1]

ON MYTH

【§1—5. 三类梗概】

我们如果想继续深入探讨问题，必须先消除上一章可能引起的误解。

试比较：

---

① 【译按】神话之特质有六：1. 神话是超文学；2. 不像叙事，更像静物；3. 人类同情减至最低；4. 奇幻；5. 严肃；6. 令人心生敬畏。故而，神话爱好者与盲于文学者虽表面相似，实际却大相径庭。简言之，前者之阅读方式超于文学，后者则盲于文学；前者心存敬畏，后者则寻找刺激。

1. 有一个人，擅长歌唱和演奏竖琴，野兽和树木都聚拢过来听他弹唱。其妻死后，他下到冥界，在冥王面前弹唱。甚至冥王也心生同情，答应还他妻子。但条件是，他走在前面，领她离开冥界，步入阳界之前，不得回头看她。然而，当他们即将走出冥界时，男子迫不及待，回头一看，妻子便从眼前消失，永不复见。

2. “一个人离家多年，被波塞冬暗中紧盯不放，变得孤苦伶丁。此外，家中的境况亦十分不妙；求婚者们正在挥霍他的家产，并试图谋害他的儿子。他在历经艰辛后回到家乡，使一些人认出了他，然后发起进攻，消灭了仇敌，保全了自己。”（这是亚里士多德《诗学》1455b 对《奥德赛》所作梗概。）①

3. 让我们假设——因为我肯定不会写——《巴塞特寺院》、《米德尔马契》或《名利场》②同样篇幅的梗概；或者短

---

① 陈中梅译注《诗学》，商务印书馆，1996。

② 《巴塞特寺院》(*Barchester Towers*)，英国小说家特罗洛普(Anthony Trollope，1815—1882)1857 年发表的小说；《米德尔马契》(*Middlemarch*)，英国女作家乔治·艾略特(George Eliot，1819—1880)之代表作，1871—1872 年出版；《名利场》(*Vanity Fair*)，英国 19 世纪小说家萨克雷(W. M. Thackeray，1811—1863)的成名作。

得多的作品之梗概,如华兹华斯的《迈克尔》(*Michael*)、贡斯当[1]的《阿道尔夫》或《碧庐冤孽》[2]。

【§6—8. 神话:超文学】

【§6. *三类梗概之别*】第一则虽只是大致轮廓(a bare outline),可我相信,任何一个有感受力(sensibility)的人,如果他首次遇见这一故事,开头寥寥数字跃入眼帘,定会给他留下深刻印象。第二则读起来就不那么令人满意了。我们明白,基于这一情节可以写出一部好故事,但这一梗概本身并非好故事。至于第三则,也就是我没有写的那个梗概,我们一眼就能看出它毫无价值——不仅是作为该书之再现毫

---

① 贡斯当(Constant,1767—1830),法国—瑞士小说家、政论家,生于瑞士。他的《阿道尔夫》(1816)开现代心理小说之先河。1802年,贡斯当与斯塔尔夫人流亡到瑞士,后又到德国,与歌德、席勒相识。他也是浪漫派思想先驱施莱格尔兄弟的朋友。流亡期间,从事《论宗教的起源、形式及发展》的写作工作,对宗教感情作了历史分析,这部作品也显示了他内心中的自我。(参《不列颠百科全书》第4卷429页)

② 《碧庐冤孽》(*The Turn of the Screw*,亦译《螺丝在拧紧》),美国批评家及文学家亨利·詹姆斯的中篇小说,是他写过的最著名的"鬼故事"。(参虞建华主编《美国文学辞典:作家与作品》,复旦大学出版社,2005,第500页)

无价值，而且其本身也毫无价值；乏味得不堪忍受，不忍卒读。

【§7. 神话超于文学：其价值在自身】也就是说，有一类故事，其价值在其自身——这一价值独立于其在任何文学作品中的体现（embodiment）。俄耳甫斯①的故事，凭其自身，就打动人且深深打动人；维吉尔②等人把它写成好诗这一事实，与此无关。思及这一故事并为之感动，并不必然思及那些诗人，或被他们感动。没错，若不用文字，此类故事很难抵达我们。不过，这是逻辑上的偶然。假如哑剧、无

---

① 俄耳甫斯（Orpheus）：古希腊传说中的英雄，有超人的音乐天赋。根据传说，俄耳甫斯是一位缪斯和色雷斯王厄戈洛斯（一说是阿波罗）的儿子。阿波罗把他的第一把拉里琴给了俄耳甫斯。俄耳甫斯的歌声和琴韵十分优美，引得各种鸟兽木石都围绕他翩翩起舞。他参加阿尔戈船英雄的远征，用自己奏出的音乐挽救了英雄们免受女妖塞壬歌声的引诱。出征归来后，他娶欧律狄刻为妻，但妻子不久被毒蛇咬死。为了挽回妻子，就发生了本书描述的故事。（参《不列颠百科全书》第12卷439页）

② 维吉尔（Virgil，公元前70—公元前19），被罗马人看成是他们最伟大的诗人，这一评价得到后世的认可；他的声誉主要在于他的民族史诗《埃涅阿斯纪》。该诗叙述罗马传说中建国者的故事，并且宣告罗马在神的指引下教化世界的使命。作为一位诗人，其持久不衰的声誉不仅在于诗句的音乐性和美妙的措词，以及大规模地把一部错综复杂的作品创作出来的能力，而且因为他通过诗歌体现了各方面具有永恒意义的经验和行为。他对英国文学影响巨大，斯宾塞的《仙后》和弥尔顿的《失乐园》都深受其影响。（参《不列颠百科全书》第17卷544页）

声电影或连环画也能清晰讲述，根本用不着文字，我们同样会受到感染。

【§8. 神话不同于冒险故事】有人或许以为，最粗陋的冒险故事，即写给那些只想看事件(Event)之人的那类故事，其情节也有这种超文学品质(extra-literary quality)。然而，并非如此。你不可能用个故事梗概，把他们搪塞过去，而不用故事本身。虽然他们只要事件，但是，事件除非“大书特书”(written up)，否则事件无由达致他们。再者，他们的故事再简单，相对于一个可读的梗概，仍嫌太复杂；发生之事太多太多。而我正在琢磨的这些故事，则总有一个极为简单的叙事轮廓(narrative shape)——一个令人满足且不可避免的轮廓，就像一只好花瓶或一朵郁金香。

【§9—10. “神话”定名】

【§9. “神话”一词之含混】此类故事若不用“神话”命名，就很难想到别的名称。然而该词在很多方面都令人遗憾。首先我们须谨记，希腊语 *muthos* 并不专指此类故事，而是指任何类型的故事。其二，人类学家会归为神话的所有故事，并非都有我在此所关心的这一品质。谈及神话，恰如谈及民谣，我们通常想到的是最佳范本，而遗忘了大多数。假如我们遍读任一民族的所有神话，所读大多会让我们吃惊。且不论它们对古人或野蛮人有何意谓，它们之绝大多数，对我们而言，大都毫无意义且令人震惊；之所以震惊，不仅因其残酷、淫秽，而且因其愚蠢——几近精神失常。从这片芜秽的灌木丛之中，如榆树般生长出伟大神话——俄耳甫斯、得墨忒耳[①]与珀尔塞福涅[②]、赫斯珀里得斯[③]、巴

---

① 得墨忒耳(Demeter)：希腊神话中司掌农耕的女神，有时还作为健康、生育和结婚之神出现。她的表征为谷物的穗儿，装满花、谷物和各种果实的神秘的篮子。有关她的故事主要与她女儿珀尔塞福涅相关。(参《不列颠百科全书》第 5 卷 225 页)

② 珀尔塞福涅(Persephone)：希腊宗教中的主神宙斯和农业女神得墨忒耳的女儿，冥王哈得斯的妻子。荷马的《得墨忒耳颂》记述了她在尼撒谷采集花朵时被哈得斯劫往冥界的故事。她的母亲得墨忒耳得到女儿被劫持的消息后，异常悲愤，不再关心大地的收获或丰产，于是发生了大规模的饥馑。宙斯进行干预，命令哈得斯把珀尔塞福涅交还给她的母亲。但由于她已经在冥界吃了粒石榴子，所以她不能完全脱离冥界，一年要有 4 个月时间和哈得斯呆在一起，其余时间则在她母亲那里。珀尔塞福涅每年在冥界呆四个月的故事，毫无疑问是要说明希腊的田地在盛夏(收获后)中荒芜的情况，而只有到秋天下雨的时候，它们才得到播种和耕种。(参《不列颠百科全书》第 13 卷 165 页)

③ 赫斯珀里得斯(Hesperides)：据希腊神话，她们是负责看守金苹果树的嗓音清澈的少女。这树是该亚在赫拉嫁给宙斯时送给她的礼品。她们通常为 3 人，也有说法说她们多至 7 人。(参《不列颠百科全书》第 8 卷 55 页)

尔德耳、[1]诸神的黄昏、[2]伊尔玛里宁铸造的神磨[3]等。相反，个体在文明时代创造出来的某些故事，具有我所谓的“神话品质”(mythical quality)，却算不得人类学意义上的神话。《化身博士》[4]、威尔斯[5]的《墙中门》(*The Door in the Wall*)、

---

① 巴尔德耳(Balder)：古斯堪的纳维亚神话中主神奥丁与妻子弗丽嘉所生的儿子。他长得英俊，为人正直，深受诸神宠爱。关于他的大多数传说讲的是他的死。冰岛故事则谈到诸神如何向他投掷东西取乐，因为他们知道他不会受伤。黑暗之神霍德耳受邪恶的洛基的欺骗，把唯一能伤害他的槲寄生投向巴尔德尔，把他杀死。某些学者认为巴尔德尔消极忍受苦难的形象，是受了基督形象的影响。(参《不列颠百科全书》第2卷161页)

美国著名的“古典文学普及家”依迪丝·汉密尔顿(1867—1963)在《神话》一书中写道：“光明之神巴尔德耳是天上和人间最受爱戴的神祇，他的死亡是诸神所遭遇的第一个重大灾难。”(刘一南译，华夏出版社，2014，第348页)

② 诸神的黄昏(Ragnarok)：也译作“世界末日”。古诺尔斯语，特指斯堪的纳维亚神话中神和人的末日。全面描述这世界末日的，只有约10世纪末的冰岛叙事诗《沃卢斯帕》(即《西比尔的寓言》)和13世纪S.斯图鲁松所写的《散文埃达》。(参《不列颠百科全书》第14卷116页)

③ Ilmarinen，坊间多译为“伊尔马利宁”，《世界神话词典》(鲁刚主编，辽宁人民出版社，1989)译作“伊尔马里能”，芬兰神话中创造宇宙万物的铁匠神，是把铁打造成天穹的神。

④ 《化身博士》(*Dr Jekyll and Mr Hyde*)，19世纪英国小说家史蒂文森(Robert Louis Stevenson，1850—1894)之代表作，中译本有十余种。

⑤ 威尔斯(Herbert George Wells，1866—1946)，英国小说家、记者、社会学家和历史学家，以科幻小说《时间机器》、《星际战争》著称。他的小说使人们认识到20世纪技术世界的危险与希望。(参《不列颠百科全书》第18卷169页)

卡夫卡[①]的《城堡》，其情节即属此类。皮克[②]先生在《泰忒斯诞生》（*Titus Groan*）中所构想的歌门鬼城（Gormenghast），或者托尔金教授在《魔戒》[③]中所构想的树人（Ents）和“盛开花朵的梦土”（Lothlorien）也属此类。

【§10. 优选方案：沿用“神话”一词】因有诸多不便，我必须要么沿用“神话”一词，要么另铸新词。我觉得，前者害处稍小。那些根据阅读来理解的人（Those who read to understand）——我不考虑文风贩子——会按照我所赋予的意思来理解该词。在本书中，神话指具有以下诸特征的故事。

【§11—16. 神话特质】

【§11. 特质一：超于文学】1. 在我已经说过的意义

---

① 卡夫卡（Franz Kafka，1883—1924），捷克出生的德语幻想小说作家。死后发表的作品，尤其是《审判》（1925）和《城堡》（1926），表达了20世纪人的焦虑和异化。（参《不列颠百科全书》第9卷121页）

② 马尔文·皮克（Mervyn Peake，1911—1968），英国小说家、诗人、画家、剧作家和插图作者。以其光怪陆离的三部曲小说《泰忒斯的诞生》和为自己的小说及儿童读物所画插图而闻名。（参《不列颠百科全书》第13卷97页）

③ 《魔戒》（*The Lord of the Rings*），英国著名作家、路易斯之挚友托尔金（J. R. R. Tolkien）的代表作。朱学恒的中译本2011年由译林出版社出版。

上,它超于文学(extra-literary)。通过纳塔利斯·科姆斯[①]、兰普瑞尔[②]、金斯利[③]、霍桑[④]、罗伯特·格雷夫斯[⑤]或罗杰·格林[⑥]了解到同一神话的人,有着相同的神话体验;它之重要,不仅仅是最大公约数(H. C. F.)。与此相对,从布鲁克[⑦]的《罗密欧》(*Romeus*)与莎士比亚的《罗密欧与朱

---

① 纳塔利斯·科姆斯(Natalis Comes,1520—1582),意大利神话作家、诗人、人文主义者、历史学家。其主要著作为拉丁文《神话》(*Mythologiae*, 1567)十卷,乃古典神话学的范本之一(a standard source)。(参英文维基百科)

② 兰普瑞尔(John Lempriere,1765—1824),英国古典文学学者,因编写《古典文学词典》(或称《古典名著书目》)而著称。此书后经多位学者编辑,一直是神话和古典历史方面的参考读物。(参徐译本注)

③ 金斯利(Charles Kingsley,1819—1875),英国圣公会牧师、教师和作家。他的小说在维多利亚时代被广泛阅读,对英国社会的发展很有影响。在教会人士中,他最早拥护达尔文的学说。(参《不列颠百科全书》第9卷277页)

④ 霍桑(Nathaniel Hawthorn,1804—1864),美国作家,擅长写寓言和象征性故事。他是美国文学界最伟大的小说家之一,以其《红字》(1850)和《带有七个尖角阁的房子》(1851)著称。(参《不列颠百科全书》第7卷503页)

⑤ 罗伯特·格雷夫斯(Robert Graves,1895—1985),英国诗人、小说家、评论家和古典文学学者。其120多部著作中,包括著名的历史小说《克劳狄一世》(1934)、回忆第一次世界大战的杰作《向那一切告别》(1929)以及博学而又有争议的神话研究著作。(参《不列颠百科全书》第7卷250页)

⑥ 罗杰·格林(Roger Green,1918—1987),英国传记作家,儿童文学作家,与路易斯、托尔金同为淡墨会(Inklings)成员。(参英文维基百科)

⑦ 即亚瑟·布鲁克(Arthur Brooke,生平不详)的《罗密欧与朱丽叶的悲剧史》(*The Tragical History of Romeus and Juliet*,1562)。此诗据说是莎士比亚悲剧《罗密欧与朱丽叶》的主要来源。

丽叶》中得到相同故事的那些人，仅仅共有最大公约数，这一公约数本身并无价值。

【§12. 特质二：不像叙述，更像物体】2. 神话之乐，很少依赖用于吸引人的惯用叙事手段，如悬念(suspense)或突转(surprise)[1]。即便首次听闻，也让人觉得非它莫属。而且首次听闻的主要价值在于，它让我们结识一个可作永久沉思之对象——与其说它是个叙述(narration)，不如说它更像个物体(thing)——以其独特气息(flavour)或品质(quality)感染我们，恰如一种气味(a smell)或一个和弦(a chord)那般。有时候，甚至从一开始，里面几乎没有一点叙事成分。诸神与所有好人都活在诸神黄昏的阴影之下，这一观念算不上一个故事。赫斯珀里得斯姐妹，还有她们的金苹果树和巨龙，不必加入赫拉克勒斯偷苹果的情节，就已是个潜在的神话(a potent myth)。[2]

---

① 亚里士多德贡献了“突转”这一概念。他认为情节是悲剧的根本和“灵魂”。突转和发现是情节中的两个成分，最好的情节是突转与发现同时发生。所谓“突转……指行动的发展从一个方向转至相反的方向”；所谓“发现……指从不知到知的转变，即使置身于顺达之境或败逆之境中的人物认识到对方原来是自己的亲人或仇敌。”(陈中梅译注《诗学》第11章，商务印书馆，1996)。

② 赫拉克勒斯(Heracles)，希腊语作 Herakles，拉丁语作 (转下页注)

【§13. 特质三:读者无情感投射】3. 人类同情(human sympathy),减至最低。在神话人物身上,我们根本不会有强烈投射。他们像是在另一世界里活动的形体(shapes)。虽然我们确实感到,他们的活动模式与我们自己的生活,有深刻关联,但是我们并不借助想象,使自己进入他们的生活。俄耳甫斯的故事,使我们悲伤;但我们是为所有人感到难过(sorry for),而不是真切同情(sympathetic with)他;至于乔叟笔下的特洛伊罗斯,我们倒是真切同情①。

【§14. 特质四:奇幻】4. 就"奇幻"(fantastic)一词之一义而言,神话总是"奇幻"。它言说不可能之事(impossibles)及超自然之事(preternaturals)。②

【§15. 特质五:严肃】5. 神话体验或悲或喜,但一定严肃(grave)。不可能有喜剧性神话(指我所说的意义上的神话)。

(接上页注)Hercules,即罗马的赫丘利。希腊罗马传说中最著名的英雄。关于赫拉克勒斯盗取金苹果的故事,俄国库恩编著的《希腊神话》(朱志顺译,上海译文出版社,2006)一开头写道:"这些苹果长在一棵金苹果树上。这棵苹果树是地神盖亚培植的,在赫拉和宙斯举行婚礼的那一天作为礼物送给赫拉。要建立这一功绩,首先必须打听明白,去赫斯珀里得斯姐妹的果园的路径。而她们的果园还有一头日夜永不合眼打盹的巨龙守卫着。"(第116页)

① 指乔叟的《特洛伊罗斯与克丽西达》(*Troilus and Cryseyde*)。

② 关于"奇幻"(fantastic),参下一章。

【§16. 特质六：神不可测】6. 神话体验不但严肃(grave)，还令人心生敬畏(awe-inspiring)。我们觉得它神圣不可测(numinous)①。仿佛伟大时刻的某种东西迴临我们。② 心灵反复试图把握——我主要是指概念化(conceptualise)——这个东西。人类持续不懈地为神话提供寓言

---

① *numinous* 这一概念，典出德国神学家、宗教史家鲁道夫·奥托(Rudolf Otto，1869—1937)。奥托在《论神圣》(成穷、周邦宪译，四川人民出版社，1995)一书中指出，本源性的"神圣"乃宗教领域的特有范畴。至于人们说道德之"神圣"、法律之"神圣"，只是"神圣"的派生性用法。这一本源性的"神圣"，才是神学和宗教哲学研究的真正课题。为了帮助人们理解这一本源性的"神圣"，奥托根据拉丁文 *numen* 自铸新词 *numinous*。(参见《中译者序》及《论神圣》第1—2章)

路易斯在《痛苦的奥秘》(邓肇明译，香港：基督教文艺出版社，2001)第一章，打了三个比方，很形象地解释了奥托所说的 numinous：

假如有人告诉你隔壁有老虎，你或许会感到害怕(fear)。但如果有人说"隔壁有鬼"而你又相信的话，你会真的感到害怕，可是性质却不一样。这种害怕不是基于对危险的认识，也不单单是怕它会陷害你，而是因为鬼就是鬼。这是"不可思议"(Uncanny)多于危险(danger)。鬼叫人害怕的那种情况可以称为畏惧(dread)。既懂得"不可思议"就摸到神圣不可测(Numinous)的边缘了。现在假如有人直接告诉你："房里面有神(a mighty spirit)"而你又相信，那么你的感觉就不仅仅是害怕危险，因为你内心的忐忑不安会深远得多。你会感到希奇(wonder)，同时又有一定的退缩(shrinking)——对这样的一位访客感到手足无措，兼有俯伏下拜的心理。这样的一种感觉可以用莎士比亚的句子来表达："在其跟前我相形见绌"。这种感受可以说是敬畏(awe)，而引发这种感觉的便是那位神圣不可测者(the Numinous)。(中译本第5页，部分英文系拙译参照英文原本添加)

② 原文是：It is as if something of great moment had been communicated to us.

式解释(allegorical explanations),即是明证。试过了所有寓言之后,我们依旧感到,神话本身比这些寓言更重要。①

【§17. 探讨神话,须区分描述与解释】

我是在描述(describing)神话,而不是在作解释(accounting for)。考察它们如何产生——究竟是原始科学,还是远古仪式之遗存,是巫医之编造,还是个人或集体无意识的外露——不是我的意图所在。我关心的是,神话对心智与我等近似之人的有意识想象(the conscious imagination)所产生的影响,而不关心它们对前逻辑心灵的假定影响(hypothetical effect on pre-logical minds),也不关心它们在无意识中的史前史(pre-history in the unconscious)。② 因

---

① 路易斯《给孩子们的信》(余冲译,华东师范大学出版社,2009):“一个严格的寓言就像是一个有答案的谜语;而一个伟大的浪漫故事,则像是芬芳的花朵:它的香味让你想起一些无法形容的事情。”(第102页)

② 路易斯在此暗指人类学与精神分析这两种探讨神话的路径。对这两种在20世纪颇为流行的探讨路径,路易斯颇有微词。详参《心理分析与文学批评》(Psycho-Analysis and Literary Criticism)与《人类学路径》(The Anthropological Approach)二文,文见 Walter Hooper 编选的路易斯文集《文学论文选》(*Selected Literary Essays*, Cambridge University Press, 1969)。

为只有前者，才能被直接观察，只有前者才处于文学研究之射程以内。当我谈论梦，我是在说，也只能在说，醒后还记得的梦。同理，当我谈论神话，我是在说我们体验到的神话：即，可供沉思但不必相信、与仪式无关、展现在逻辑心灵中完全清醒的想象面前的神话。我只关心冰山露出水面的那部分；单单是它就具有美，单单是它就作为沉思对象而存在。毫无疑问，大量在水面以下。考察水下部分的欲望，自有其科学正当性。但我怀疑，这类研究之独特吸引力，部分来源于这一冲动，即，与人们试图把神话寓言化(allegorise)之冲动毫无二致的冲动。抓住、概念化(conceptualise)神话所暗示的某种重要之物，是另一种努力。

【§18—24. 盲于文学与超于文学】

【§18. 因关心阅读方式才谈神话】既然我藉神话对我们的影响来界定神话，那么在我看来，很明显，同一故事对甲而言可能算是神话，对乙可能不算。假如我的目标是提供标准，藉以把故事归为神话或非神话，那么这就是个致命缺陷。然而，我之目标并不在此。我关心的是阅读方式(ways of reading),正因为此,才有必要拐到神话上来。

【§19. 神话读者与盲于文学者只是表面相似】当一个人藉助或寡文乏采或格调不高或粗腔横调的文字,头一次接触到一个他心目中的伟大神话时,他会漠视和忽略糟糕文字而只关心神话本身。他几乎不在乎其写作。只要是讲这个神话,他都乐于接受。而这似乎恰恰是上一章谈到的盲于文学者(the unliterary)的表现。两者都极少注意文字,都只关心事件(Event)。然而,假如把神话爱好者等同于盲于文学之大众,我们将大错特错。

【图 5.1】波提切利的《维纳斯的诞生》

【§20. 神话欣赏并非文学体验】差别在于，两者所用程序虽同，但前者之运用合适且卓有成效，后者则不是。神话之价值并非一种文学价值(literary value)，欣赏神话也并非一种文学体验。他接近那些文字，并未期待或相信它们是好读物(good reading matter)；它们只是信息(information)。其文学优劣(对他之主要目的而言)并不重要，恰如文学优劣(literary merits or faults)对于时刻表或菜谱那样。当然有时候，给他讲述神话的文字本身，也是优秀文学作品——比如散文体《埃达》(*Edda*)[1]。如果他是敏于文学之人(a literary person)——这样的人通常都是敏于文学之人——他也会因作品本身而悦乐于那部文学作品(delight in that literary work for its own sake)。但这种文学愉悦(literary delight)截然有别于神话欣赏(appreciation of the myth)；正如我们欣赏波提切利的《维纳斯的诞生》这幅画，和我们对画作所讴歌的那个神话的种种反应(无论什么样的反应)是两码事。

【§21 盲于文学者与神话爱好者】另一方面，盲于文

---

① 古代冰岛著名文学作品，分诗体和散文体两种。

学者(the unliterary)坐下来,准备"读一本书"。他们把想象力交由作者指挥。但是,他们是半心半意的降服。他们几乎依然故我。[1] 任何事情,要想抓住他们的注意力,就不得不加以强调,不得不大书特书,不得不用某种陈词滥调加以包装。与此同时,他们根本不懂得严格顺从于文字(strict obedience to the words)。一方面,比起一个通过古典文学词典里干巴巴的梗概查找并爱上某一神话的人,他们之行止更敏于文学(more literary);更敏于文学,是因为他们受书的约束,完全依赖书。但另一方面,他们之行止如此含糊又草率(hazy and hasty),以至于几乎无法得到一本好书所能赠予的任何好处。他们就像这样一些学生,希望什么都解释给他们,却从来不大注意解释。尽管他们也像神话爱好者一样关心事件,但所关心的事件并非同类,关心本身也并非同类。神话爱好者终生都会被神话感动。他们则不同,那股兴奋劲一旦过去,那阵好奇心得到满足,他们

---

① 原文是:They can do very little for themselves。拙译系意译。路易斯在《英语是否前景堪忧》一文中说:"文学研究的真正目标是,通过让学生成为'观赏者'(the spectator),使学生摆脱固陋(provincialism)。"(见拙译《切今之事》,华东师范大学出版社,2015,第37—38页)

就把事件忘得一干二净。这也很正常，因为他们所珍视的事件，并无资格获得想象力之永久忠诚。

【§22. 超于文学与盲于文学】一言以蔽之，神话爱好者之行止，超于文学(extra-literary)；而他们之行止，盲于文学(unliterary)。前者从神话中得到神话可以给予的东西。后者从阅读中得到的，连阅读可以给予的十分之一或五十分之一都没有。

【§23. 刺激与敬畏】我已经说过，某故事多大程度上是神话，很大程度上依赖于是谁听或谁读。于是引出一个重要推论。我们切莫以为①，任何人读一本书，我们都确切知道正在发生什么。因为毫无疑问，同一本书对甲而言，只是刺激的“奇闻漫谈”(an exciting ‘yarn’)；对乙而言，则可以从中读出神话或类似神话的东西来。就此而论，阅读莱德·哈格德②尤其暧昧不明。假如你看到两个孩子都在读浪漫传奇(romance)，你切不可断言，他们有着相同体验。

---

① 【原注】我并不是说，我们永远发现不了。

② 哈格德(Sir Henry Rider Haggard, 1856—1925)，英国小说家。最为著名的作品，是《所罗门王的宝藏》(1885)这部富有浪漫色彩的历险记。(参《不列颠百科全书》第7卷387页)

一个孩子只看到主人公的危险(danger),而另一个孩子则可能感到“敬畏”(aweful)。前者因好奇而奔进,后者则可能因惊叹而停顿。对盲于文学的孩子来说,捕象及海难,或许和神话成分一样好看(它们都很刺激),而哈格德通常也能写出与约翰·巴肯[①]的一样好玩的东西。喜爱神话的孩子,假如他同时敏于文学(literary),会很快发现巴肯是位好得多的作家;但他仍会意识到,通过哈格德,体会到了与刺激不可同日而语的东西。读巴肯时,他问“主人公是否能够逃脱?”读哈格德时,他感到“我忘不了这个。这个刻骨铭心。这些形象击中我心灵深处。”

【§24. 盲于文学者与阅读神话无涉】因此,阅读神话之方式和盲于文学者(the unliterary)之典型阅读方式,只是表面相似而已。其践行者是两类不同的人。我曾遇见过敏于文学之人,对神话不感兴趣,但我从未遇见过盲于文学之人,对神话感兴趣。盲于文学者,能接受在我们看来全然不合情理(grossly improbable)的故事;人物心理、所写社会

---

① 约翰·巴肯(John Buchan,1875—1940),苏格兰政治家、作家,以惊险小说闻名于世。其最受欢迎的惊险小说是《三十九级台阶》(1915)。(参《不列颠百科全书》第3卷206页)

状态、命运浮沉等,令人难以置信。但他们无法接受,公认之不可能及超自然(admitted impossibles and preternaturals)。① 他们说,“不可能实有其事”,然后把书放下。他们认为它“愚蠢”。因此,我们可称之为“幻想”(fantasy)的东

---

① improbable 与 impossible,一般都汉译为“不可能”,但其意思却大有差别。简言之,前者言情理,后者言有无。故而,probability 作为一个哲学概念,一般汉译为“或然”、“可然”或“概然”;improbability,则略相当于汉语之“未必然”。

作为文学理论术语,improbable 与 impossible 之别,亚里士多德《诗学》第 24 章里的这一观点足以昭示。他说,组织情节,probable impossibilities 比 improbable possibilities 更可取。陈中梅译前者为“不可能发生但却可信的事”,后者为“可能发生但却不可信的事”(陈中梅译注《诗学》,商务印书馆,1996);朱光潜《西方美学史》则译前者为“一种合情合理的不可能”,译后者为“不合情理的可能”。朱先生解释说:

这里“不可能的事”(译按:即 impossibilities)是指像神话所叙述的在事实上不可能发生的事。……他区别出“合情合理的(即于情可信的)不可能”和“不合情理的可能”,而认为前者更符合诗的要求。所谓“不合情理的可能”是指偶然事故,虽可能发生,甚至已经发生了,但不符合规律,显不出事物的内在联系。所谓“合情合理的不可能”是指假定某种情况是真实的,在那种情况下某种人物做某事和说某种话就是合情合理的,可以令人置信的。例如荷马根据神话所写的史诗在历史事实上虽是不真实的,而在他假定的那种情况下,他的描写却是真实的,“合情合理的”,“符合可然律或必然律”,见出事物的普遍性和必然性的。(《朱光潜美学文集》卷四,上海文艺出版社,1984 第 78—79 页)

拙译依朱先生的解释,译 probable 为“合乎情理”,improbable 为“不合情理”;译 possible 为“可能”,译 impossible 为“不可能”。至于 probability,作为一个抽象概念,依哲学界之通例,译为“或然性”;improbability 则译为“未必然”。

西，虽然占据其绝大部分阅读体验，但是他们却一概不喜欢奇幻之作(the fantastic)。这一区别提醒我们，若不界定术语，就无法深入探讨他们的阅读偏好。

六　“幻想”之含义[①]

THE MEANINGS OF ‘FANTASY’

【§1.“幻想”作为文学术语】

“幻想”(*fantasy*)一词,既是文学术语,又是心理学术语。作为文学术语,奇幻之作(a fantasy),是指任何关乎不可能之事(impossibles)及超自然之事(preternaturals)的叙

① 【译按】幻想作为心理学术语,有三义:妄想、病态白日梦、正常白日梦。正常白日梦又可分为自我型和超然型。好幻想之文艺青年,并不喜欢文学奇幻,而是喜欢廉价的写实主义。因为这有助于自我型白日梦。

事作品。《古舟子咏》[2]、《格列佛游记》[3]、《乌有乡》[4]、《柳林风声》[5]、《阿特拉斯女巫》[6]、《朱根》[7]、《金坛子》[8]、《真实故事》[9]、《小大由之》[10]、《平面国》[11]和阿普列乌斯的《变形记》[12]，都是奇幻之作。当然其精神及目标各不相同。唯一共同点就是奇幻(the fantastic)。我把这类幻想，称为

---

② 《古舟子咏》(*The Ancient Mariner*)，英国19世纪湖畔派诗人柯勒律治的长诗。

③ 《格列佛游记》(*Gulliver*)，英国作家斯威夫特之小说。

④ 《乌有乡》(*Erewhon*)，英国小说家、随笔作家和批评家塞缪尔·巴特勒(Samuel Batler, 1835—1902)的一部讽刺小说，被誉为《格列佛游记》之后最好的一部幻想游记小说。“乌有乡”——“埃瑞洪”(erewhon)是英文nowhere的倒写，表明其地纯属虚构，假托在新西兰。年轻人希格在新西兰牧羊，无意中来到了“埃瑞洪”。在这里，生病是严重的犯罪，而此地的病人则是英国所谓的罪犯。某位先生诈骗寡妇的财产，寡妇受审判刑，诈骗人却依旧是社会中的体面人士。希格还参观了“音乐银行”(教堂)、“无理性大学”。最后，他坐气球逃离此地。(参徐译本注及《不列颠百科全书》第3卷275页)

⑤ 《柳林风声》(*The Wind in the Willows*)，英国著名儿童文学作家格雷厄姆(Kenneth Grahame，1859—1932)的儿童文学作品，安徽人民出版社2013年出版中译本，译者杨静远。

⑥ 《阿特拉斯女巫》(*The Witch of Atlas*)，英国著名诗人雪莱最难懂的一首诗。

⑦ 《朱根》(*Jurgen*)，美国小说家卡贝尔(James Branch Cabell，1879—1958)之代表作。作品讲述了一个充满性象征主义的故事，攻击美国正统观念和习俗。(参《不列颠百科全书》第3卷289页)

⑧ 《金坛子》(*The Crock of Gold*)，爱尔兰诗人和故事作家斯蒂芬斯(James Stephens，1880—1950)之成名作，因其主题富有浓厚的凯尔特色彩而闻名于世。(参《不列颠百科全书》第16卷206页)

"文学奇幻"(literary fantasy)。

【§2—5. 心理学术语"幻想"之三义:安想、病态白日梦、正常白日梦】

作为心理学术语,"幻想"(*fantasy*)有三种含义。⑬

---

⑨ 《真实故事》(*Vera Historia*),古希腊作家、无神论者卢奇安(一译琉善,Lucian,120—180)的作品。《真实故事》包括两个故事:一个是英雄Icaromenippus渴望了解日月,借助鹰翅来到月球。他回望地球,惊讶于它的渺小。但他惹恼了神界,被剥夺了翅膀,无法继续飞行到天堂。另一个故事是一群人的船被飓风吹到月球,他们目睹了那里的一场战争。卢奇安可说是科幻小说的先驱。(参徐译本注)

⑩ 《小大由之》(*Micromegas*),法国启蒙哲学家伏尔泰的寓言小说,讽刺人类之自大。

⑪ 《平面国》(*Flatland*),英国牧师艾伯特(EdwinAbbott,1838—1926)的中篇小说。(参徐译本注)

⑫ 阿普列乌斯(Apuleius,约124—170以后),柏拉图派哲学家、修辞学家及作家。因《变形记》(*Metamorphoses*)一书而知名,记述一个被魔法变成驴的青年之经历。(参《不列颠百科全书》第1卷412页)

⑬ 在20世纪文学批评中,"幻想"(fantasy)成为一个特别重要的词汇。其始作俑者乃弗洛伊德,因精神分析之大盛而入驻文学批评与文化研究。廖炳惠的《关键词200:文学与批评研究的通用词汇编》(江苏教育出版社,2006)释"幻想"一词:

在弗洛伊德与文化研究学者的眼中,"欲望"总和"欲求且不可得"的心灵经验密切相关,并特别强调人们如何在记忆和日常生活的欲求中,以幻想作为一种媒介和过渡,将心中的欲求和冲动,以及当冲动无法实现时所压抑下来的欲力,以一种虚幻的视觉和意象在脑海中再现。(转下页注)

1. 一种想象建构(An imaginative construction),以或此或彼的方式令病人(patient)高兴,让他误以为真。处此境况,女性会想象与一位名人相爱;男性则相信,自己出身富贵之家,与父母失散多年,不久将真相大白,与父母相认,享不尽的富贵荣华。再平常不过之事,他们常常别出心裁地加以扭曲,变成自己宝贵信念的证据。对这种幻想我不必想个名称出来,因为我们不必再提到它。妄想(delusion),在文学上没有意义,除非意外。

2. 病人持续沉溺于愉快的想象建构,以致成伤,但并不妄想为真。年复一年,重复来重复去的或精心编织的,是个白日梦——梦者知道是白日梦——梦着军事征服或性爱

(接上页注)“幻想”在这样的情境下,因此和再现的符号有紧密联结的关系,和“欲望”本身,则处于一种对等的位置。因为“欲望”是一种永远无法在日常世界中被实践的海市蜃楼,所以只能通过“幻想”及相关的再现策略,和所欲求的对象(虚构、缺席且永远不可企及的对象)之间,形成一种患得患失的关系,并利用“补偿”的心态与方法,在记忆中形成重复的冲动(repetition impulse),借由意象在脑海中的铺陈、建构与组成来进一步掌握对象。

路易斯此章谈“幻想”,与当今流行理路迥异。窃以为,相异处主要有二:1. 路易斯严分作为文学术语的幻想和作为心理学术语的幻想,而当今流行批评话语则是后者一支独大;2. 路易斯严分作为心理学术语之三义,而当今流行批评话语只看重路易斯所说的第二义。

征服,权力或显赫,甚至仅仅是人气。它成了梦者生活的主要慰藉,几乎是唯一快乐。一旦解决衣食住行,他就进入“这种无形的心灵狂欢,这种隐秘的生命放纵”⑭。现实(realities),即便令其他人心喜,对他而言也索然无味。对于那并非只是臆想的幸福,他变得无能为力。梦想无尽财富,却存不下六便士。梦想做唐璜⑮,却不会努力,使自己让随便哪个女性觉得顺眼。我把这种活动称为“病态白日梦”(Morbid Castle-building)。

3. 适度而短暂地沉溺于上述活动,恰如临时度假或休憩,却使它理所应当地附从于更着实(effective)、更外向的(outgoing)活动。我们恐怕不必讨论,一个人终其一生与此无涉是否更为明智,因为没有这种人。这类幻梦(rcvcrie)并非总以幻梦告终。我们现在所从事的,往往就是曾梦想从事的。我们所写之书,一度曾为某白日梦中想象自己

---

⑭ 原文为:“this invisible riot of the mind, this secret prodigality of being”。约翰逊(Samuel Johnson)之诗句,出处待考。

⑮ 唐璜(Don Juan),一个虚构人物,浪荡子的象征。来源于流行的传说。在西班牙戏剧家蒂尔索·德·莫利纳的悲剧《塞维利亚的嘲弄者》(1630)中,首次以文学人物出现。通过蒂尔索的悲剧,唐璜成为世界性人物,堪与堂吉诃德、浮士德比肩。(参《不列颠百科全书》第5卷362页)

在写之书，尽管从未如此完美。我管这叫“正常白日梦”(Normal Castle-building)。

【§6—7. 两种“正常白日梦”:“自我型”和“超然型”】

不过，正常白日梦本身可分为两类，而且二者之别至关重要。它们可称为“自我型”(Egoistic)和“超然型”(Disinterested)。第一类中，梦想者自己总是英雄(hero)，一切都透过他的眼睛来看。正是他，作机智辩驳，俘美女之芳心，拥有远洋游艇，或被誉为当代最伟大的诗人。第二类中，梦想者本人并非白日梦境之英雄，或许根本就不出现。因此一个在现实中无缘去瑞士的人，可能做在阿尔卑斯山区度假的幻梦(reveries)。他出现在幻境中，但不是英雄，而是静观者(spectator)⑯。他若真的去瑞士，会把注意力集中

---

⑯ 假如把现世生活比作奥林匹克运动会，毕达哥拉斯就会把人分为三种：一种是藉此机会做点买卖的人，这是追逐利益者；一种是来参加竞赛的人，这是追求荣誉者；一种则是看台上的观者(spectator)。毕达哥拉斯赞美沉思的生活，故而，这三种人也就是三等人，以最后一种为人生之最高境界。罗素《西方哲学史》(何兆武、李约瑟译，商务印书馆，1963)中写道：

(转下页注)

在山峦上，而不会放在自己身上；因而，在白日梦中，其注意力同样集中在想象的山峦上。不过有时候，梦者根本不在白日梦里出现。许多人可能和我一样，在不眠之夜靠想象自然景观来自娱自乐。我追溯大河源头，从海鸥鸣叫的入海口，途经蜿蜒曲折、越来越窄、越来越陡峻的峡谷，直到山地某褶皱中，源头之水滴滴答答声强可听闻。可是，我在此并非探险家，甚至连观光客都不是。我出乎其外，看世界。⑰ 儿童藉助合作，常能更进一步。他们会假想出一整个世界，里面有各式各样的人，自己则在此世界之外。

(接上页注)

伯奈特把这种道德观总结如下："我们在这个世界上都是异乡人，身体就是灵魂的坟墓，然而我们决不可以自杀以求逃避；因为我们是上帝的所有物，上帝是我们的牧人，没有他的命令我们就没权利逃避。在现世生活里有三种人，正象到奥林匹克运动会上来的也有三种人一样。那些来作买卖的人都属于最低的一等，比他们高一等的是那些来竞赛的人。然而，最高的一种乃是那些只是来观看的人们。因此，一切中最伟大的净化便是无所为而为的科学，唯有献身于这种事业的人，亦即真正的哲学家，才真能使自己摆脱'生之巨轮'。"(第59—60页)

⑰　王国维《人间词话》第3则：

有有我之境，有无我之境。"泪眼问花花不语，乱红飞过秋千去"，"可堪孤馆闭春寒，杜鹃声里斜阳暮"，有我之境也。"采菊东篱下，悠然见南山"，"寒波澹澹起，白鸟悠悠下"，无我之境也。有我之境，以我观物，故物皆著我之色彩。无我之境，以物观物，故不知何者为我，何者为物。古人为词，写有我之境者为多，然未始不能写无我之境，此在豪杰之士能自树立耳。

一旦抵达这一步，幻梦之外的东西开始活动：就开始了建构(construction)、创造(invention)，一言以蔽之，“虚构”(*fiction*)。

因而，假如梦者尚有几分才华，超然型白日梦就会轻而易举转化为文学创造。甚至还有这样的转化，从自我型到超然型，进而转为真正的虚构(genuine fiction)。特罗洛普在自传里告诉我们，他的小说如何脱胎于最最令人咋舌的自我型和补偿型白日梦。[18]

【§8—10. 自我型白日梦与盲于文学者】

【§8. 自我型白日梦与阅读】可在眼下的探讨中，我们关心的不是白日梦与创作的关系，而是白日梦与阅读的关系。我已说过，盲于文学者(the unliterary)钟爱的是这类故事，能使他们通过人物替代性地乐享爱情、财富或名望。这事实上是专门的(guided)或蓄意的(conducted)自我

---

[18] 湖南人民出版社1987年出版《特罗洛普自传》中译本，译者张禹九。暂未找到相应段落。

型白日梦。阅读时，他们把自己投射在最惹人艳羡或最令人钦佩的人物身上；或许，读完以后，他感受到的喜悦和胜利，会给进一步的白日梦提供蛛丝马迹(hints)。

【§9. 盲于文学者并非总作自我型白日梦式投射】我想，人们时常假定，盲于文学者之阅读都是这种，而且都牵涉到此类投射。我用“此类投射”(*this* projection)是指，为了替代性(vicarious)快感、胜利及名望而作的投射。毫无疑问，对于所有故事的所有读者来说，都必然对主要人物做某种投射，无论他们是坏人还是英雄，无论他们令人艳羡或令人怜悯。我们必须“移情”(empathise)，必须感其所感，否则还不如去读三角形跟三角形的爱情故事。可是，即便读流行小说的盲于文学之读者，假定他们总是做自我型白日梦式的投射，也未免草率。

【§10. 原因有二】一则因为，他们中一些人喜欢滑稽故事(comic stories)。我不认为，无论是对于他们还是其他任何人，乐享笑话就是白日梦之一种形式。[19] 我们当然不

---

[19] 路易斯论“笑”(laughter)，详参《魔鬼家书》第11封信。路易斯将笑的起因，分为四种：Joy, Fun, the Joke Proper 和 Flippancy。况志琼译本分别译为：喜乐，开心、笑话和嘲谑；曾珍珍则译为：喜乐、愉悦、说笑和戏谑。

愿成为(to *be*)穿十字交叉袜带的马伏里奥[20]或掉入池塘的匹克威克先生[21]。我们想必会说,“我希望我当时在场”;但这仅仅是希望我们自己作为旁观者(spectators)——我们已经就是观者了——能处于更好的坐席上。二则因为,多数盲于文学者,喜欢鬼故事及其他恐怖故事;可他们越是喜欢这类故事,就越不想让自己成为其中人物。冒险故事(stories of adventures)有时候得到乐享,是因为读者把自己看作是勇敢而又足智多谋的英雄,这都有可能。不过我并不认为,我们可以确定,这总是唯一甚至主要快感。他或许钦佩此类英雄,眼热他的成功,却不会指望自己有这类成功。

---

⑳ 马伏里奥(Malvolio)是莎士比亚喜剧《第十二夜》中伯爵小姐奥丽维娅的管家。整日痴心妄想着小姐爱上了他。几个人捉弄他,假冒小姐笔迹给他写信,假称爱上了他,说她愿意看见他穿黄袜子和十字交叉的袜带。马伏里奥信以为真,心花怒放。而实际上,小姐特别厌恶的正是这一装束。见《第十二夜》第二幕第五场。

㉑ 《匹克威克外传》是狄更斯的第一部长篇小说,也是他的成名作。这部既富于浪漫奇想又紧贴社会现实的幽默与讽刺小说,主要讲述的是天真善良、不谙世事的有产者匹克威克带领其信徒们在英国各地漫游的奇趣经历与所见所闻。匹克威克先生滑冰时掉入池塘一幕,见小说第三十章。

【§11—14. 自我型白日梦者厌恶奇幻文学】

【§11. 爱幻想者并不喜欢文学奇幻】最后还有一些故事，其吸引力据我们所知，只能依赖于自我型白日梦：发迹故事，某些爱情故事，某些上流生活故事。这是最低层次读者心爱的读物；之所以最低，是因为阅读很少让他们走出自己，阅读只是强化了他们一用再用的自我耽溺，并使他们远离书本及生活中最值得拥有的绝大部分东西。这一白日梦，无论其建造是否得到书之辅助，就是心理学家所谓的"幻想"(fantasy)之一义。设使我们没有做出必要区分，我们可能会想当然认为，这类读者会喜欢文学奇幻(literary fantasies)。反过来倒是对的。做个实验，你将会发现，他们厌恶它们；他们认为它们"只适合小孩子看"，他们看不出，读有关"永远不会实际发生之事"(things that could never really happen)有何意义。

【§12. 爱幻想的文艺青年，爱写实之作】在我们看来，显而易见，他们所喜之书充满不可能之事(impossibilities)。他们一点也不反对乖张心理和荒谬巧合。不过他们强烈要求遵循他们所知的那类自然法则(natural laws),要求一种人伦日常(a general ordinariness):日常生活世界里的衣着、用品、食物、房屋、职业及腔调。无疑,这部分源于他们想象力极度迟钝。只有读过千次见过百次的东西,他们才认为真实(real)。然而,还有更深原因。

【§13. 现实主义与自我型白日梦】尽管他们并不把白日梦误认为是现实,但是他们情愿感到,它可能是现实。女性读者并不相信,她就像书中女主角那样,吸引了所有眼球;但她情愿相信,假如她有更多金钱,因而有了更好的穿戴、首饰、化妆品以及机遇,他们或许围着她转。男性读者并不相信,他富有且功成名就;可是,一旦他中了头彩,一旦无须才干也能发迹,他也会如此。他知道,白日梦实现不了(unrealised);但他要求,它原则上应当可以实现(realisable)。对公认的不可能性的些微暗示为何会摧毁他们的快感,其原因就在于此。一个故事给他讲述神奇(the marvelous)或奇幻(the fantastic),其实就是暗里告诉他:“我只是个艺术品。你必须如我本然地待我——你乐享我,必须因我之暗示、我之美丽、我之讽刺、我之结构。在现实世界,你不可能碰见如斯之事。”如此一来,阅读——他那种阅读——变得没了着落(poitless)。除非能让他感到,“这可能——谁知道呢——这可能终有一日会发生在我身上”,否则他的整个阅读目的就受挫。因而有一条绝对规律:一个人之阅读越接近自我型白日梦,他就越要求某种浅薄的写实主义(realism),就越少喜欢奇幻(the fantastic)。他情愿被骗,至少暂时被骗;没有东西可以骗他,除非它看上去像真的。超然型白日梦,或许会梦想神酒仙馐,玉食琼浆;自我型白日梦则会梦想熏肉加蛋或牛排。

【§14. 引入下章】鉴于我用“写实主义”(*realism*)一词,模棱两可,故须作条分缕析。

七　论写实[1]

ON REALISMS

【§1. *realism* 一词的四个论域】

realism 一词，在逻辑学领域叫唯实论，与其相对的是唯名论（nominalism）[2]；在形而上学领域，叫实在论，与之相

---

① 【译按】需区分描述之写实主义与内容之写实主义。根据两种写实主义之有无，可把小说分为四类：二者皆备、二者皆无、只有二者之一。四类小说均有佳构。现代文学批评的一大偏见就是，独树内容之写实主义，大有“我花开尽百花杀”之嫌。与此偏见相应，批评界爱拿“乐于受骗”、“逃避主义”或“孩子气”，在奇幻文学读者头上乱扣一气。批评界的这种风气，是典型的“时代势利病”。

② 尼古拉斯·布宁、余纪元编著《西方哲学英汉对照辞典》（转下页注）

对的是唯心论(idealism)①。其第三义体现在政治语言中,略带贬义:同样态度,在对手那边我们就称为“不择手段”(cynical),在我们自己这儿则改称“现实感”(realistic)。眼下,我们不关心其中任何一个,我们只关心作为文学批评术语的写实主义(*realism*)与写实(*realistic*)。即便在此一狭

(接上页注)(人民出版社,2001)释唯名论(Nominalism):

[源自拉丁文 nomen,名称]指如下观点:被归入同一普遍词之下的各个殊相(particulars)所共同具有的惟一特征,是它们都为这同一个词所指称。因此,共相(universals)只是名称,不是独自的存在物(reality),尽管在知识中有共相的成分。唯名论与唯实论(realism)相反,根据唯实论,共相是实在的实体(real entities),它们被用来说明普遍词如何应用于不同的殊相。

① 尼古拉斯·布宁、余纪元编著《西方哲学英汉对照辞典》(人民出版社,2001)释唯心论(idealism):

任何认为观念是知识的真实对象,观念先于物体,以及观念为事物的“是”提供根据的哲学立场,都可叫做唯心主义。根据这一观点,观念在形而上学上和知识论上都是在先的,我们所指的外部现实反映了精神活动。唯心主义并不主张心灵在一种实质性的意义上创造了物质或物质世界。这种观点也没有混淆思想与思想的对象。它的中心论点是,外在世界只有通过观念的工作才能得到把握;我们对于外在世界所能够说的一切都是以心灵活动为中介的。世界自身当然不依赖心灵,但为我们所认识的世界一定是由心灵构造的。唯心主义是关于我们所认识的世界如何能够是这样的一种哲学观点,它并不直接与任何政治观点立场相联系。由于对观念的性质有多种理解,相应地,也有许多种类的唯心主义。

“价值存在,可它们的存在及特性都以某种方式依赖于我们,依赖于我们的选择、态度、承诺、结构等等。这一立场叫做哲学唯心主义或创造论”——诺齐克《哲学解释》,1981年,第555页。

译按:《西方哲学英汉对照辞典》每一词条最后,均附一段经典引文。拙译作注,有时抄录,有时不抄。

小论域，我们亦必须马上做出一个区分。

【§2—6. 描述之写实主义与内容之写实主义】

【§2. 描述之写实主义】《格列佛游记》通过直接用测量单位①或《神曲》通过比对熟知物件而给出的准确尺寸，②我们应该称之为写实(realistic)。乔叟笔下的游乞僧，赶走凳子上的猫，以便自己坐下，我们应当说这是写实笔触(realistic touch)。③

---

① 《格列佛游记》中充满了这样的描写。比如在第一卷第一章，写小人国准备把"我"押送京城时，不得不造一辆史无前例的车子：

这位皇帝是一位有名的崇尚学术的君王。他有好几架装着轮子的机器，可以用来运送木材和其他沉重的东西。他经常在出产良材的树林里建造最大的战舰，有的长达九英尺，然后用这种机器把战舰运到三四百码以外的海上去。这一次五百个工匠、机器匠立刻动工建造他们最大的机器。这是一座木架，离地有三英寸高，大约有七英尺长四英尺宽，装着二十二个轮子。(张健译，人民文学出版社，2000，第10页)

② 如《神曲·地狱篇》第19章："我看见壕沟两侧和沟底的青灰色石头上布满了孔洞，这些孔洞都一般大，每个都是圆的。据我看来，和我的美丽的圣约翰洗礼堂中为施洗而做的那些孔洞相比，既不大也不小；距今还没有多少年，我曾破坏过其中的一个，为了救出一个掉进去快要闷死的人：让这话成为证明事件真相的印信，使所有的人都不受欺骗吧。"(田德望译，人民文学出版社，2002，第119页)

③ 【原注】*Canterbury Tales*(《坎特伯雷故事》)D. 1775.【译注】这一细节见《法庭差役的故事》："他赶走了凳子上的猫，把帽子、手杖、乞袋都放下，然后轻轻坐下。"(方重译《坎特伯雷故事》，人民文学出版社，2004，第120页)

凡斯种种，我称为描述之写实主义(Realism of Presentation)——一种写作艺术，藉助敏锐观察及敏锐想象所得的细节，使得我们如临其境，使得事物具体可感。我们可以援引的例子还有，《贝奥武甫》中毒龙“不时地在洞府周围兜来转去”；①莱亚门笔下的亚瑟王，听到自己是国王，安静地坐着，“脸一会儿红，一会儿白”；②《高文爵士与绿衣骑士》中，尖塔仿佛“用纸削剪而成”；③进入鲸鱼嘴的约拿“像教堂大门前的一粒微尘”；④《波尔多的雨翁公爵》中的精灵面包师搓去手指上的湿面；⑤法斯塔夫临死时摸被单；⑥华兹华斯

① 【原注】《贝奥武甫》(*Beowulf*)第2288行。【译注】陈才宇译《贝奥武甫》第2298行。

② 【原注】《布鲁特》(*Brut*)1987行以下。【译注】亚瑟王(Arthur)，出现在一组中世纪传奇中的不列颠国王，圆桌骑士团的首领。13世纪初，早期中古英语诗人莱亚门(Layamon)将亚瑟王及圆桌骑士的传说，写了韵文体编年史《布鲁特》，长达3万余行。(参《不列颠百科全书》第9卷509页)

③ 【原注】《高文爵士与绿衣骑士》(Gawain *and the Green Knight*)802行。

④ 【原注】《忍耐》(*Patience*)268行。

⑤ 【原注】*Duke Huon of Burdeux*(《波尔多的雨翁公爵》)，II，cxvi，p. 409，ed. S. Lee，E. E. T. S.。

⑥ 【原注】《亨利五世》第二幕第三场第14行。【译注】刘炳善译《亨利五世》第二幕第三场，借老板娘之口述说法斯塔夫临死情形：“他死得很体面，走的时候就像是一个不满月的小娃娃。他恰恰在十二点到一点之间去世，正是落潮的那一阵儿——我看见他一会儿摸摸被单，(转下页注)

笔下傍晚可以听见、但“白天听不见”的小溪。[①]

【§3. 中古之作与古典之作】在麦考莱看来，但丁与弥尔顿之主要不同正是描述之写实主义。[②] 麦考莱可以自圆其说，可是他没有意识到，他碰巧发现的并非两位特定(particular)诗人之差异，[③]而是中古之作与古典之作的一般(general)差异。中世纪偏爱灿烂繁富的描述之写实主义，因为那时的人，不受时代感(a sense of period)之阈限——他们所写的每部故事，都带有其时代风貌——也不受得体感(a sense of decorum)之阈限。中古传统(the medieval tradition)给我们的是，“炉火、舰队和烛光”；[④]古

(接上页注)玩弄被单上的花朵，一会儿又对着他自己的指头尖儿微笑，我就知道他只有走那一条路了。”(《莎士比亚全集》第四卷，译林出版社，1998，第247页)

① 【原注】*Excursion*(《远足》)，IV，1174。

② 麦考莱(Macaulay)在《论弥尔顿》(1825)一文中说：“在涉及另一个世界的人物时，既应神秘，也应有声有色。弥尔顿的诗就是这样的。但丁的诗就其描绘说，非任何诗人所能及。其描绘效果和铅笔或雕刀的效果相同。但这种绘画般的诗缺少神秘性。”(见殷宝书选编《弥尔顿评论集》，上海译文出版社，1992，第131页)

③ 麦考莱将《神曲》与《失乐园》之不同，归结于两位诗人性格之不同：“我们可以说，这两个伟人的诗的特征，在很大程度上，取决于各自具有的精神品质。他们都不是自我表现的人。他们不常把自己的意思揭露给读者。……弥尔顿的性格具有崇高的精神；但丁的性格则为强烈的感情。”(《论弥尔顿》，同上书，第133页)

④ 见英国传统歌谣《安灵歌》(*Lyke-Wake Dirge*)。

典传统（the classical）给我们的则是，“正值骇人深夜”。[①]

【§4. 须区分两种写实主义】大家会注意到，尽管我并非刻意为之，但我所举关于描述之写实主义的绝大多数例子，都出现在这类故事讲述之中，即它们本身并非“或然”(probable)甚或“可能”(possible)意义上的写实。[②] 我时常发现人们有一个非常根本的混淆，即混淆描述之写实主义与我所谓的内容之写实主义(realism of content)，这时应一劳永逸地加以澄清。

【§5. 纯粹的内容之写实主义】一部小说，当它是“合乎情理”(probable)或“忠于生活”(true to life)之时，它在内容方面是写实的。我们看到，在贡斯当的《阿道尔夫》之类作品中，内容之写实主义与描述之写实主义完全无涉，因而“化学般纯粹”。其中有激情，历尽曲折至死不渝的激情，此激情并非现实世界的稀缺物种。这里没有需要搁置之怀疑

---

① 原文法文 *C'était pendant l'horreur d'une profonde nuit*，译成英语为“it was during the horror of a deep night”；引自拉辛悲剧《阿达莉》487—488行。

② 关于 probable 和 possible 之别，参本书第五章第24段之脚注。

(no disbelief to be suspended)①。我们从不怀疑,这正是可能发生之事。然而,尽管其中有很多可供感受可供分析,但却无可视、可听、可尝或可触之物。其中没有“特写镜头”(close—ups),没有细节。其中没有一个次要人物,甚至一个地点,名副其实。除了出于特定目的的一小段而外,其中没有天气,没有乡野。拉辛的作品也是如此。给定情境下,一切都合乎情理(probable),甚至无可避免(inevitable)。其内容之写实主义很是伟大,但其中并无描述之写实主义。我们不知道,其中任何人物之长相、衣着或饮食。每人说话风格都是一样。其中几乎没有社会风俗(manners)。我深知,成为(to *be*)俄瑞斯忒斯(或阿道尔夫)会是什么样;可是,假如我碰见他,则一定认不出来。而匹克威克或法斯塔夫,我却一定认得出;老卡拉玛佐夫或波狄拉克,②则可能

---

① “搁置怀疑”(Suspension of disbelief)或“自愿搁置怀疑”(the willing suspension of disbelief),是柯勒律治(Samuel Taylor Coleridge)1817年提出的术语,以解决诗与真的问题。他提出,假如一个作者能把“人文情怀和些许真理”(human interest and a semblance of truth)融入奇幻故事之中,那么,读者就要搁置此叙事难以置信(implausibility)的判断。(参维基英文百科)

杨绛《听话的艺术》一文,意译 the willing suspension of disbelief 为“姑妄听之”,殊为传神。拙译用直译。

② 匹克威克,狄更斯小说《匹克威克外传》之主人公;法斯塔夫,莎士比亚剧本《亨利四世》和《温莎的风流娘们》中的人物;老卡(转下页注)

也认得出。

【§6. 两种写实主义与四种故事】两种写实主义都相当独立。你可以得到描述之写实主义,而无内容之写实主义,如中古浪漫传奇;②或得到内容之写实主义,而无描述之写实主义,如法国(以及一些希腊)悲剧;或者二者兼而有之,如《战争与和平》;或二者均无,如《疯狂的奥兰多》、《快乐王子雷斯勒斯》或《老实人》。③

【§7—15. 现代偏见:内容之写实主义成为标准】

【§7. 一个未经明言的预设】在这个时代,重要的是提醒我们自己,四种写作方式都是好的,任何一种都可以产

(接上页注)拉马佐夫,陀思妥耶夫斯基小说《卡拉马佐夫兄弟》中的人物;波狄拉克,《高文爵士与绿衣骑士》中的城堡主人,即绿衣骑士。

② 英国学者伯罗《中世纪作家和作品:中古英语文学及其背景(1100—1500)》一书中说:"浪漫传奇,无论是散文还是诗歌,是中世纪方言文学中的最突出成果。它的影响之大,使得该时期经常被称作'浪漫传奇时代',以区别于早先的'史诗时代'。"(沈弘译,北京大学出版社,2007,第11页)

③ 《战争与和平》(*War and Peace*),托尔斯泰之代表作;《疯狂的奥兰多》(*Furioso*),意大利诗人阿里奥斯托(Ariosto,1474—1533)的长篇传奇叙事诗;《快乐王子雷斯勒斯》,约翰逊(Samuel Johnson,1709—1784)的作品,北京大学出版社2003出版中译本,译者郑雅丽;《老实人》(*Candide*),伏尔泰的讽刺小说,是其哲理小说的代表作。

生杰作。当前之主导趣味(dominant taste)是要求内容之写实主义。① 19世纪小说之伟大成就,已经训练了我们去欣赏它,并且期待它。然而,倘若把这一自然的、特定历史条件下的偏好(preference),树立为一个原则(principle),那么,我们就会犯致命错误,并且创造关于书籍和读者的另一错误归类。其中有若干危险。诚然,据我所知还没有谁言之凿凿地说过,一部小说不适合成人或文明人阅读,除非它所再现的生活,正如我们在经验中已经发现或可能会发现的那样。可是,很多文学批评及文学讨论背后,正潜藏着此类假定。当人们忽视或贬低浪漫传奇、田园牧歌和奇幻之作时,当人们随时准备给这些作品冠以"逃避主义"大帽时,我们感受到了它。当一些书被誉为人生之"评注"(comments on)、"反映"(reflections)(或更等而下之,"横断面"[slices])时,我们感受到了它。我们还注意到,在文学上,"忠于生活"(truth to life)被标举为压倒一切其他考量的要求。作者受我们的禁黄法令②——可能是相当愚蠢的法

① 【原注】通常也要求描述的真实性。但后者在此处不相干。

② 英国曾有法律规定,认定一部书是否淫秽,就是看是否出现 four-letters words。所谓 four-letters words,是指由四个英语字母构成的几个庸俗下流的词,都与性或粪便有关,是一般忌讳不说的短词,如 cunt, fart, homo。路易斯之所以认为此法令愚蠢,参本书第四章第16段。

令——之约制，不得使用五六个单音节词，他们就觉得自己像伽利略那样，成了科学之殉难者。对于“这淫秽”、“这堕落”之类责难，或更与批评相关的责难“这无趣”，有时答以一句“现实生活就这样”，足矣。

【§8—9. *两种忠于生活*】我们首先必须确定，何种小说可被正当地称为忠于生活。我想，当一个理智读者（sensible reader）看完一本书后，能够感受到：“没错。如此阴郁、如此壮丽、如此空虚，或如此反讽，这就是我们的生活样貌。这是那种所发生之事（the sort of thing that happens）。这就是人们的言行举止”，此时，我们应当说这部书忠于生活。

然而，当我们说“那种所发生之事”时，我们到底意指那种总是或经常发生之事，人类命运里的典型之事？还是意指那种想来会发生，抑或千里碰一之事？因为在这方面，以《俄狄浦斯王》或《远大前程》为一方，以《米德尔马契》或《战争与和平》为另一方，其间差别巨大。在前两者之中，我们（大体上）把此类事件及行止看作是，在既定情境下，合乎情理（probable），也是人类生活之特征。不过，情境（situation）本身则未必然。极端不可能的是，一个穷孩子因不知名恩人之助而暴富，而那位恩人到后来居然是个罪犯；绝无仅有的是，一个人在襁褓中被抛弃，获救，被一位国王收养，因巧合杀了生父，又因另一巧合娶了生父遗孀。[①] 俄狄浦斯之霉运，与基督山伯爵之幸运一样，要求我们搁置怀疑。[②] 另一方面，在乔治·艾略特[③]和托尔斯泰的杰作中，一切都或有可能（probable），也是典型的人类生活（typical of human life）。这是会发生在任何人身上的那类事情。这类事情或许已经发生在千万人身上。其中人物，我们可能每天碰见。我们可以毫不保留地说："这就是生活之样貌。"（This is what life is like）

【§10. 古代的写实主义】 这两种虚构故事，固然有别于《疯狂的奥兰多》、《古舟子咏》或《瓦提克》之类文学奇幻，但二者亦应相互区别。一旦我们将二者区别开来，我们就不免注意到，直至相当晚近的现代之前，几乎所有故事都是

---

① 分别指狄更斯小说《远大前程》（*Great Expectations*）和索福克勒斯之悲剧《俄狄浦斯王》（*Oedipus Tyrannus*）。

② 【原注】参见附录。

③ 乔治·艾略特（George Eliot，1819—1880），原名玛丽·安·伊万斯（Mary Ann Evans），19世纪英语文学最有影响力的小说家之一，《米德尔马契》（*Middlemarch*）即其代表作。

前一类——属于《俄狄浦斯王》家族，而非《米德尔马契》家族。恰如除了无趣之人，所有人聊天时谈的不是寻常之事(normal)，而是不同寻常之事(the exceptional)——你会说起在步行街[1]碰见一只长颈鹿，而不会说起碰见一个大学生——作家也讲述不同寻常之事。早先的读者，实在看不出故事还有其他要义。面对《米德尔马契》、《名利场》或《老妇谭》[2]里的事，他们会说："这些都稀松平常嘛，每天都会发生。既然这些人及其命运如此平凡，何必要写给我们看呢？"留意一下人们交谈时如何引入故事，我们就能得知人对故事的无分地域的古老态度。人们这样开头："我见过的最奇怪的事是——"，或者"我要告诉你一件更怪的怪事"，或者"有件事说出来你都不敢相信"。这几乎是19世纪以前所有故事的精神气质(spirit)。讲述阿喀琉斯和罗兰的事迹，是因为其英勇不同寻常，不合情理(improbable)；讲述俄瑞斯忒斯弑母的负罪感，是因为这种负罪感不同寻常，

---

① Petty Cury，是剑桥市中心的一条商业步行街。暂未找到中译名，故而意译为步行街。

② 《老妇谭》(*The Old Wives' Tale*，1908)，英国小说家阿诺德·本涅特(Arnold Bennett，1867—1931)之成名作。

不合情理;讲述圣徒生活,是因为其圣洁,不同寻常,不合情理。讲述俄狄浦斯、贝林(Balin)[①]或古勒沃(Kullervo)[②]之霉运,是因为其霉运闻所未闻。讲述《管家的故事》,是因为发生之事,其滑稽出人意料,几近不可能。

【§11. 必须承认另一类"忠于生活"】那么很显然,假如我们是激进的现实主义者,认为一切好小说(fiction),都必须忠于生活(have truth to life),那么,我们将不得不在两条线中二择一。一方面,我们可以说唯一的好小说,是第二类,即《米德尔马契》家族:关于这类小说,我们可以毫无保留地说,"生活正是如此"(Life is like this)。假如我们这样做,那么我们将与几乎全人类的文学实践与经验为敌。这个对手过于强大。"举世自有公断。"[③]要不然,我们就得说明俄狄浦斯那类故事,即不同寻常、并不典型的(因而引人注目的)故事,也忠于生活。

---

① 马罗礼《亚瑟王之死》(*Morte D'Arthur*)中的圆桌骑士,在不知情的情况下与亲兄弟 Balan 厮杀。

② 古勒沃(Kullervo),芬兰史诗《卡莱瓦拉》(*Kalevala*,又名《英雄国》)中唯一的悲剧英雄。

③ 原文为拉丁文 *securus judicat*,语出奥古斯丁的名言:*securus judicat orbis terrarum*,意为 The whole world judges right。

【§12. 内容之写实主义捉襟见肘】好吧,如果我们下定决心,还可以勉强硬撑——只是硬撑。我们可以坚持认为,这类故事在暗示说:"生活正是如此,连这事都有可能。可以想见(might conceivably),某人会因一个知恩图报的罪犯而发达。[①] 可以想见,某人会像贝林一样倒霉。可以想见,某人碰巧被热铁烫着而大喊'水',致使一个愚蠢的老房东割断绳子,因为此前有人说服他'诺亚洪水'又将来临。[②] 可以想见,一座城会被一头木马攻下。[③]"接下来,我们不仅得说明它们说的就是这个,而且还得说明它们之所说忠于生活。

【§13. 故事之价值在其本身】然而,即便我们承认所有这一切——最后一点尤为勉强——这一立场在我看来,也是做作至极(entirely artificial):为了给一个陷于绝境的论点作辩护而挖空心思,与我们接受故事时的真实经验毫无一致之处。即便这些故事容许(permit)此类结论:"生活正是如此,连这事都有可能",是否有人会相信:故事约

① 指狄更斯小说《远大前程》。
② 指《坎特伯雷故事》中的《磨坊主的故事》。
③ 指《荷马史诗·伊利亚特》中的木马计。

请(invite)此类结论,讲故事或听故事就是为了得此结论,此类结论并非偶然(a remote accident)?因为,那些故事讲述者,以及那些接受者(包括我们自己),并未考虑人类生活之类的抽象概括(such generality as human life)。注意力集中于具体且独一无二之事(something concrete and individual);集中于某一特殊事例的超乎寻常的恐怖、壮丽、惊奇、惋惜或荒唐上。这些才是关键所在。之所以关键,不是因其烛照人生,而是因其本身(for their own sake)。①

【§14. 假设的或然性】如果这类故事写得很好,我们通常会得到某种假设的或然性(hypothetical probability)——假如初始情境(initial situation)出现,接下来或有可能发生什么。然而,情境本身通常免于评说(immune

---

① 路易斯在《给孩子们的信》(余冲译,华东师范大学出版社,2009)中说:

> 如果故事本身是傻傻的,那么给它们一个寓意也不会让它们变成好故事。如果那故事本身是好故事,而且如果你说的寓意,就是读者可以从故事里总结出来的关于真实世界的真相,那么,我不知道是不是同意你的观点。至少,我觉得当一个读者在"寻找"故事寓意的时候,他并不能真正体会到故事本身的效果——就好像过分注意歌词里的难词会影响听音乐的效果。(第42页)

from criticism)。在更为质朴时代(simpler ages),它之接受依赖权威。我们的先祖为它作了担保:"原作者"(myn auctour)[①]或"古哲人"(thise olde wise)。他们也会像我们对待历史事实一样对待它,即使诗人和读者提出质疑。事实和虚构不同,如果得到充分验证,则无须合乎情理(probable)。事实经常不合情理。有时作者甚至警告我们不要从叙事中得出人生大道理(any conclusion about life in general)。当一个英雄举起一块巨石时,荷马告诉我们,我们现在的两个人,我们经验世界中的两个人,都搬不起来。[②] 品达说,赫拉克勒斯看见了极北乐土;但不要以为你能到得了那儿。[③] 在较为

---

① 语出乔叟的叙事长诗《特洛伊罗斯与克瑞西达》(*Troilus and Criseyde*)第二卷 49 行。王明月在《"他谈情说爱的功夫行吗?":情话与骑士精神》(载《中外文学》第 33 卷第 4 期,2004 年 9 月)一文脚注 10 中指出:

> 中古英文 auctor 一字,具有多层含义,它不单指涉"权威"人士或"威权",它更重要的指涉对象为"作家"、诗人、演说家、意见领袖、创见者及"经典著作"。……中古英文 auctor 一字的定义,来自中世知识分子所依循的古典拉丁文学理论传统。

② 【原注】《伊利亚特》第五卷 302 行以下。【译注】罗念生、王焕生中译本《伊利亚特》(人民文学出版社,1994)卷五第 302—306 行:"提丢斯的儿子手里抓起一块石头——好大的分量,像我们现在的人有两个也举不起来,他一人就轻易扔出去,击中爱涅阿斯的髋关节……"

③ 【原注】《奥林匹亚颂》(*Olympian*)第三卷第 31 行;《太阳神颂》(*Pythian*)第十卷第 29 行以下。

文繁时代(more sophisticated periods)①,情境则是作为假定(postulate)而被接受。“假设”(Let it be granted)李尔王分割了他的王国;“假设”《磨坊主的故事》中的那个守财奴极容易受骗上当;“假设”一个女孩一旦换上男装,别人就无法认出来,包括其恋人;“假设”有人毁谤我们至亲至近之人,甚至当毁谤者乃最可疑之人时,我们还会相信。想必作者不是在说“这是现实里会发生的事”(This is the sort of thing that happens)吧?想必如果他这样说,就是在撒谎吧?但是他并不这样说。他是在说“假设这事发生,接下来的事将会多有趣、多感人!听吧。事情会是这样。”对这个假设本身提出质疑,说明你产生了误解(misunderstanding);就像问王牌(trump)为什么是王牌。这是毛波萨

---

① simple与sophisticated二词,相当于中国古人所说的“文”与“质”。梁昭明太子萧统《文选序》言:

式观元始,眇觌玄风,冬穴夏巢之时,茹毛饮血之世,世质民淳,斯文未作。逮乎伏羲氏之王天下也,始画八卦,造书契,以代结绳之政,由是文籍生焉。《易》曰:“观乎天文以察时变,观乎人文以化成天下。”文之时义远矣哉!若夫椎轮为大辂之始,大辂宁有椎轮之质;增冰为积水所成,积水曾微增水之凛。何哉?盖踵其事而增华,变其本而加厉。

关于文质之别,亦可参见拙文《文质争论所争何事》(文载《中国诗歌研究》第5辑,中华书局,2008)

(Mopsa)[①]会犯的错误。那不是关键所在。故事存在的理由是,我们读下去的时候会哭泣、发抖、纳闷或大笑。[②]

【§15. 独树内容之写实主义乃一种现代自大】试图把这类故事硬塞进激进的现实主义文学理论,在我看来有悖常情。关键在于,它们并非对我们所知甚多的生活之再现,也从不曾因为再现人生而受珍视。稀奇事件(the strange events)之所以穿上假设的或然性(hypothetical probability)这一外衣,并不是为了通过看它如何应对这个不合情理的考验(improbable test),来增加我们对现实生活的认识(our knowledge of real life)。恰恰相反。加入假设的或然性,是为了使稀奇事件更充分地得到想象(imagina-

---

① 毛波萨(Mopsa),《冬天的故事》中的牧羊女。语出自第四幕第四场:"我顶喜欢刻印出来的民歌了,因为那样的民歌肯定是真的。"(《莎士比亚全集》第7卷,第266页)

② 路易斯在《给孩子们的信》(余冲译,华东师范大学出版社,2009)中说:

你们认为书里的每一样事物,都"代表"了真实世界里的某些事物,这恐怕是误会了。像《天路历程》这样的书确实如此,而我却不这么写作。我并没有给自己说:"让我们用纳尼亚里的狮子来代表我们这个世界里的耶稣。"我对自己说的是,"让我们假设真的有一个像纳尼亚那样的地方,而上帝的儿子在那里变成一头狮子,就像他在我们的世界里变成了一个人,然后看看会发生什么样的事情。"如果你们仔细想想,就会发现这二者非常不同。(第23页)

ble)。哈姆雷特遇见鬼魂，不是为了能让他的应对使我们更了解他的本性（his nature），进而更了解一般人性（human nature in general）；他应对自如，是为了能使我们接受鬼魂。要求所有文学都具备内容之写实主义，这一点不能成立。[①] 直至目前，世界上绝大部分伟大的文学作品，并非如此。倒有一个完全不同的要求，我们可以正当提出：并非所有书籍都应有内容之写实主义，不过倘若有书自称拥有此写实主义，则要尽量拥有。

【§16—17. 关于所谓欺骗】

【§16. 一些认真的人】看起来，这一原则并非总是为人所理解。有些热心人，推荐所有人阅读写实之作，因为据他们说，这可以为我们的现实生活作准备。假如力所能及，他们会禁止儿童阅读神话故事，禁止成人阅读浪漫传奇，因为这些

---

① 顾随说："文学上是允许人说假话的，电影、小说、戏曲是假的，但是艺术。读小说令人如见，便因其写的真实。但不要忘了，我们说'假话'是为了真。如诸子寓言、如佛法讲道，都是小故事，但都是为了表现真。"（见《顾随诗词讲记》，顾随讲，叶嘉莹笔记，中国人民大学出版社，2010，第34页）

书“提供生活之虚假图像”——换言之,欺骗其读者。[①]

【§17. 写实之作欺骗性最大】我想,之前关于自我型白日梦的讨论,能使我们不犯这一错误。那些希望自己受骗的人,总是要求所看之书里,至少有表面上的或貌似的内容之写实主义。毫无疑问,只能欺骗做白日梦者的这种写实主义作态(show),骗不了敏于文学的读者。要想骗他,与现实生活之相似,得更细致入微(subtler)、更体贴(closer)。然而,要是没有一定程度的内容之写实主义——程度与读者智力程度相称——就不会出现欺骗。没人能骗你,除非他令你相信,他说的是真话。相对于貌似写实之作,毫不脸红的浪漫之作(unblushingly romantic)可能欺骗力要小得多。公认之奇幻(admitted fantasy),恰好是从不骗人的那类文学。儿童并不受神话故事之骗;[②]倒是校园小说

---

① 关于这些“认真的人”,参见本书第二章第6—10段,尤其是第9段。路易斯在《快乐哲学》(Hedonics)一文第9段,将此等人比作“狱吏”(Jailer),文见拙译《切今之事》(华东师范大学出版社,2015)。

② 路易斯在《为儿童写作之三途》(On Three Ways of Writing for Children)一文中说:“小男孩并不会因为他从书中读到的奇幻的森林,便轻视真实的森林;相反地,这倒使真实的森林蒙上了些许奇幻的色彩。阅读神话故事的小男孩会有所向往,并且快乐地陶醉在向往中。他的心灵并没有集中在与自己有关的事物上,他忘我了,就像他忘我在一些更写实的故事中一样。”(见《觉醒的灵魂1:鲁益师谈信仰》,曾珍珍译,台北:校园书房,2013,第64页)

(school-stories)经常且严重欺骗他们。成人并不受科幻小说之骗;女性杂志里的故事则能骗了他们。《奥德赛》、《卡莱瓦拉》[1]、《贝奥武甫》或马罗礼的作品,骗不了我们任何人。真正的危险,潜伏在一本正经的小说(sober-faced novels)里,其中一切都显得极其合乎情理(very probable),但事实上,一切都是为了使读者接受某些"人生评注",无论是社会的还是道德的,宗教的还是反宗教的。因为,这类评注中至少有一部分是错误的。毫无疑问,没有哪部小说能骗得了最好的读者。他绝不会误以艺术为人生,或误以艺术为哲学。他在阅读过程中,可以进入每个作者的视点(point of view),不置可否;必要之时,会搁置自己的怀疑及信仰(后者更难)。但其他人缺乏这种能力。关于他们的错误,更充分的考量,我必须推迟到下一章。

---

① 《卡莱瓦拉》(*Kalevala*,一译《英雄国》),芬兰民族史诗。包括 50 首古代民歌,长达 23000 余行,由 19 世纪诗人伦罗特(Elias Lönnrot,1802—1884)润色汇编而成,1835 年初版,1849 年出齐定本。译林出版社 2000 年出版中译本,译者张华文。

【§18—20. 关于所谓逃避主义】

最后，关于“逃避主义”（escapism）之污名，我们该说些什么？①

【§19. 任何阅读都是一种逃避】首先，在一种显见意义上，所有阅读，无论读什么，都是一种逃避。② 它牵涉到我们心灵的一种暂时转换，从我们的实际环境转向想象或构思出来的东西。不只读虚构之作如此，读历史和科学著作亦然。所有这类逃避，都逃离（*from*）同一事物：直接

---

① 路易斯的文集《论故事：及其他文学论文》（*On Stories: And Other Essays on Literature*,）之编者 Walter Hooper，在该书序言中说1960年代的文学批评风气：

当此之时，文学批评的主流语调鼓励读者在文学中什么都找：生命之单调，社会之不公，对穷困潦倒之同情，劳苦，愤世，厌倦。什么都找，除了乐享（enjoyment）。脱离此常规，你就会被贴上“逃避主义”（escapism）的标签。见怪不怪的是，有那么多的人放弃在餐厅用餐，进入房屋之底层——尽力接近厨房下水道。

Walter Hooper 说，这种批评风气，是一个“牢狱”。假如没有路易斯，我们仍被捆绑。路易斯给我们打开牢门，砸断锁链，放我们出来。

② 关于“逃避”或“逃避主义”，人文主义地理学大师、美籍华裔学者段义孚（Yi-fu Tuan）写过一本特别有意思的书，名为《逃避主义》（周尚意等译，河北教育出版社，2005）。该著申明：“‘逃避’‘逃避主义’……这个概念有可能就是一把打开人类本质和文化之门的钥匙。”（见该书《导言》）

的、具体的实际。关键问题是，我们逃往（escape *to*）哪里。有些人逃往自我型白日梦。这本身是一种休憩（refreshment）：或许无害，即便算不上特别有益；或许还是兽性的、淫秽的、妄自尊大的。有些人逃往游戏人生（mere play），逃往或许是杰出艺术品的消遣之作（*divertissements*），如《仲夏夜之梦》或《女修道士的故事》[1]。有些人再次逃往我所说的超然型白日梦，比如靠着《阿卡迪亚》、《牧人月历》[2]、《古舟子咏》等逃往。还有一些人逃往写实主义小说。因为正如克雷布[3]在一段不大为人引用的话里所说，一个严酷、悲苦的故事，可以使读者完全逃脱其实际悲苦。[4] 即使一部小说，把我们的注意力铆钉在"人生"（life）、"当前危机"（the present crisis）或"大写时代"（the

---

① 《女修道士的故事》(*Nun's Priest's Tale*)，乔叟《坎特伯雷故事》中的一个故事。

② 《阿卡迪亚》(*Arcadia*)，菲力普·锡德尼爵士(Sir Philip Sidney, 1554—1586)的散文传奇。

《牧人月历》(*The Shepheards Sirena*)，斯宾塞的诗作。包括二首牧诗，故名月令。有位不知名网友在"我行我译的博客"里，译出该诗全本。

③ 克雷布(George Crabbe, 1754—1832)，英国韵文故事作家，以写日常生活真实细节闻名。被誉为最后一位奥古斯都时期诗人。（参《不列颠百科全书》第4卷540页）

④ 【原注】*Tales*, Preface, para. 16.《故事集》前言，第16段。

Age)上面,也会有此效果。[①] 因为它们毕竟是建构之物(contructs),是理性存在者(*entia rationis*)[②];与此时此地之事并非同一层面:折磨我的腹痛,屋里四处漏风,要批阅的一沓考卷,付不起的账单,不知如何回复的信件,我的已过世的爱人或单相思的爱人。[③] 当我考虑"时代"时,就把

---

① 路易斯在《梦幻巴士》(魏启源译,台北:校园书房,1991)中说:

我们遇见好几个幽灵,他们走近天堂边缘只是为了告诉天堂的居民有关地狱的事。这的确是最普通的情形。其他的人,或许(像我这样)曾经为人师表的,实际上是想要演讲关于地狱的种种。他们带着充满统计数字的厚厚笔记本、地图(其中一位还带了一盏魔灯)。有些人则为叙述他们在地狱里所遇见的历代恶名昭彰的罪人轶事,可是大部分的人似乎认为,他们为自己找了这么大的痛苦,就足以使他们又有优越感。"你们都过着安逸舒适的生活!"他们高声叫喊:"你们不知道黑暗的一面,我们要告诉你们,给你们一些无法否认的事实。"——好像将天堂染上地狱的阴影和色彩是他们来此的唯一的目的。……但是这种渴望描述地狱的心理,只是他们想要扩张地狱的野心最温和的表现。假使能够的话,他们要把地狱带进天堂。(第86页)

② 尼古拉斯·布宁、余纪元编著《西方哲学英汉对照辞典》(人民出版社,2001)释"理性存在者":

理性存在者(Entity of reason):[拉丁文 *entia rationis*,亦称理想存在者]在经院哲学中指并非实际存在,而是由理性来领悟的东西,及概念的存在,诸如关系、次序、普遍概念等。关系并不是像实体或偶性那样存在的,而是一个概念,是人们对某些相互联系的事物进行思考,通过对这个思考对象的抽象获得的。一个理性的存在者不是一个实际的事物,而是知识的一个对象,并以实际事物为其根据。

③ 路易斯在《个人邪说》(*The Personal Heresy: A Controversy*)之第五章中说:

在时空中,从来没有一种单单称为"生物"的东西,只有"动物"(转下页注)

这一切都忘了。

【§20. 逃避不等于逃避主义】因此,逃避(escape)是许多好的和不好的阅读方式的共同特征。加上“主义”二字,我想,是指一种根深蒂固的习惯,逃避得过于频繁或时间过久,或是指逃往错误的事物,或是指应该行动时用逃避作为替代,以至于忽略了实际的机遇、逃避了实际的义务。若是这样,我们必须视具体情况予以判断。逃避不一定伴随逃避主义。带领我们走得最远,进入乌有之乡(impossible regions)的那些作者——锡德尼、斯宾塞和莫里斯[①]——在

(接上页注)和“植物”;也没有任何单单称为“植物”的东西,有的是树木、花朵、芜菁等;也没有任何单单称为“树木”的东西,有的是山毛榉、榆树、桦树等;甚至没有所谓的“一棵榆树”,有的是“这棵榆树”,它存在于某时代的某年、某天的某小时,如此承受着阳光,如此成长,如此受着过去和现在的影响,提供给我、我的狗、树干上的虫、远在千里外怀念着它的人,这样或那样的体验。

的确,一棵真正的榆树,只有用诗才能形容透彻。(见《觉醒的灵魂 2:鲁益师看世界》,寇尔毕编,曾珍珍译,台北:校园书房,2013,第 238 页)

① 文中的 impossible regions(乌有之乡)大概是指锡德尼(Sidney)的《阿卡迪亚》(*The Arcadia*),斯宾塞(Spenser)的《仙后》(*The Faerie Queen*)和莫里斯(Morris)的《尘世乐园》(*The Earthly Paradise*)一类作品。三部作品中都以奇幻的异域作为故事背景,都有青年人的冒险故事,再加上阿卡迪亚(Arcadia)本身在神话里作为世外桃源出现,所以,impossible regions 应指这类传奇作品中不存在于现实中的神奇国度。

现实世界里，积极而又忙碌(active and stirring)。[1] 文艺复兴时期和我们自己的19世纪，是文学奇幻之多产期，也是充满活力的时期。

【§21—25. 关于所谓“孩子气”或“幼稚病”】

鉴于以“逃避主义”指责非写实之作，有时候说法不一，甚至还会再加上“孩子气”(如他们现在所说)或“幼稚病”(infantilism)，略为说一下此苛责之含混不清，应不为过。需要说两点。

【§22. 所谓“儿童趣味”乃不再时髦的“人类趣味”】首先，把奇幻之作(包括童话)与童年联系在一起，相信孩子是这类作品的合适读者，或者相信这类作品适合孩子阅读，这一看法既现代又拘于一隅(modern and local)。绝大多数伟大的奇幻之作和童话，根本不是写给儿童，而是写给所有

---

① 美国文化史家雅克·巴赞(Jacques Barzun，亦译巴尔赞、巴尊)在《古典的，浪漫的，现代的》第4章说：“1790年到1850年的浪漫主义者所追寻的并不是一个借以逃避的梦想世界，而是一个用以生活的现实世界。对现实的探索是浪漫主义艺术的基本意图。”(侯蓓译，江苏教育出版社，2005，第52页)

人。托尔金(Tolkien)教授已经描述了这个问题的真实情况。[1] 一些家具,在成人中间变得过时,就移进婴儿室;童话也是如此。认为童年和奇幻故事之间,有无论何种的特殊亲密关系,就像认为童年和维多利亚式沙发之间,有特殊亲密关系一样。如今,除了孩子很少有人读这类故事,那不是因为孩子本身对它们有什么特殊偏好,而是因为孩子对文学风尚(literary fashion)无动于衷。我们在孩子们身上看到的,不是儿童趣味(childish taste),而是正常的、常在的人类趣味(human taste),只不过因文学风尚在大人们身上暂时萎缩而已。需要解释的是我们的趣味,而不是他们的

---

① 【原注】《论童话故事》(On Fairy-Stories),见《写给查尔斯·威廉姆斯的文章》(*Essays Presented to Charles Williams*),1947,58页。

【译注】1938年,托尔金应苏格兰圣·安德鲁斯大学的邀请,作了一个"安德鲁·朗"专题学术讲座,题目是《论童话故事》,详细阐述了自己的童话故事观。这篇长文于1947年发表在《写给查尔斯·威廉姆斯的文章》中,后来又收入文集《树与叶》中。三联书店《新知》杂志2014年11刊,刊出此文之节译文,其中说:

在我们的历史中,童话总是与儿童联系在一起。尤其在现代文学中,童话故事已经降级到"幼儿文学"一类,就像破旧过时的家具被扔到游戏室里一样。这主要是因为成年人不再想要它了,而不管这样做是否得当。近年来许多童话故事的确为儿童所写,或者为儿童所改编,但就像音乐、诗歌、小说、历史或科学读物也有为儿童改编的版本一样,童话故事并不独属于儿童。艺术和科学在整体上层次并没有被降低,童话也一样,一旦与成人文学和艺术失去了关联,它也失去了价值和潜力。

趣味。即便这样说有些过分，我们总该承认这项确凿事实：一些孩子，还有一些大人，喜欢这一文类(genre)；而许多孩子则和许多成人一样，不喜欢这一文类。我们切莫被当前拿“年龄段”为书分类这一做法所蒙蔽，仿佛每个年龄段都有其相应图书似的。做这件事的人，很不关心文学之本性，更不大懂文学史。这是一条粗略的经验法则(rough rule of thumb)，给学校教师、图书管理员和出版社公关部提供便利。即使作为经验法则，也很不可靠。(年龄和图书两方面的)反例，每天都在出现。

【§23.“幼稚”不应成为贬义词】其次，假如我们把孩子气或幼稚当贬义词使用，我们就必须确保，它们只指童年的这些特征，即我们长大之后不再具有，我们因而也就变得更优秀、更幸福；而不是用来指，那些每个正常人都会尽量保留、某些人幸运保留下来的特征。在身体层面，这十分明显。我们高兴看到，长大成人后，肌肉不再像童年时那般无力；可是，我们却羡慕这些人，他们留住了童年的精力、浓密头发、酣甜睡眠，和迅速恢复体力的能力。然而在另一层面，真的也是如此么？我们越早变得不再像绝大多数孩子那样，三心二意、爱吹嘘、好嫉妒、残忍、无知、易受惊吓，对我们自己及邻居就越好。但一个头脑正常的人，假如他能够，谁不愿保持孩子的那种不倦的好奇心，那种丰富的想象力，那种搁置怀疑的能力，那种未受玷污的兴味，那种随时都能惊奇、惋惜和赞叹的本领？成长过程之弥足珍贵，是看我们获得什么，而不是看失去什么。未能获得对写实之作的趣味，是贬义的孩子气；丧失对奇幻作品和冒险作品之趣味，则与掉牙，脱发、味觉迟钝以及失去希望一样，不值得庆贺。为什么我们常常听人说起年幼的缺点，却很少听人谈及年老的缺点？①

【§24. 年龄段并非价值标尺】因此，当我们指责一部作品幼稚时，我们必须注意我们是什么意思。如果我们只是说，它迎合的是通常出现在生命初期的趣味，那么这就不是

---

① 路易斯在《应稿成篇集》(*They Asked for Papers*)第二章里说，童真未泯才是真正成熟：

尽管学识又增加、充实了许多，童年期心灵对诗产生的第一次悸动却持续至今——惟有这样的成年人，才能说是真正成熟的人。

只有变化不能叫成长。成长是变化和持续的合成物，没有持续就无成长可言。

如果采纳某些批评家的说法，我们也许会以为人必须先除掉童年期欣赏《格列佛游记》的态度，然后才能以成熟的态度欣赏这本书。其实不然。果真如此的话，这整套有关成熟的概念可能有所偏颇。(见《觉醒的灵魂1：鲁益师谈信仰》，曾珍珍译，台北：校园书房，2013，第62页)

在指责这本书。一种趣味之所以是贬义的孩子气(childish in bad sense),并非因为它出现在小时候,而是因为这种趣味有内在缺陷,应尽快消失。我们称此趣味“孩子气”,是因为只有在童年才可以原谅,而不是因为童年常常成就它。不讲卫生、不讲整洁,是“孩子气”,因为这样不健康、不方便,因此应该尽快改正;喜欢面包加蜂蜜,在我们少不更事时,同样普遍,却不是“孩子气”。只有非常年幼,对于连环漫画之趣味才可原谅,因为这种趣味默许绘画之拙劣,默许讲述故事近于非人的粗糙和单调(a scarcely human coarseness and flatness of narration)。假如你打算用同一意义上的孩子气,称谓对奇幻作品之趣味,你必须同样表明其内在劣处(intrinsic badness)。我们各种特性之发育日期,并非其价值标尺。

【§25. 轻视奇幻,也是时代势利病】假如它们就是标尺,那么将会出现非常蹊跷的结果。幼稚(juvenile)之最大特征,莫过于看不起幼稚(juvenility)。[①] 8 岁孩子瞧不起

---

① 杜甫《壮游》有句曰:“脱略小时辈,结交皆老苍。”路易斯在《为儿童写作之三途》(On Three Ways of Writing for Children)一文中说:

不把“成熟的”这个语词当作一个纯粹的形容词,而用它来表示一种称许,这样的批评家本身就不够成熟。关心自己是否正在成长中、羡慕成年人的事,以为这样做就是成熟的表现;每当想到自己的行为(转下页注)

6岁孩子，自喜成了大孩子；中学生下定决心不再做小孩子，而大学新生则下定决心不再做中学生。假如我们不分青红皂白，决意把年轻时的特征一律抹煞，或许首先应该从这里下手，从年轻人典型的时代势利病（chronological snobbery）①着手。如此一来，以长大成人自重，又害怕或耻于和孩子共享同样喜好，这种文学批评（criticism）会成为什么样子呢？

（接上页注）可能很幼稚，就满脸通红。以上这些现象都是童年和少年的特征。……

十几岁时的我读神话故事，总是藏藏躲躲，深恐让人发现了不好意思。现在我五十岁了，却公公开开地读。当我长大成人时，我就把一切幼稚的事抛开了——包括害怕自己幼稚，包括希望自己非常成熟。（见《觉醒的灵魂1：鲁益师谈信仰》，曾珍珍译，台北：校园书房，2013，第61页）

① 路易斯曾批评现代思想界，患有一种“时代势利病”（chronological snobbery）：“不加批评地接受我们自己时代共同知识气候，认定大凡过时之物便不再可信。”（C. S. Lewis, *Surprised by Joy*, London: HarperCollins, p. 241）现代人与时俱进随风起舞的思想习惯，路易斯终生深恶而痛绝之。胡适先生亦尝言，现代学人要说真话，除了古人所谓“富贵不能淫、贫贱不能移、威武不能屈”之外，还需“时髦不能动”：

多少聪明人，不辞贫贱，不慕富贵，不怕威权，只不能打破这一个关头，只怕人笑他们“落伍”！只此不甘落伍的一个念头，就可以叫他们努力学时髦而不肯说真话。王先生说的最好：“时髦但图耸听，鼓怒浪于平流。自信日深，认假语为真理。”其初不过是想博得台下几声拍掌，但久而久之，自己麻醉了自己，也就会认时髦为真理了。（胡适：《〈王小航先生文存〉序》，《胡适文集》第5册，欧阳哲生编，北京大学出版社，1998，第376页）

八　敏于文学者之误读[1]

ON MISREADING BY THE LITERARY

【§ 1—5. 敏于文学者特有之毛病】

【§ 1. 敏于文学者亦有毛病】现在，我们必须返回上一章推迟讨论的那一点。我们不得不考虑阅读中的一个毛

---

① 【译按】敏于文学之读者混同艺术与生活，在艺术中寻找人生哲学，寻找微言大义。其典型表现就是流行的悲剧哲学或悲剧理论，其中悲剧成为大写的 Tragedy。批评界的此类流行论调，忘记了诗作既是“道”，也是“艺”，忘记了作品首先是“作”出来的。盲于文学者的这种阅读，实际不是“接受”，而是“使用”，是借他人之酒杯浇自己之块垒。如此阅读，读者走遍天涯海角，找到的还是自己。

病(fault),这毛病正好打破了我们对敏于文学与盲于文学之分际。前者之中一些人,犯有此病;后者之中一些人,则无有此病。

【§2. 两种读者均混同生活与艺术】质言之,它牵涉到混同生活与艺术,甚至难以容忍艺术之存在。其最粗鲁的表现形式,在一则古老故事中传为笑谈:一位莽夫在剧场顶层楼座看戏,开枪打死了舞台上的"坏蛋"。[①] 我们在最低级的读者身上,也能发现这个毛病,他们喜欢耸人听闻的叙事,然而,除非它们作为"新闻"提供给他,否则他们就不会接受。在高一级的读者身上,这个毛病表现为这样一种信念,相信所有好书之所以好,主要是因为它们给我们知识,教给我们关于"生活"的种种"真理"。剧作家和小说家受到赞誉,仿佛他们所做之事,本质上与神学家和哲学家该

---

① 此类笑谈,似乎不少。朱光潜的《文艺心理学》(1936)也举了此类例子:

一个观剧者看见演曹操的戏,看到曹操的那副老奸巨猾的样子,不觉义愤填胸,提起刀走上台去把那位扮演曹操的角色杀了。一般人看戏虽不至于此,但也常不知不觉地把戏中情节看成真实的。有一个演员演一个穷发明家,发明的工作快要完成时,炉中火熄了,没有钱去买柴炭,大有功亏一篑的趋势,观众中有一个人郑重其事地捧上一块钱去给他,向他说:"拿这块钱买炭去罢!"(安徽文艺出版社,1996,第26页)

做之事一样;忽视的则是,其作品作为创作和构思产物所具有的那些品质。他们被尊为教师,然而作为艺术家,却未得到充分欣赏。概言之,德昆西的"力的文学",被当作其"知的文学"的一个子类。①

【§3—4. 少不更事之时,我们藉小说获取知识】首先,我们可以排除一种把小说当成知识来源的做法。尽管严格说来,这一做法是盲于文学,但在一定年龄段则情有可原,而且往往限于一时。12岁至20岁间,我们几乎都会从小说中获取关于我们身处其中的世界的大量信息,包括大量错误信息:关于各国饮食、服饰、习俗和气候,关于各行各业之工作,关于旅行方式、礼仪、法律和政治机器。我们

---

① 德昆西(Thomas De Quincey)的名文《知的文学与力的文学》(*Literature of Knowledge and Literature of Power*,1848)指出,纠正文学概念之含混,与其寻找更好的文学定义,不如更明晰地区分文学功能。他说,在社会有机体中,那种我们称之为文学的东西,可以分为两厢(two separate offices)。两者当然会相互交融,但却相互排斥:

有两类文学,其一是"知的文学"(the literature of knowledge),其二是"力的文学"(the literature of power);前者之功用在于教导(*teach*),后者之功用在于打动(*move*):前者是船桨,后者则是舟船。前者只对推论性理解力(the *mere* discursive understanding)发话,后者虽然可能最终对更高的理解力或理性发话,但却总是通过快感及同情之感染。(http://www.clas.ufl.edu/users/pcraddoc/deq.htm [2013—9—2])

汲取的不是人生哲学，而是所谓的“普通知识”(general knowledge)[①]。在特定情况下，即便对于成年读者，一部小说也能起到这个作用。苛政之国的居民，藉助阅读我们的侦探故事，或许能逐渐明白我们的原则：一个人在被证实有罪之前是清白的(在此意义上，这类故事是真正文明的有力证明)。[②] 但一般来说，等我们长大了一点，就不再如此使用小说。往常需用小说加以满足的好奇心，要么已得满足，要么不复存在；如果好奇心尚还存活，则需要从更可靠的来

---

① 关于普通知识之重要，E. H. 贡布里希的《普通知识的传统》一文有专门论述，文见贡布里希《理想与偶像》(范景中译，上海人民美术出版社，1989)。

贡布里希说，所谓“普通知识”，就是指某一社会中的文化人都知道的一些典故、隐喻或故事。比如，把 paris' judgement(帕里斯的裁判)理解为“巴黎的裁判”，不知“堂吉诃德式”或“浮士德式”一词何意，缺乏的就是普通知识。普通知识只是道听途说的知识，并不真实，严肃学者必须对之保持怀疑。虽如此，普通知识却是社会之为社会的一个必要条件，因为它是一种“知识的共享”，是谈话交流中的一枚“通用硬币”。丧失了普通知识的传统，这个社会就趋于解体。20 世纪，古典教育式微，则意味着普通知识的传统正在消亡。

② 指法律中著名的“无罪推定原则”(the presumption of innocence)。无罪推定与有罪推定相对。

无罪推定是一种典型的直接推定，无须基础事实的证明，即认定当事人无罪。换言之，证明被告犯罪的责任由控诉一方承担，被告并不负有自证清白的义务。

而所谓有罪推定，则首先假定当事人有罪，除非当事人自证清白。汉语界耳熟能详的“你身犯何罪，还不从实招来”、“坦白从宽、抗拒从严”，均是有罪推定。

源获取信息。与小时候相比,我们更少愿意拿起一部新小说,这就是其原因之一。

排除这一特例之后,我们现在可以回到真正的主题了。

【§5. 许多盲于文学者不会犯此错误】显而易见,一些盲于文学者误以为艺术是现实生活之写照(account)。恰如我们已经看到的,那些只为自我型白日梦而从事阅读的读者,如此做无可避免。他们情愿被骗;他们想要感受到,尽管这些美好事物他没碰上,但是他可以碰上("他可能会眷顾我,恰如故事中公爵眷顾工厂女孩一样")。同样显见的是,很大一部分盲于文学者,并未处于此种状态——他们比其他任何人都远离此危险。不信拿你家园丁或食品杂货商做个实验。你不能拿书去试,因为他很少读。不过,一部影片会同样奏效。假如你向他抱怨,其大团圆结局全无可能,他极有可能回答说:"嗨,我猜他们加此结局,只是为了好收场。"假如你抱怨,在男人冒险故事里强塞些无趣而又拙劣的"爱情佐料",他会说:"你知道的,他们通常不得不加那么一点。女人喜欢。"他深知,影片是艺术(art),并非知识(knowledge)。在某种意义上,正是其"盲于文学"(unliterariness),使他并无混淆二者之虞。除了是短短一时且不大重要的娱乐之外，他并未期望影片还是别的什么。他从不梦想，任何艺术可以在娱乐之外，给他更多。他去看画，不是为了学习，而是为了放松。说所看之画，会修正他关于现实世界的一些观点，这在他看来简直可笑。你是否会把他当作傻瓜？不谈艺术了，跟他谈生活——跟他嚼舌，跟他讨价还价——你就会发现，他之精明，他之现实感（realistic），不亚于你恨不得拥有的。

【§6—9. 大而无当的悲剧哲学】

【§6. 流行的悲剧哲学】相反，在敏于文学者中间，我们发现这一错误，其表现形式微妙而又隐晦。我的学生常跟我讨论大写的悲剧（Tragedy），却很少主动跟我讨论一部部剧作（tragedies）。[1] 我时常发现他们有个信念，相信悲剧之

---

① Tragedy 与 tragedies 之别，很是巨大。大致说来，大写的 Tragedy 是被抬高到宇宙哲学或生命哲学高度的悲剧，现代林林总总的以所谓"生命的悲剧意识"、"悲剧精神"或"悲剧感"为题的著作，均是这种用法。汉语学界，自五四以来，反复追问中国有无悲剧，无疑与此有关。至于单数小写的 tragedy，只是表示与喜剧或闹剧相并列的一个文体。复数小写的 tragedies，则是指一部部悲剧。由于汉语没有形态变化，故而，Tragedy 与 tragedies 之别，汉语很难表述。为突出区别，前者译为"大写的悲剧"，后者译为"一部部剧作"。

价值、悲剧之所以值得观赏或阅读，主要是因为它传达了某种所谓的悲剧的“人生观”或“生命感”或“人生哲学”。虽然这一内容之表述形形色色，但是，在其流布最广的版本中，看上去包含两个命题：(1)巨大悲苦(miseries)，源于悲剧主人公之性格缺陷；①(2)这些悲苦，推至极致，向我们展示了人类以至宇宙的某种壮丽。尽管苦痛巨大，但它至少并不卑下(sordid)，虚无(meaningless)或一味阴郁(merely depressing)。②

【§7. 生活中并无悲剧式庄严】无人否认，现实生活中

---

① 这是悲剧理论中著名的“过失说”，其源头是亚里士多德《诗学》第十三章中讨论悲剧人物的这段话：

第一，不应写好人由顺境转入逆境，因为这只能使人厌恶，不能引起恐惧和怜悯之情；第二，不应写坏人由逆境转入顺境，因为这最违背悲剧的精神——不合悲剧的要求，既不能打动慈善之心，更不能引起怜悯或恐惧之情；第三，不应写极恶的人由顺境转入逆境，因为这种布局虽然能打动慈善之心，但不能引起怜悯或恐惧之情，因为怜悯是由一个人遭受不应遭受的厄运而引起的，恐惧是这个这样遭受厄运的人与我们相似而引起的……此外还有一种介于这两种人之间的人，这样的人不十分善良，也不十分公正，而他之所以陷于厄运，不是由于他为非作恶，而是由于他犯了错误，这种人名声显赫，生活幸福，例如俄狄浦斯、堤厄斯特斯以及出身于他们这样的家族的著名人物。(罗念生译，人民文学出版社，1962，第38—39页)

朱光潜《悲剧心理学》(张隆溪译，人民文学出版社，1983)第六章，对“过失说”有专门讨论。

② 朱光潜在《悲剧心理学》(张隆溪译，人民文学出版社，1983)中说：

一个穷凶极恶的人如果在他的邪恶当中表现出超乎常人的坚毅和巨人般的力量，也可以成为悲剧人物。答丢夫之所以是喜剧人物，(转下页注)

也会出现，有如此起因又有如此结局之悲苦。然而假如把悲剧当作这意义上的人生评点（a comment on life），即我们旨在由悲剧得出结论说，“这就是人类悲苦典型的、通常的或最终的表现形式”，那么，悲剧就成了痴人说梦（wishful moonshine）。性格缺陷固然导致苦痛（suffering）；可是，炸弹及刺刀，癌症及小儿麻痹，独裁者及飙车族，货币贬值及职场动荡，还有毫无意义的偶发事件，则会导致更多苦痛。苦难（Tribulation）随时可能降至性格完整之人，顺应颇良之人及审慎之人，恰如其随时降至其他任何人。真正的悲苦，并非在一阵鼓声中落下大幕，以“心中宁静，一切的愁云消散”①而告终。将死之人，很少做豪壮的临终演讲。眼睁睁看他死去，我想，我们之举止很少像悲剧死亡场景中的次要人物。因为，很不幸，戏还没完。我们不能“悉数散场”（*exeunt*

（接上页注）只因为他是一个胆小的恶棍，他的行为暴露出他的卑劣。他缺乏撒旦或者靡非斯特匪勒斯那种力量和气魄。另一方面，莎士比亚塑造的夏洛克虽然错放在一部喜剧里，却实在是一个悲剧人物，因为他的残酷和他急于报复的心情之强烈，已足以给我们留下带有崇高意味的印象。要是没有这一点悲剧的气魄，他就不过是一个阿巴贡式的守财奴了。对于悲剧来说，致命的不是邪恶，而是软弱。（第96页）

“心灵的伟大”正是悲剧中关键所在，从审美观点看来，这种伟大是好人还是坏人表现出来的好象并无关大局。（第97页）

① 弥尔顿《斗士参孙》（朱维之译，上海译文出版社，1981）之末行。

omnes)。真正的故事并未结束:接下来要给治丧者打电话,要付账单,办理死亡证明,找到遗嘱并作公证,还要回复唁函。其间并无庄严(grandeur),亦无结局(finality)。真正的悲伤既不结束于轰轰烈烈,亦非结束于凄凄切切。有时候,经历了但丁那样的精神旅程之后,落至谷底,然后一阶一阶,攀爬所受痛苦之山,最后可能升入平静——然而这一平静之严酷,并不亚于悲伤本身。有时候,悲伤保持终生,像个心灵泥潭,扩散,弥漫,越来越伤身。有时候,它只是逐渐消歇,跟其他心境一样。这几种情况,一种庄严,可惜不是悲剧式庄严;另两种情况——丑陋、缓慢、多愁善感(bathetic),毫不起眼——对剧作家毫无用处。悲剧作家,不敢呈现苦痛之全貌,它通常是苦难与渺小之不雅混合(uncouth mixture of agony with littleness),不敢呈现悲哀之全部有失尊严和无趣之处(除了怜悯)。那样会毁了他的戏。那样只会导致沉闷和压抑。他从现实中撷取的,只是他的艺术所需要的;[①]艺术

① 写作是省略或剪辑的艺术。《特罗洛普自传》第1章:"把什么都写出来,我办不到,任何人也办不到。谁肯承认自己干过见不得人的事?又有谁没干过见不得人的事?"(张禹九译,湖南人民出版社,1987,第1页)自传尚且如此,何况艺术创作?

所需要的，就是不同寻常的(exceptional)。相反，带着悲剧式庄严的观念，接近一个遭受真正不幸的人，曲说他正披着"王者华服"①，这样做不仅愚不可及，而且令人作呕。

【§8. 悲剧人生观骗人】我们喜爱没有悲伤的世界，退而求其次，我们应该喜爱其中悲伤总是既意味深长(significant)又崇高(sublime)②的世界。不过，倘若容许"悲剧人生观"(tragic view of life)令我们相信，自己正生活在这样一个世界里，我们将会受骗。我们的双眼是更好的老师。大千世界之中，还有什么比一个大男人涕泗横流、哭得不像样子，更难看、更有失尊严么？其背后之原因也可爱不了多少。那里既无王者，也无华服。

【§9. 看似直面人生的悲剧哲学，实是闭眼不看】在我看来无可否认，被视为人生哲学的悲剧，是所有"愿望的达成"(wish-fulfilments)③中最顽固、伪装得最好的一种。正是因为悲剧中的假象看起来是如此写实。他们声称，悲

---

① 弥尔顿《沉思颂》第98行。

② sublime通译"崇高"，亦译为"壮美"。在18世纪美学中，是与beauty(优美)相对立的一个审美范畴。

③ wish-fulfilment一词，因弗洛伊德《梦的解析》中"梦是愿望的达成"(The Dream as a Wish-Fulfilment)一语，成为一个学术关键词。

剧直面最糟境况。他们得出结论：尽管境况最糟，仍保留着某种崇高和深意。这一结论的可信程度，恰如一个目击者的违心之词。但是声称直面最糟境况——反正就是最常见的那种"最糟"——在我看来完全是错的。

【§10—14. 悲剧哲学与悲剧无关】

【§10. 悲剧作家首先考虑的是艺术，而非哲学】这一声称欺骗某些读者，并非悲剧作家之错，因为悲剧作家从未如此声称，是批评家如此声称。悲剧作家为他们所从事的艺术，选取他们的主题故事（经常基于神话及不可能之事[impossible]）。根据悲剧之定义，这类故事几乎都是非典型(atypical)、惊人的(striking)，而且以其他不同方式适应此目的。选择具有崇高又令人满意之结局(*finale*)的故事，并不是因为这类结局是人类悲苦之典型，而是因为这是好戏之必需。

【§11. 悲剧与喜剧之别不在哲学，而在文体】也许是出于此悲剧观，许多年轻人抽绎出这一信念，即悲剧本质上比喜剧更"忠于生活"。在我看来，这全无根据。每一戏剧体裁从现实生活中,选择它所需要的那类事件。素材在我们身边比比皆是,驳杂参差。造就两种戏剧之分的,并非哲学,而是选材(selection)、剪裁(isolation)及文章(patterning)。这两类产物之相互对立,不会超过同一花园中采撷的两束花。只有当我们(并非剧作家)把它们变成"这就是人类生活样貌"之类命题时,才有对立。

【§12. 闹剧如田园牧歌一样不写实】蹊跷的是,那些认为喜剧没有悲剧那么真实的人,却经常认为闹剧(broad farce)是写实的(realistic)。我经常碰见这一观点,说乔叟写完《特洛伊罗斯与克瑞西达》再写市井故事(*faibliaux*),是向写实迈进了一步。我想,这起于未能区分描述之写实与内容之写实。乔叟的闹剧,富于描述之写实,而非内容之写实。虽然克瑞西达(Criseyde)与阿丽生(Alisoun)这两个女人,同样合乎情理(equally probable),但《特洛伊罗斯与克瑞西达》中的事,却比《磨坊主的故事》中的事合乎情理得多。[1] 闹剧世界之理想化(ideal),几乎不亚于田园牧歌世界。它是笑话

---

① 克瑞西达(Criseyde)是《特洛伊罗斯与克瑞西达》的女主人公,阿丽生(Alisoun)是《磨坊主的故事》中老木匠的年轻妻子。

的天堂，天大巧合也能为人接受，所有一切联合起来引发笑声。现实生活很少能做到像精心创作的闹剧那样滑稽，就算做到也持续不了几分钟。这就是为什么人们遇到现实情景的喜剧性时，会强调地说“这差不多像出戏”。

【§13. 悲剧、喜剧和闹剧，都是制作】这三种艺术形式，各有各的剪裁。[①] 悲剧略去真正的不幸中的笨拙而又显得毫无意义的打击，略去真实伤悲中有失尊严的乏味的渺小。喜剧则无视这一可能性，即恋人之婚姻并不通常导向长久之幸福，遑论完美无缺之幸福。闹剧则排除了对嘲笑对象之怜悯，在现实生活情境中，他们则应得到怜悯。三种戏剧，都不对生活作高谈阔论。它们都是构造（constructions）：用真实生活材料做成的东西（things）；乃人生之补

---

① 朱光潜在《给青年的十二封信》中说道：“斯蒂文森论文，说文章之术在知遗漏（the art of omitting），其实不独文章如是，生活也要知所遗漏。”（《朱光潜全集》新编增订本第1卷，中华书局，2012，第54页）张爱玲《烬余录》一文里的这段话，亦可参证：“现实这样东西是没有系统的，像七八个话匣子同时开唱，各唱各的，打成一片混沌。在那不可解的喧嚣中偶然也有清澄的，使人心酸眼亮的一刹那，听得出音乐的调子，但立刻又被重重黑暗拥上来，淹没了那点了解。画家。文人。作曲家将零星的、凑巧发现的和谐联系起来，造成艺术上的完整性。历史如果过于注重艺术上的完整性，便成为小说了。像威尔斯的《历史大纲》，所以不能录于正史之列，便是因为它太合理化了一点，自始至终记述的是小我与大我的斗争。”

充(additions to life),而非人生之评注(comments on life)。

【§14. 将艺术哲学化,乃唐突艺术家】当此之时,我必须竭力避免误会。伟大艺术家——抑或说伟大的文学艺术家——不可能是思想或情感浅薄之辈。无论他所选取的故事如何不合情理(improbable)如何反常,在他手中,都会像我们所说的那样,"获得生命"(come to life)。这一生命,必定孕育于作者之智慧、知识及体验;甚至说孕育于某种我只能模模糊糊称之为他对实际生活的体味或"感受"的东西。正是这一无所不在的体味或感受,使得劣作如此令人作呕或令人窒息,使得杰作如此震撼人心。杰作使得我们临时共享某种"仁智"(passionate sanity)①。我们还可以期待——重要性略小一些——在其中发现许多心理真相以及深刻反省,至少是我们深刻感受到的反省。然而进入我们脑海、而且极有可能奉召从诗人那里出来的(called out of the poet)这一切,只是一部艺术作品、一出戏之"酒精"([spirit]在准化学意义上使用此词)。将之体系化为一种哲学,即便是一种理性的哲学,并将实际戏剧主要视为此哲

① passionate sanity一词,殊难翻译,其意思是指热忱又不失明智。不得已,以"仁智"一词意译,取仁爱而又多智之意。

学之载体，就是唐突诗人为我们所制作的东西。

【§15—17. 诗首先是"艺"其次是"道"】

【§15. 诗作首先是物件】 我故意用"东西"(*thing*)和"制作"(*made*)二词。关于诗歌是否"只是自己而无它意"(should not mean but be)①之问题，我们虽已提及但却并未回答。好的读者之所以不把某一悲剧(a tragedy)——他不会谈论"悲剧"(Tragedy)之类抽象——当作真理之载体，正是因为好的读者始终意识到，它不仅"有它意"，而且还"是自己"。它不仅仅是"道"(*logos*，所说)，而且是"艺"(*poiema*，所做)。② 对于一部小说或一首叙事诗，也是如此。它

---

① 见本书第4章第2段。

② 路易斯在此言说的，乃古典艺术观。古代的"艺术"和现代的"艺术"，是两个截然不同的概念。据波兰著名美学史家塔塔尔凯维奇考证，艺术(art)一词源自于拉丁文ars，意为"技艺"(skill)。这个意思从古希腊一直延续到文艺复兴。故而，建筑、雕刻、裁缝、陶瓷、战略等均视为art。(参塔塔尔凯维奇：《西方六大美学观念史》，刘文潭译，上海译文出版社，2006，第13页)关于艺术观的这一古今之变，亦可参见常宁生、邢莉的《美术概念的形成》一文。文见 http://www.aesculit.cn/article/show.php?itemid=854 [2008—12—30]。

们都是复杂而又精心制作之物件(objects)。[①] 留神物件本来之所是(the very objects they are),乃第一步。因其可能引起的反思,或因我们从中抽绎的道德,去评价它们,就是明目张胆地"使用",而非"接受"。[②]

【§16. 切莫混同两种秩序】我用"物件"(objects)要表达的意思,并不神秘。每一部好的虚构作品之首要成就,都

---

① 中国古人有"作文"、"缀文"、"属文"之说,其背后的隐喻就是:文章乃是"作"出来的,像编织或制作一样,是个手艺活。如陆机《文赋》序云:"每自属文,尤见其情,恒患意不称物,文不逮意。"李善注曰:"属,缀也。"所谓缀,即编织之意。路易斯在《给孩子们的信》(余冲译,华东师范大学出版社,2009)中亦说:"对于文学作品来说,主意本身并不像'怎么表达主意'这么重要。"(第41页)

② 关于艺术作品这一二重性,路易斯在《失乐园序》(*Preface to Paradise Lost*, *London*: *Oxford University Press*, 1942)中,有更精妙之论述:"每一首诗可从两个路径来考量——把诗看作是诗人不得不说的话(as what the poet has to say),以及看成一个他所制作的事物(as a *thing* which he *makes*)。从一个视点(point of view)来看,它是意见或情感之表达(an expression of opinion and emotions;);从另一个视点来看,它是语词之组织(an organization),为了在读者身上产生特定种类的有节有文的经验(patterned experience)。这一双重性(duality),换个说法就是,每一首诗都有双亲——其母亲是经验、思想等等之聚集(mass),它在诗人心里;其父亲则是诗人在公众世界所遇见的先在形式([pre-existing Form]史诗、悲剧、小说或其他)。仅仅研究其母亲,批评家变得片面。人们很容易忘记,那个写了一首好的爱情十四行诗的人,不仅需要爱上一个女人,而且需要爱上十四行诗。"(第2—3页)

他认为,研究诗歌之次第应是,先研究其父亲,后研究其母亲。现代批评,则本末倒置。

与真理或某种世界观根本无关。它是两种不同秩序(order)之成功调适。一方面,全部事件(情节梗概[the mere plot])都有其历时的因果的秩序,这是在真实生活中也会具有的。另一方面,所有场景或作品的其他条块,都必须遵照一些构思原则(principles of design)而相互联系,恰如一幅画中之色块,或一首交响乐中之乐章。我们的感受和想象,必定被引导着,“一样接着一样,有条不紊,引人入胜”①。明与暗、迟与速、质朴与繁富之对比(还有预兆和回响),必定类似某种均衡(balance),却从来不是某种过于完美之对称(symmetry),因而我们就会感到整部作品之造型既必当如此又令人满意(inevitable and satisfying)。然而,切莫将这第二种秩序混同于第一种。《哈姆雷特》剧首由“城墙望台”切换到宫廷场景,《埃涅阿斯纪》卷二与卷三所设置的埃涅阿斯的叙述,或《失乐园》前两卷地狱之黑暗上升至卷三中天庭之光明,就是简单例证。然而,还有另外之要求。单为它物而存在的东西,应尽可能减少。每一插曲

---

① 原文为:“taste after taste, upheld with kindliest change.”语出弥尔顿《失乐园》卷五第336行。此处用朱维之先生之译文。

(episode),每一解释(explanation),每一描述(description),每一对话(dialogue)——理想状态下则是每一语句(sentence)——都必须因其自身而兴味盎然。(康拉德的《诺斯特罗莫》[*Nostromo*]的一个缺陷就是,在看到核心故事之前,我们不得不读很长篇幅的仅为核心故事而存在的伪史)。

【§17. 第一事与第二事】一些人可能会将此斥之为"雕虫小技"(mere technique)。[1] 我们当然必须同意,这些安排,脱离其对象,连"雕虫"(mere)都不如;它们是一些"非实体"(nonentities),恰如脱离身体之外形,是一种非实体。然而,"欣赏"雕塑,无视雕像之外形(shape),却津津乐道雕塑家之"人生观",则无异自欺。正是藉助外形,雕像才成其为雕像。正是因为它是一座雕像,我们才进而提及雕塑家之人生观。[2]

---

① 借扬雄"童子雕虫篆刻,壮夫不为"之语,意译。

② 路易斯严分 the first thing(第一事或首要之事)与 the second thing(第二事或次要之事)。路易斯之所以严分二者,首要之事必需居首要地位,将次要之事置于首要地位,不独抛弃首要之事,而且也得不到次要之事。路易斯认为这是一项定律:

无意对谈,越像对谈。把一条宠物狗当作生命中心的那个女人,到头来,失去的不只是她做人的用处和尊严,而且失去了养狗的(转下页注)

【§18—21. 好的阅读，搁置信念】

【§18. 忙于抽绎哲学或伦理意涵，乃使用，非接受】当我们经历了伟大戏剧或叙事之作在我们心中激起的有序运动(the ordered movements)——当我们亦步亦趋(danced that dance)或参与仪典(enacted that ritual)或服从节文(submitted to that pattern)①——那么，自然而然，它会引发我们许多有趣之反省。这一活动的结果，可以说，我们“长出心灵肌肉”。我们或许应为此“肌肉”而感谢莎士比亚或但丁，但是最好不要走得更远，把我们用此“肌肉”所派的

(接上页注)原本乐趣。把饮酒当作头等大事的那个男人，不仅会丢掉工作，而且会丧失味觉，丧失享受醉酒之乐的全部能力。在人生的那么一两个时刻，感到宇宙的意义就集中在一位女人身上，这是件光荣事——只要其他义务或欢乐还能把你的心思从她身上移开，就是件光荣事。然而，诸事不顾，只是一心想她(这事有时行得通)，后果会如何？当然，这一定律早被发现，但它还是经得住一再发现。它可以表述如下：每一次取小善舍大善、取部分之善而舍全体之善，此等牺牲的结果就是，小善或部分之善也一同丧失。……把次要之事放在首位，你无法得到它；你只能藉把首要之事置于首位，取得那次要之事。(路易斯《首要及次要之事》[First and Second Things]一文第6—7段，文见路易斯论文集*God in The Dock*，拙译该文集将于2015年由华东师范大学出版社出版。)

① 古代礼乐中的乐舞仪文，是路易斯颇为钟爱的比方。

哲学或伦理用场，也加在他们头上。[①] 一个原因是，这一用场不太可能高出我们自己的日常水准，尽管可能会高出那么一丁点。人们从莎士比亚那里抽绎出来的人生评注(comments on life)，中才之人没有莎翁之助，照样可以获致。另一原因则是，它定会妨碍对作品本身之接受。我们或许会重温作品，但却主要为了进一步确证我们的信念，它教导我们如此如彼，而不是为了重新沉浸于它之所是(what it is)。就像一个人拨火，不是为了烧水或取暖，而是希望昨日形影重现火中。既然对铁了心的批评家而言，文本“不过是一只小山羊皮手套”[②]——既然任何事物都可以是一个象征(symbol)，或一个反讽(irony)，或一个复义(ambiguity)——我们就会轻易发现我们想要的。反对这样做的最大理由，与反对一切艺术之“大众使用”(popular

---

① 美国学者诺埃尔·卡罗尔《超越美学：哲学论文集》一书第四编中，对此观点有出色发挥，虽然他可能不知道或不在意路易斯。他说：“大多数叙事性艺术品并不向观众讲授新的道德情感或新的道德原则，它们刺激了以前存在的道德情感和道德原则。”(李媛媛译，商务印书馆，2006，第477页)

② 莎士比亚《第十二夜》第三幕第一场中小丑的台词：“一句话对于一个聪明人就像是一副小山羊皮的手套，一下子就可以翻了过来。”(朱生豪译)

use)一样。我们忙于拿作品派用场,以至于我们没有给它多少机会,让它作用于我们。于是,一而再再而三,我们只遇见我们自己。①

【§19. 文学之价值在于帮我们走出固陋】然而,艺术的主要作用之一就是,让我们不再端详镜中面庞,把我们移出此类孤境(solitude)。② 阅读"知的文学"(literature of knowledge),我们希望其结果是,思考更正确更清晰。阅读想象之作(imaginative work),我建议,我们不应关心着改换自己的观念——尽管有时候当然有此果效——而应关心着,全心投入到他人之观念,并进而投入到他们的态度、感受及体验之

---

① 帕斯卡尔《思想录》第14段:"当一篇很自然的文章描写出一种感情或作用的时候,我们就在自己身上发现了我们所读到的那个真理,我们并不知道它本身就在那里,从而我们就感动得要去热爱那个使我们感受到它的人;因为他显示给我们的并不是他本人的所有,而只是我们自身的所有;而正是这种恩惠才使得他可爱,此外我们和他之间的那种心灵一致也必然引得我们衷心去热爱他的。"(何兆武译,商务印书馆,1985,第9页)

② 路易斯在《英语是否前景堪忧》一文中说,文学教育之目的在于使学生走出固陋:

文学研究的真正目标是,通过让学生成为"观赏者"(the spectator),使学生摆脱固陋(provincialism)。即便不能观赏全部"时代及实存"(time and existence),也须观赏大部。学生,甚至中小学生,由好的(因而各不相同的)教师带着,在过去仍然活着的地方与过去相遇,这时他就被带出了自己所属时代和阶级之褊狭,进入了一个更为广阔的世界。(见拙译《切今之事》,华东师范大学出版社,2015,第37—38页)

中。在日常心智(ordinary senses)之中,谁会藉助阅读卢克莱修或但丁,在唯物论和有神论之主张之间做一决断?然而,在文学心智(literary senses)之中,谁又不乐意从他们那里得知,成为一个唯物论者或有神论者是什么样子呢?

【§20. 好的阅读,搁置信念】在好的阅读之中,不应有"信念问题"(problem of belief)。我读(read)卢克莱修和但丁,正当我(大体上)同意卢克莱修之时。我逐渐(大体上)同意但丁之后,我又读过(have read)他们。我没发觉,信念变化会给阅读体验带来多大改变;也没发觉,它会根本改变我对他们之评价。[①] 真正的文学爱好者,在某种程度

---

① 路易斯《空荡荡的宇宙》一文末尾说,我们纵然不同意作者观点,亦无妨欣赏作品,即便是理论之作:

> 令人激动及令人满意的经验……在某些理论著作中,看起来都部分地独立于我们最终同意与否。只要我们记起,当我们从某一理论体系的低劣倡导者转向其大师(great doctors),即便是我们所反对的理论,在我们身上发生了什么,那么,这一经验就会很轻易被分离出来。当我从普通的存在主义者转向萨特先生本人,从加尔文主义转向《基督教要义》(*Institutio*),从"超验主义"转向爱默生,从有关"文艺复兴柏拉图主义"的论著转向费奇诺,我曾有此经历。我们可以仍然不同意(我打心底不同意上述这些作者),但是现在,我们第一次看到,为什么曾经有人的确同意。我们呼吸了新鲜空气,在新的国度自由行走。这国度你可能不能居住,但是你现在知道,为什么本国人还爱它。你因而对所有理论体系另眼相看,因为你曾经深入(inside)那一国度。从这一视角看,哲学与文学作品具有一些相同品质。我并不是指那些文学艺术,哲学观点可以藉以(转下页注)

上,应像一个诚实考官那样,尽管不同意甚至厌恶考生之观点,但是只要其论述有力、措辞得体、论据充分,他仍打算给以最高分。①

【§21. 学科建制鼓励误读】我在此反对的这种误读(misreading),很不幸,却因作为一门学科的"英国文学"日益重要而得到鼓励。② 这导致其兴趣根本不在文学的一大批有天分、有才华且勤勉之人,从事文学研究。被迫不停谈论书本,除了竭力把书本变成他们可资谈论之物,他们还能做什么?因而对他们而言,文学成为一种宗教,一种哲学,

---

(接上页注)表达或不能藉以表达的文学艺术。我是指艺术本身,由特殊的平衡和思想布局和思想归类所产生的奇特的统一效果:一种愉快,很像黑塞笔下的玻璃球(出自同名著作)能给我们的愉快,假如它真的存在的话。(见拙译《切今之事》,华东师范大学出版社,2015,第145—147页)

① 苏珊·桑塔格的《反对阐释》一文,其实并不反对阐释,并非说艺术品不可说。她的问题是:"它们可以被描述或诠释,问题是怎样来描述和诠释。批评要成为一个什么样子,才会服务于艺术作品,而不是僭取其位置?"(苏珊·桑塔格:《反对阐释》,程巍译,上海译文出版社,2011,第13页)为此,她开出如下药方:

首先,需要更多地关注艺术中的形式。如果对内容的过度强调引起了阐释的自大,那么对形式的更广泛、更透彻的描述将消除这种自大。其次,需要一套为形式配备的词汇——需要一套描述性词汇,而不是规范性词汇。最好的批评,而且是不落常套的批评,便是这一类把对内容的关注转化为对形式的关注的批评。(同上,第13—14页)

② 参本书第2章第8段及译者脚注。

一个伦理流派，一种心理治疗（psychotherapy），一种社会学——什么都可以是，但就不是艺术作品之总集。[1] 轻松一些的作品——消遣之作（divertissements）——要么遭到蔑视，要么则遭曲解，仿佛它们看似轻松，其实严肃好多。然而，对一个真正的文学爱好者而言，一部精心结撰的消遣之作，相对于一些强加在大诗人头上的"人生哲学"，则要可敬得多。一个原因就是，它比后者要难得多。

【§22. 文学中的释经学与讲道术】

这并不是说，那些从其心爱的小说家或诗人那里抽绎此类哲学的批评家，其作品统统毫无价值：每位批评家都会把他所相信的智慧归于他所选择的作家；而他所看到的那些明智都取决于他自己的才干。假如他是下愚之才，他就会发现并钦羡愚蠢；假如他资质平平，他所心爱的也不过是

---

① 关于现代学术之专业化对艺术和文化之戕害，美国文化史家雅克·巴尔赞（Jacques Barzun，亦译巴森、巴尊）在《我们应有的文化》一书中，有颇为痛切的论析。他指出，专业学术保护不了文化和艺术，而是破坏了文化和艺术。中信出版社 2014 年出版该书之中译本，译者严忠志。

老生常谈。假如他本人是个深邃思想者,那么他大加赞赏并详细阐明的所谓作者之哲学,或许值得一读,尽管那实质上是他自己的哲学。我们或可以将他们比就一连串神学家,他们基于曲解经文,写出富于启迪且雄辩有力的布道文。这些布道文,虽然是糟糕的经文注疏(exegesis),但其本身则常常是好的讲道术(homiletics)。①

① 朱熹解释"以意逆志"的这段文字,完全可作本章之注脚:

今人观书,先自立了意后方观,尽牵古人语言入做自家意思中来。如此,只是推广得自家意思,如何见得古人意思!须得退步者,不要自作意思,只虚此心将古人语言放前面,看他意思倒杀向何处去。如此玩心,方可得古人意,有长进处。且如孟子说诗,要"以意逆志,是为得之"。逆者,等待之谓也。如前途等待一人,未来时且须耐心等待,将来自有来时候。他未来,其心急切,又要进前寻求,却不是"以意逆志",是以意捉志也。如此,只是牵率古人言语,入做自家意中来,终无进益。(《朱子语类》卷第十学四读书法上)

九　小　结[1]

SURVEY

【§1—6. 前文小结】

现在是时候，把我所竭力摆明的观点，总结如下：

【§2. “使用”缘何不如接受】1. 任何艺术作品，要么可“被接受”，要么可“被使用”。当我们接受它，我们遵照艺

① 【译按】倘若本书前文并非虚言，那么，读者自不必轻视娱乐，因为“乐”，乃文学作品之及格线。为使学生乐享文学，文学教育切莫教学生从事批评。尤其是所谓批判阅读，乃误导学生，使学生自绝于文学接受。

术家所作之文章(pattern)[①],运用感官、想象及其他多种能力。当我们使用它,我们把它当作自身活动之辅助。借用一个老比方来说,前者就像有人带我们骑车旅行,他知道我们从未走过的路径;后者则像给自己的自行车装上小马达,踏上熟悉的旅程。这些旅行本身,可能或好或坏,也可能无所谓好坏。多数人对艺术之"使用",或许内在地庸俗、堕落或病态,或许不是。二者皆有可能。"使用"之所以不如"接受",乃是因为,假如只是使用艺术而非接受艺术的话,艺术只能给我们的生活提供方便、增添光彩、舒缓压力或提供慰藉,并未使我们的生活有所增益。

【§3. 文学接受:视内容为目的】2. 当该艺术是文学时,情况会变得复杂。因为"接受"表意文字(significant words),从某种意义上讲,就是"使用"它们,即通过它们并超越它们,抵达本身无由言表的想象之物(imagined some-

---

① 路易斯所用 pattern 一词,殊为难译。按理,以古人所用"文"字译之,颇为传神。然而由于汉语之现代化,译为"文"字,不只晦涩难解,而且显得突兀。百无其奈,不得不随语境变化,译法有所改变。此处译为"文章",乃取"文章"一词之古义:"青与赤谓之文,赤与白谓之章。"它处亦译为"文理",亦取古义:"仰以观于天文,俯以察于地理。"还译为"节文",取孟子所谓"礼之实,节文斯二者是也"之义。

thing)。“接受”与“使用”之分,呈现为另外一种样式。姑且把“想象之物”称为内容(*content*)。“使用者”想要使用这一内容——用作无聊时光或磨人时光之消遣,用作益智游戏(puzzle),用作白日梦之助力,甚或用作“人生哲学”之来源。“接受者”则居留于此内容。① 对他而言,此内容至少暂时就是目的(end)。这种方式,上可比就宗教沉思,下可比就一场游戏。

【§4. 文学接受,顺从文字之强制力】3. 然而吊诡的是,“使用者”从不充分使用文字,而且的确只喜欢那些无法充分使用之文字。就他之目标而言,对内容之粗略而又现成之理解,足矣尽矣,因为他只因其当前需要而使用它。无论这些文字约请何种更为精确之领会,他一概无视;无论何词,只要非精准领会不可,他一概视为绊脚石。对他而言,文字只是指示(pointer)或路标(signposts)。另一方面,在对好书的好的阅读之中,尽管文字当然也会指示(point),但文字所做之事,以“指示”名之则过于粗糙。文字是一种

① 依郭熙《林泉高致·山水训》所谓“可行可望可游可居”之意,意译。郭熙云:“世之笃论,谓山水有可行者,有可望者,有可游者,有可居者。”

强制力(compulsion),细致入微(detailed),加在那些愿意并且能够承受强制的心灵上。正因为此,用“魔力”(magic)或“勾魂摄魄”(evocation)形容某一文风(style),这一隐喻不仅关乎情感,而且十分贴切。正因为此,我们才被迫谈论文字之“色泽”(colour)、“滋味”(flavour)、“肌理”(texture)、“声气”(smell)或“来处”(race)。正因为此,内容与文字之分这一无法避免的抽象,对伟大文学造成极大伤害。我们想要申明,文字非但不是内容之外衣(clothing),甚至并非内容之化身(incarnation)。这是真的。恰如我们企图分开橘子之形状与色泽。然而为了某些目标,我们必须在思想中加以分别。①

【§5. 声韵与文学】4. 因为好的文字,可以如此强制我们,如此引领我们进入人物心灵之角角落落,或者使得但

---

① 关于内容和形式是否可分的问题,门罗·比尔斯利(Monroe C. Beadsley)做了个很好的廓清,足与路易斯此语相参证:

可以从内容中分析出来形式吗(Can form be distinguished from content)?在我们可以离开其中一个谈论另一个这一点上当然是可以的。内容和形式紧密相连(connected)吗?当然如此……形式和内容可分(separable)吗?确实不行。将可分析性和可分离性混淆,将是一个严重的错误。(Monroe C. Beardsley, *Aesthetics*: *Problems in the Philosophy of Criticism*, Cambridge: Hackett Publishing Company, 1981, p. 167—168.)

丁之地狱或品达笔下诸神眼中的岛屿[1]栩栩如生、独一无二,所以好的阅读常常既关乎视觉,亦关乎听觉。因为声韵不仅仅是外加之乐,尽管它或许可能如此,而是强制力的一部分;就此而言,它也是意义(meaning)的一部分。即便是一篇好的实用散文,也是如此。读萧伯纳式前言,尽管多有浅薄、夸大之处,但我们仍心满意足于其明快、迷人、欢愉的绝对自信(cocksureness);这主要靠节奏(rhythm)传递给我们。使得吉本[2]如此振奋人心的,是其中的征服感(the sense of triumph),是在奥林匹亚式平静中安排并沉思如此之多的苦痛与庄严。这是复合句(periods)在起作用。每个复合句,就像一座宏伟的高架桥,我们以不变的速度平稳过桥,跨越或宜人或骇人之峡谷。

【§6. 好的阅读与自我型白日梦】5. 全然包含在坏的阅读里的东西,也可能作为一个成分进入好的阅读。兴奋(Excitement)及好奇(curiosity),显然如此。还有替代性幸福(vicarious happiness);好的读者并非为了它而去阅读,但是当

---

① 【原注】*Fragm.* 87+88 (58).

② 爱德华·吉本(Edward Gibbon,1737—1794),英国历史学家,《罗马帝国衰亡史》之作者。

幸福(happiness)无可厚非地出现于小说中,他们步入其中。然而,当他们要求一个幸福结局时,他们不是出于这一理由,而是因为在他们看来,从多方面看作品本身要求幸福结局。(死亡及灾难,可以像婚礼钟声一样地“造作”,一样地失谐。)在得体读者(right reader)心里,自我型白日梦不会存活很久。不过我怀疑,自我型白日梦或许会把他交给书本,尤其是在年幼之时,或在郁郁不乐的日子。有人认为,特罗洛普(Trollope)甚至简·奥斯汀(Jane Austen)对多数读者之吸引力在于,读者可以在想象中逃遁到另一时代,在那里他们这一阶层或他们所认同的阶层,比现在更安全更幸运。亨利·詹姆斯有时倒或有此作用。在他的一些书中,主人公所过生活,与仙女和蝴蝶一般,我们绝大多数人可望不可即;没有宗教,没有劳作,没有经济负担,没有家庭及邻里关系之要求。然而,它只能是初始之吸引力。一个人阅读詹姆斯、简·奥斯汀或特罗洛普,主要或强烈想要做自我型白日梦,一定坚持不了多久。

【§7. 不必轻蔑“娱乐”】

形容两类阅读之时,我刻意避开“娱乐”(entertainment)一词。即便加个“纯”(*mere*)字做一限定,仍嫌含混。假如娱乐一词意指,轻松活泼之快感,那么我想,它恰是我们应当从有些文学作品中得到的东西,比如说普赖尔[①]或马提雅尔[②]的小篇什(trifle)。假如娱乐一词意指,“抓住”通俗浪漫传奇读者的东西——悬念、兴奋等等——那么我要说,每本书都应该娱人。一本好书更应娱人,而非相反。就此而言,娱乐就像资格考试。一部小说假如连此都不能提供,那么我们就不必再深究其更高品质了。可是,“抓住”甲读者的东西,不一定能抓住乙。令聪慧读者屏息之处,愚钝读者则可能抱怨无事发生。但我希望,通常被(轻蔑地)称作“娱乐”的绝大多数东西,都能在我的分类中各得其所。

【§8—10. 文学教育不可教学生从事批评】

【§8. 所谓“批判阅读”,乃误导】我也避免把我所赞成

---

① 马修·普赖尔(Matthew Prior,1664—1721),英国诗人,外交官。(参英文维基百科)

② 马提雅尔(Martial,40? —104?),古罗马诗人。参徐译本注。

的那种阅读，形容为“批判阅读”(critical reading)。这一短语，假如并非随便称呼，在我看来则是极大误导。我在前面一章里说过，我们评判任何语句甚或任何文字，只有藉助看它是否起到其应起作用。效果必须先于对效果之评判。对整部作品，也是如此。理想情况下，我们必须先接受，而后评价。不然，我们没有什么可供评价。不幸的是，这一理想情况，我们在文学职位或文学圈待得越久，就越少实现。它主要出现在年轻读者中间。初读某部伟大作品，他们被“击倒在地”。批评它？不，天哪，再读一遍吧。“这必定是一部伟大作品”这一评判，或许会姗姗来迟。可是在后来之生涯里，我们都禁不住边读边评；它已经成为一种习惯。我们于是失去内心之清静(inner silence)，不再能倒空自我(emptying out of ourselves)，以便为全面接受作品腾出空间。[①] 假

① 所谓“内心清净”(inner silence)，古人称为“虚静”，所谓“倒空自我”(emptying out of ourselves)，古人称为“虚心”。二者于读书之重要，《朱子语类》(卷第十学四读书法上)多有论及：

读书须是虚心切己。虚心，方能得圣贤意；切己，则圣贤之言不为虚说。

看文字须是虚心。莫先立己意，少刻多错了。又曰：“虚心切己。虚心则见道理明；切己，自然体认得出。”

圣贤言语，当虚心看，不可先自立说去撑拄，便喎斜了。不读(转下页注)

如我们阅读的当儿,知道我们有义务表达某种评判,内心清静就更是难上加难:比如我们为了写书评而阅读一本书,或为了给朋友提意见而阅读他的手稿。于是乎,铅笔在页边空白上开始工作,责难或赞赏之词在我们的心灵中渐具雏形。所有这类活动,都阻碍接受。①

【§9. 慎言文学批评】正因为此,我颇为怀疑,文学批评作为练习,是否适合男孩和女孩。一个聪明学童对其

(接上页注)书者,固不足论;读书者,病又如此。

凡看书,须虚心看,不要先立说。看一段有下落了,然后又看一段。须如人受词讼,听其说尽,然后方可决断。

看前人文字,未得其意,便容易立说,殊害事。盖既不得正理,又枉费心力。不若虚心静看,即涵养、究索之功,一举而两得之也。

苏轼有诗云:"欲令诗语妙,无厌空且静。静故了群动,空故纳万境。"亦可供参证。

① 路易斯《诗篇撷思》(曾珍珍译,台北:雅歌出版社,1995)第9章里的这段文字,似乎对我们所谓的批判性阅读更是不恭:

……当人陶醉在某件事物中时,自然会对它涌出赞美,除非羞涩或怕烦扰人,才刻意保持缄默。人间真是到处充满着赞美——坠落爱河的男人赞美他们的情人,读者赞美他们最欣赏的诗人,远足的人赞美野外的风光,……其实,发出赞美愈多的人,往往是最谦虚、心智最均衡、胸襟最宽广的人;至于性喜挑剔、适应不良、不易满足的人,则只会埋怨,极少赞美。好的文评家能在众多有瑕疵的作品中,找出值得赏读的篇章;差劲的文评家不断删减可读作品的书目。一个健康又口味清醇的人,即使生长环境优裕又尝遍各样美味,粗茶淡饭仍可让他吃得津津有味;倒是消化不良,凡事过度讲究的人,什么都不对胃口。除非逆境大得让人苦不堪言,否则,赞美几乎就是心理健康的外在表现。(第79页)

读物之反应，最自然的表达方式，莫过于戏仿(parody)或摹仿(imitation)。好的阅读之必要条件是，“勿让自己挡道”(to get ourselves out of the way)；我们强迫年轻人持续表达观点，恰是反其道而行。尤其有害的是这种教导，鼓励他们带着怀疑，接近每一部文学作品。这一教导，出于一种颇为合理的动机。处身一个满是诡辩与宣传的世界，我们想要保护下一代免遭欺骗，就要让他们警惕印刷文字往往提供给他们的虚情假意或混乱思想。不幸的是，使得他们对坏的写作无动于衷的习惯，同样可能使得他们对好的写作无动于衷。过于“明智”的乡下人，进城之时被反复告诫谨防骗子，在城里并不总是一帆风顺。实际上，拒绝颇为诚恳之善意、错过诸多真正机会，并树立了几个敌人之后，他极有可能碰上一些骗子，恭维他之“精明”，结果上当。这里亦然。没有一首诗会把其秘密透露给这样一个读者，他步入诗歌，却把诗人视为潜在的骗子，下定决心不受欺骗。假如我们打算得到什么东西，我们必须冒受骗之危险。对坏的文学之最好防范，是对好的文学的全心体验(full experience)；恰如真正并深情结交诚实人，比起对任何人之习惯性的不信任，能更好防范坏蛋。[①]

【§10. 让孩子从事批评，只能是迎合老师】说实在的，孩子们并未暴露出这一训练的致残后果(disabling effect)，因为他们并不谴责老师摆在他们面前的所有诗歌。令逻辑及视觉想象无所适从的混杂意象，假如在莎士比亚作品中碰见，将会受到赞扬；假如在雪莱[②]作品中碰见，则会被得意洋洋地"揭露"。可这是因为，孩子们知道对他们的期待。基于颇不相干的根据，他们知道，莎士比亚应受褒赞，雪莱应受谴责。他们得到正确答案，并非他们的方法所致，而是因为他们事先知晓。有时，当他们事先不知，他们有时会给出一个发人深省的答案，会使教师冷静怀疑那个方法本身。

---

① 萧伯纳曾说："对说谎者的惩罚，不是没有人再相信他，而是他不再相信任何人。"路易斯这里说的道理，与此相类。

② 雪莱(Percy Byshee Shelley，1792—1822)，英国浪漫派大诗人，与拜伦齐名。

十 诗 歌[1]

POETRY

【§1. 述而不作的路易斯】

然而，我是否有个惊人疏忽？虽然提及诗人及诗歌，但就诗歌本身，我未置一词。可是注意，几乎我讨论过的所有问题，在亚里士多德、贺拉斯、塔索、锡德尼，或许还有布瓦

---

① 【译按】跟古体诗相比，现代诗看似距寻常百姓更近，实则更远。故而，今人多不读诗。为此责难诗人或民众，均不得要领。读者的阅读地图上，昔日之诗歌帝国，先是成为一个行省，后成为一个保护区。现代诗歌应像古修辞术那样，当安于此命。至于读诗，现代读者须谨记：探讨作者意图，于欣赏非但无害，反而有益；不懂格律诗就欣赏不了自由诗。

洛看来,都会理所当然地出现于名为《诗学》的文章里,假如这些问题向他们提出的话。

【§2—5. 诗歌的古今之变】

【§2. 现代人不再读诗】还须记住,我们关注的是敏于文学和盲于文学的阅读方式。很遗憾,这一话题几乎无需论及诗歌,就能得到充分讨论。因为盲于文学者几乎根本不读诗歌。时不时有那么几个人,全是妇女,而且绝大多数上了年纪,会令我们难堪,她们会反复背诵埃拉·惠勒·威尔科克斯[①]或佩兴斯·斯特朗[②]的诗句。她们所喜欢的

---

① 埃拉·惠勒·威尔科克斯(Ella Wheeler Wilcox,1850—1919),美国诗人,作家。她是著名的通俗诗人(popular poet),而不是文学诗人(literary poet),其受欢迎程度,堪与惠特曼比肩。换言之,其诗歌成就在于通俗,而不在于文学。其许多诗句,至今仍广为流传。如:"Laugh and the world laughs with you, / Weep, and you weep alone;/ The good old earth must borrow its mirth, / But has trouble enough of its own." 一不知名网友译为:"你欢笑,这世界陪你一起欢笑;/ 你哭泣,却只能独自黯然神伤。/ 只因古老而忧伤的大地必须注入欢乐,/ 它的烦恼已经足够。"(参维基百科)

② 佩兴丝·斯特朗(Patience Strong,1907—1990),英国著名女诗人。1935年开始在英国《每日镜报》(Daily Mirror)上发表诗作,每日一诗,长达四十年之久。其诗句颇具现今所谓"正能量",广为传颂。(转下页注)

诗歌,都是格言式的,因而严格说来,都是一种生活评注(a comment on life)。她们使用它,恰如其老祖母使用谚语或经文。她们并未投入多少感情;至于她们的想象力,我相信,则根本没有投入。这是干涸河床上遗留的小溪或小水注,曾几何时,这里却流淌着歌谣、儿歌与琅琅上口之谚语。然而现在,水流如此之细,在这样规模的小书中,几乎不值一提。一般而论,盲于文学者并不读诗。而且,除了诗人、职业批评家或文学教师,现代诗歌很少有人问津。

【§3. 艺术之发展即分化】这些事实具有普遍意义。

(接上页注)如《天意之潮汐》(The Tide of Providence)一诗:

It's not what you gather, but what you sow, / That gives the heart a warming glow. / It's not what you get, but what you give, / Decides the kind of life you live. // It's not what you have, / But what you spare. / It's not what you take, / But what you share / That pays the greater dividend/ And makes you richer in the end. // It's not what you spend upon yourself/ Or hide away upon a shelf, / That brings a blessing for the day. / It's what you scatter by the way. // A wasted effort it may seem. / But what you cast upon the stream/ Comes back to you recompense/ Upon the tides of providence.

李景琪译之如下:"是播撒,而非收获,/ 给心灵温暖的光辉。/ 是付出,而非获取,/ 决定你过何种生活。// 并非拥有,/ 而是节俭。/ 并非攫取,/ 而是分享/ 让你受益匪浅,/ 最终金玉满堂。// 并非花钱消费,/抑或藏金高阁,/ 而是乐善好施,/ 为你带来祝福。// 努力看似白费。/ 但投入溪流之物/ 会随天意之潮汐/ 悉数补偿予你。"(参《新东方英语》杂志中学生版2011年11月号)

艺术之发展，即进一步分化。曾几何时，诗、乐、舞一体，皆为仪式(*dromenon*)之组成成分。三者分离，遂成今日模样。分化，有得有失。在文学这门艺术里，同样也产生分化。诗歌使其自身越来越有别于散文。

【§4. 诗歌的古今之别】这听起来有些吊诡，假如我们只考虑遣词造句(diction)的话。自华兹华斯时代以来，诗歌一度获准使用的特有词汇及句法，屡遭抨击，如今已完全废止。[①] 于是乎，诗歌可谓前所未有地接近散文。然而，这一接近仅是表面，再来一阵风潮或许就会将它刮走。现代诗人，尽管不再像蒲柏(Pope)那样用 *e'er* 和 *oft* 诸词[②]，

---

① 华兹华斯在《〈抒情歌谣集〉一八〇〇年版序言》中将诗界定为："诗是强烈情感的自然流露。它起源于在平静中回忆起来的情感。"(伍蠡甫主编《西方文论选》下卷，上海译文出版社，1979，第 17 页)这一定义的一个题中应有之义就是，诗应用"自然语言"或"实际生活中的人们的语言"。故而，诗的语言与散文语言不应有什么区别：

> 散文的语言和韵文的语言并没有也不能有任何本质上的区别。……韵文和散文都是用同一的器官说话，而且都向着同一的器官说话，两者的本体可以说是同一个东西，感动力也很相似，差不多是同样的，甚至于毫无差别；诗的眼泪，"并不是天使的眼泪"，而是人们自然的眼泪；诗并不拥有天上的流动于诸神血管中的灵液，足以使自己的生命汁液与散文判然不同；人们的同样的血液在两者的血管里循环着。(同上，第 10—11 页)

② e'er 即 ever，oft 即 often，英语古诗文用词，用这种形式是为了把两个音节变成一个音节，满足英诗的音步与重音要求。

也不再称少女为宁芙(*nymph*)[1],但其诗作,跟蒲柏相比,与散文体作品的共同之处实际上要少得多。《秀发遭劫记》,气精(sylph)等元素精灵,全都可以用散文讲述,尽管不如原作有力。[2]《奥德赛》和《神曲》中某些部分,不用韵文,也会讲得很好,尽管不像原作那样好。亚里士多德要求悲剧所具有的绝大多数品质,散文体戏剧也具有。诗歌与散文,尽管语言有别,但其内容却相互交叠,甚至重合。然而现代诗歌,假如它还“说”了些事情,假如它既志在“只是自己”(was)还志在“它意”(mean),那么,它之所说,散文无论如何都说不了。阅读古诗,牵涉到学习略微

---

① 宁芙(Nymph),神话中居于山林水泽的美丽仙女。

② 黄果炘在《秀发遭劫记》(湖北教育出版社,2007)的《译者前言》说,蒲柏是18世纪英国诗坛的代表,对“英雄偶句体”的运用达到英国诗史的最高成就。王佐良在《英国诗史》和《英国诗选》中称,蒲柏“是全部英国诗史上艺术造诣最高的一人”。一位网友则说:“蒲柏的诗句,精炼程度与中国的文言近似。”由此足见蒲柏格律诗之成就。

蒲柏的成名作《秀发遭劫记》(1712),“是他读者最多的作品,也是英国最出色的‘戏仿史诗’”。所谓“戏仿史诗”,即蒲柏自称的“英雄滑稽体”,就是“故意模仿英雄史诗的宏伟庄重笔法,郑重其事地写些鸡毛蒜皮小事,把鸡毛捧上天,也把崇高伟大降格到卑微可笑。这写法显然能造成某种诙谐、滑稽、荒谬或讽刺的效果。”(黄果炘《译者前言》)蒲柏在《秀发遭劫记》中讨论了气精(Sylph)、地精(Gnomes)、水精(Nymphs)和火精(Salamanders)这四种精灵,分别对应于西方古代哲学中著名的四元素:气、土、水、火。

不同的语言;阅读新诗,则牵涉到改换头脑,放弃你在读散文或交谈中所用的一切逻辑关联和叙事关联(the logical and narrative connections)。你必须达到一种恍惚状态,在此状态中,意象、联想及声韵之运作,无需上述关联。因而,诗歌与其他文字用法之间的共同基地,几乎削减为零。[①] 于是乎,诗歌如今前所未有地具有诗性;在否定意义上"更纯"('purer' in the negative sense)。它不仅做散文不能做之事(恰如所有好诗),而且刻意不做散文能做之事。

【§5. 诗歌越来越像乐谱,解诗者更像乐队指挥】很

---

① 路易斯在《论时代的分期》一文中曾指出,艺术的古今之别就在于,古代艺术可能难懂,但却是可以弄懂的难懂;现代艺术之难懂,则是无法弄懂之难懂:

在过去任何一个时代中都没有产生过像我们时代的立体派、达达派、超现实主义和毕加索等那样在本时代中以其独特的风格使读者目眩神迷的作品。而且,我深信在我最热爱的那门艺术,即诗歌中,情况也是这样。……现代诗歌不仅是一种比任何其他"新诗歌"都更加新奇的事物,而且它的新奇还具有一种新的方式,几乎可说是属于一种新的范围。认为一切新的诗歌都曾经像我们时代的诗歌那样难懂,那是不正确的;认为曾经有某一种诗歌像我们时代的诗歌那样难懂,也是一种遁词。某些早期的诗歌也是难懂的,但艰深的方式不一样。亚历山大体诗歌之所以难懂,是因为它预先就假定读者都是有学问的人;当你掌握了学问以后,那些难题便迎刃而解了。(文美惠译,见《二十世纪文学评论》下册,戴维·洛奇编,上海译文出版社,1993,第152页)

不幸但又无可避免，与此进程相伴的是，诗歌读者数量日益减少。一些人为此责难诗人，一些人却责难民众。我不确定，这里有无必要责难。任何设备，在某些特定功能方面愈是精良愈是完美，有技术或有机会操作此设备的人，就越少。使日用刀具者多，用手术刀者少。做手术，手术刀更好用，派其他任何用场，则乏善可陈。诗歌愈来愈自囿于唯有诗歌能做之事，最终结果就是，这些事大多数人不愿做。当然，即便他们愿意做，他们也接受不了。对他们来说，现代诗歌太难。抱怨，无济于事；如此纯粹之诗歌，必定难懂。诗人也无须抱怨，假如无人阅读他们。当读诗之技艺（art），所要求的天分几乎不亚于写诗，读者数量就不可能多于诗人。你若写了一支小提琴曲，只有百里挑一的琴师才能演奏，也就不要指望经常听到奏出此曲。这一音乐类比，并不离谱。现代诗歌已经到了这一地步，解诗专家读同一首诗，其读解绝然不同。我们不再假定，这些读解中，除了一个其余全错，或者全部都错。显然，诗歌就像乐谱，阅读就像一场场演奏。不同诠解都被容许。问题不再是，哪个“正确”，而是哪个更好。解诗者与其说是像听众之一员，不如说更像是乐队指挥。①

【§6—8. 现代诗,一个保护区】

【§6. 两种流俗论调:普及与提高】希望这一事态或许只是一时,此念很难断绝。一些人讨厌现代诗,希望它尽快消亡,窒息于自身之纯粹性所造成的真空之中,从而让位于跟门外汉都熟知的激情和兴趣更多切合的诗歌。另一些人则希望,藉助“文化”(culture),门外汉或可得到“提升”(raised),最终诗歌又能重获相当广泛之受众。这正是目下所从事的。②

---

① 承前注所说,既然古代诗歌之难懂是一种关乎学问的难懂,现代诗歌则是一种无关学问的难懂,那么,解释古代诗歌,学人总会形成一致意见,而解释现代诗歌,学人则永远不会达成一致:

我相信,关于邓恩作品里朦胧的意象,情况也是这样;其中每一个意象都只有一种正确的解释,而邓恩是可以把这种解释告诉你的。当然,你可能会误解华兹华斯写《抒情歌谣集》时的“意图”,但是不论是谁都可以看得懂他所写的东西。然而,在新近出版的一部关于艾略特先生的《煮鸡蛋》的专题论文集中所显示的情况却与上述情况大相径庭。在这部论文集中,我们看到七位毕生致力于诗歌研究的成年人(其中两位是剑桥学者)讨论着一首已经问世三十多年的短诗;但是他们在谈到它的含义——包括任何意义上的含义——时,竟然无法得出丝毫相同的看法。(文美惠译,载《二十世纪文学评论》下册,戴维·洛奇编,上海译文出版社,1993,第153页)

② 应指新批评派之努力。

可萦绕我脑际的，则是第三种可能。

【§7. 现代诗歌犹如古修辞术】古代城邦，迫于实际需要，发展出高超演说术，以便在大庭广众之下，有人来听并征服人心。他们称之为修辞学(Rhetoric)。修辞学成为他们教育的一部分。数世纪过后，情况有变，这一技艺(art)没了用场。但其作为教育科目之组成部分的地位，则得到保留。这一地位保留了上千年。照今人之做法，诗歌具有同样命运，不是没可能。诗之解诠(explication)，作为一种学院派及学术训练，已根深蒂固。有人已公开主张，就让诗歌解诠保持现状，让精通解诗成为此白领职位不可或缺的资质，从而为诗人及解诗者保证一大批固定听众(来自征募)。[①] 这或许能成功。诗歌照此样子或许会统治一千年，无须飞入寻常百姓家，无须"切合世务，直达人心"[②]；为

---

① 【原注】See J. W. Saunders, 'Poetry in the Managerial Age', *Essays in Criticism*, IV, 3 (July 1954).

② 原文为"business and bosoms"，典出《培根论说文集》之"献书表"。培根在此自陈其《论说文集》："which, of all my other works, have been most current: for that, as it seems, *they come home, to men's business, and bosoms*."水天同先生译为："斯书为拙作中最流行者，或以其能切合世务，直达人心也。"(见水天同译《培根论说文集》，商务印书馆，1983，第3页)

解诗提供材料，教师们将解诗誉为无与伦比之训练，学生们则是将之接受为必要手段（necessary *moyen de parvenir*）。

【§8. 诗歌由帝国蜕变为行省甚至保护区】不过，这只是推想。目前，阅读地图上的诗歌版图，已经由大帝国缩为小行省——随着这一行省变得越来越小，就越来越强调其与其他地方之不同，直至最后，狭小规模与地方特色之结合，所暗示的与其说是个行省，不如说是个“保护区”（reservation）。这类地区，并非绝对不可忽视，而是概说地貌之时，不可忽视。在这块地区，我们无法研究盲于文学之读者和敏于文学之读者的区别，因为其中并无盲于文学之读者。

【§9—12. 关于所谓意图谬见】

【§9. 敏于文学者读诗可能与盲于文学者一样】然而我们已经看到，敏于文学者有时会落入我所认为的坏的阅读方式，甚至有时犯与盲于文学者同样的错误，只不过错误形式更微妙而已。他们读诗时，或许就是如此。

【§10. 脑中之诗与诗人之诗完全可以相得益彰】敏于文学者有时“使用”诗歌，而非“接受”。他们与盲于文学者的区别在于，由于他们深知自己在做什么，故而时刻准备为之辩护。他们会问："为何我应当离开真实的、当前的体验——诗对我意味着什么，读诗时我心中发生了什么——转而探讨诗人之意图，或转而重构它对诗人同代人那通常并不确定的意谓？"[①]看上去有两个答案。其一，我脑中之诗(the poem in my head)，得自我对乔叟之误译或对邓恩[②]之误解，或许比不上乔叟或邓恩实际所作之诗。其二，为什么不能二者兼而有之？先乐享我所构之诗，而后何不这样：重返文本，查考难字，弄清典故(allusions)，发现我初次体验中的一些音律之妙，其实是我之错误发音歪打正着。这时再看看，我是否还能乐享诗人之诗(the poet's poem)，不

① 1946年，美国新批评家威廉·维姆萨特(W. K. Wimsatt)和蒙罗·比尔兹利(Monroe Beardsley)发表《意图谬见》(The Intentional Fallacy)一文，认为假定作者意图是决定这部作品的涵义和价值的合适根基，这是个谬误，他们称之为"意图谬见"。他们辩称，一部文学作品，一旦出版，就属于公共的语言领域。语言领域给了它客观存在，这一客观存在与作者对作品的原初观念判然有别。"诗歌既非批评家所有，亦非作者所有(诞生伊始，作品便脱离作者，进入超乎作者意愿和控制能力范围的世界)。诗歌属于公众(the public)。"(参《牛津文学术语词典》英文版，上海外语教育出版社，2000，intentional fallacy词条)

② 约翰·邓恩(John Donne，1572～1631，又译但恩)，17世纪英国玄学派诗人。

必取代我所构之诗,而是作为补充?如果我是个天才,不来假谦虚那套,我大可以为,二者之中我所构之诗(my poem)更胜一筹。不过,我无法发现这一点,除非我并知二者。通常,二者都值得保留。古代诗人或外国诗人的一些片断,因我们误读而给我们的影响,难道我们不照样乐享?我们如今知之更深。我们如今相信,我们所乐享的东西,更合维吉尔或龙沙[1]之本意。这并不废止或玷污过去之美感。恰如重游孩提时熟知的美丽故地。我们以成人之眼,赞美景色;我们还重温年幼之时所得乐趣,往往非常不同的乐趣。

【§11. 正因难逃自我牢笼,更应透过铁窗去看】诚然,我们很难超越自身局限。无论如何努力,我们自身及我们时代的某些产物,将会留在我们对一切文学的体验之中。同样,即便是我相知最深或爱得最深的人,我也无法完全以他们之视角看待任何事物。虽如此,但我至少可以朝此方向努力。我至少可以消除视角中的明显幻觉。文学有助于我看活生生的人,活生生的人有助于我看文学。假如我无法逃出地牢,至

---

① 比埃尔·德·龙沙(Pierre de Ronsard,又译作龙萨,1524—1585),文艺复兴时期法国诗人。

少我应当透过铁窗去看。这总比瘫坐在黑角落的草堆上强。

【§12. 一些现代诗里,人只能看见自己】然而,或许有一些诗(现代诗),实际需要的就是我所谴责的那种阅读。或许,诗中文字从无意谓,只是原材料,以供每位读者之感受力随便加工。或许诗中并无意图(intention),确保此读者之体验与彼读者或诗人之体验有些共通之处。设若真是如此,那么毫无疑问,此类阅读就切合它们。假如一幅釉面画之摆放,让你只能在其中看见自己映像,那是一种遗憾;假如一面镜子如此摆放,就不是遗憾了。

【§13—14. 懂得格律诗,方解自由诗】

【§13. 现代读者无视格律】我们发现盲于文学者的毛病在于,阅读时对文字关注不够。这一毛病,总的说来,在敏于文学者阅读诗歌时从未出现。他们以各种方式充分关注文字。不过,我有时发觉,文字之声韵(aural character)并未得到充分接受。我并不认为这是粗心大意所造成的疏忽;毋宁说,是刻意无视。我曾听到一位大学英语教师公然说道:“无论诗歌中重要的是什么,音韵并不重要。”他或许在开玩笑。可是我做主考官时，仍旧发现数量惊人的优等生候选人，当然在其他方面是敏于文学之人（literary people），却因误引诗行，暴露出其对格律（metre）完全无知无识。

【§14. 不懂格律诗，欣赏不了自由诗】这一令人震惊之事态，缘何而生？我猜，可能有两个原因。一些学校，教孩子默写他们所学之诗，不是依照诗行默写，而是依照“语群”（speech-groups）。据说是为防治所谓“和尚念经”（sing-song）的毛病。这策略好像很短视。倘若孩子们长大成人会成为诗歌爱好者，和尚念经这一毛病将适时自愈；倘若他们不会，这一毛病则无关大碍。孩提之时，和尚念经并非缺陷。它只是韵律感（rhythmical sensibility）之初始形式；尽管粗陋，却是好兆头，而非坏兆头。节律固定，身体随着节律左右摇摆，是基础，使得后来的所有变体（variations）及微妙之处（subtleties）成为可能。因为除非知道定体（norm），否则便无所谓变体；[1]除非能把握显见之处（the obvious），

---

① 金人王若虚《文辨》有言：“或问：‘文章有体乎？’曰：‘无。’又问：‘无体乎？’曰：‘有。’‘然则果何如？’曰：‘定体则无，大体须有。’”清人姚鼐亦云：“古人文有一定之法，有无定之法。有定者，所以为严整也；无定者，所以为纵横变化也。二者相济而不相妨。故善用法者，非以窘吾才，乃所以达吾才也。”

否则无所谓微妙之处。再者，现在年轻人可能过早接触自由诗（*vers libre*）。若该自由诗是真正的诗，那么，其声韵效果极为精微，只有长期浸润于格律诗的耳朵才能欣赏它。那些认为自己无须格律诗之训练，就能接受自由诗的人，我以为是在自我欺骗；还没学会走，就企图跑。可在名副其实的跑步中，跌倒就会受伤，想成为跑步运动员的人会发现自己的错误。一位读者的自我欺骗，却并非如此。当他摔倒之时，他依然能够相信自己在跑步。其结果就是，他可能永远学不会走路，因而也就永远学不会跑。①

---

①　路易斯在《给孩子们的信》（余冲译，华东师范大学出版社，2009）中说："我亲爱的，你知道写自由体诗歌只会对你有害。当你写了10年的严格的律体诗以后，才可以写自由体。而现在，那只会鼓励你写些散文，而水平却反比不上你平常写的那些，然后让你把那散文打印成诗句的样子。"（第109页）

十一　实　验[①]

THE EXPERIMENT

【§1. 实验要旨】

实验所需之设备，已准备齐全。可以着手工作了。通常，我们藉助所读之书，评判人的文学趣味(literary taste)。

---

① 【译按】藉阅读方式评判书籍，相较于习惯思路，即藉书籍评判趣味高下，利好有三：防止空论，置趣味评判于坚实大地，使批判不再容易。依此实验，好的文学就是容许、约请甚至强迫好的阅读的文学。这一文学定义，意味着读者需带着善意阅读，度人以善；意味着批评家从事批评，需作无罪推定。准此，评价性批评，价值极为有限。至于警官派批评，更是为害至甚。当前，批评泛滥，十来年不读批评文章，或不失为良策。

我们的问题是,颠倒此一过程,藉助人们的阅读方式,来评判文学,不知是否会有一些好处?假如一切顺理成章,我们应最终得出定义:好的文学容许(permits)、约请(invites)甚至强迫(compel)好的阅读;坏的文学,则容许、约请甚至强迫坏的阅读。这是一种理想化的简化,实际情形并不如此齐整,我们不得挑剔。然而现在,我想提出这一逆推(reversal)之可能效用。

【§2—11. 我的实验与现行套路之差异】

【§2. 利好一:防止空论】首先,它将我们的注意力集中在阅读行动(act of reading)上面。无论文学有何价值,只有在好读者阅读的那时那地,价值才会成为现实。书架上的书,只是潜在的文学(potential literature)。我们不读,文学趣味只是一种潜能(potentiality)。潜能不会变为行动,除非在阅读这一短暂体验中。假如把文学研究及批评看作文学之辅助活动,那么其唯一功能就是,放大(multiply)、延长(prolong)并保护(safeguard)好的阅读。我们需要的理论体系是,藉专注于实际运转之文学(literature in operation)，带领我们离开抽象(abstraction)。

【§3. 利好二：置趣味评判于坚实大地】其次，我所提议的体系，置双足于坚实大地之上，而常用体系却置双足于流沙之上。你发现我喜欢兰姆[1]。你认准兰姆糟糕，所以你说我之趣味糟糕。可是，你对兰姆的看法，要么是一种孤立的个人反应(isolated personal reaction)，与我之看法无异；要么则基于文学界之流行看法。若是前者，你指责我的趣味，就是傲慢；出于礼貌，我不反唇相讥。你若立足"流行"看法，你以为它会流行多久？你知道，50年前，兰姆并非你可藉以攻击我的一个污点。你知道，30年代，丁尼生[2]比现在更遭诋毁：废黜与复位，几乎月月都有。他们之中，没一位声名经久不衰。蒲柏登场，退场，再回来。两三个有

---

① 兰姆(Charles Lamb，1775—1834)，英国散文作家，评论家。笔名伊利亚，以《伊利亚随笔集》闻名。(参《不列颠百科全书》第9卷437页)

② 阿佛烈·丁尼生(Alfred Tennyson，1809—1892)，英国诗人，常被认为是维多利亚时代诗歌的主要代表人物。1884年被封为贵族。在19世纪中叶，他的地位相当于蒲柏在18世纪的地位。同时代人认为他是无与伦比的诗歌艺术家，并且是英国有教养的中产阶级代言人。丁尼生在维多利亚时代诗人中的超群地位，生前就因R. 布朗宁和A. C. 斯温伯恩的出现而受到挑战。20世纪前期，评论家认为他的不少诗作矫揉、浅薄，徒有华丽辞藻，或者思想混乱，当代对他评论过高。晚近对他的评述又趋公允。(参《不列颠百科全书》第16卷515页)

影响的批评家,曾吊起弥尔顿,拽绳,将他分尸——他们的弟子全都口说阿门——如今,弥尔顿仿佛又复活了。吉卜林[①]之股价(stock),一度很高,而后落至市场低谷,如今略有回升迹象。这一意义上的“趣味”,主要是一种历时现象(chronological phenomenon)。告诉我你的生日,我能猜中你偏爱霍普金斯还是豪斯曼,[②]偏爱哈代还是劳伦斯。告诉我某人鄙薄蒲柏却追慕莪相[③],我将一下猜中他的在世时期。对我的趣味,你其实只能说它已过时;你的趣味不久也免不了。

【§4. 作品评价随时迁移,阅读方式之别则经久可赖】然而,假定你由大不相同的路径入手。假定你给我的绳索

---

① 吉卜林(Joseph Rudyard Kipling,1865—1936),英国小说家,诗人。他以颂扬英帝国主义,创作描述驻扎在印度的英国士兵的故事和诗,撰写儿童故事而闻名。19 世纪与 20 世纪之交,名噪一时。1907 年获诺贝尔文学奖。由于被普遍视为帝国主义侵略分子,在第一次世界大战之后,声名渐衰。(参《不列颠百科全书》第 9 卷 282 页)

② 霍普金斯(Gerard Manley Hopkins, 1844—1889),英国诗人和耶稣会教士。参本书第 2 章第 5 段脚注。

豪斯曼(A. E. Houseman,1859—1936),英国学者,著名诗人,以浪漫主义的悲观诗作闻名于世。(参《不列颠百科全书》第 8 卷 188 页)

③ 莪相(Ossian),传说中 3 世纪时爱尔兰的武士-诗人。(参《不列颠百科全书》第 12 卷 456 页)

足够长，够我自缢。你可以鼓励我去谈兰姆，从而发现，我忽视了他真正拥有的某些东西，却读入（reading into him）大量子虚乌有的东西，发现我事实上很少阅读我褒赞有加的东西，发现我据以褒赞它的那些说辞，完全暴露了，它对我来说只不过是自己奇思妄想（wistful-whimsical reveries）之兴奋剂。假定你接着用同一方法，四处侦查兰姆的其他追慕者，每一次都得出同一结果。倘若你如此做过，那么，尽管你永远不会达到一种数学意义上的确定性（mathematical certainty），但你还是有了坚实基础，让你日益确信兰姆之糟糕。你会辩称："既然所有乐享兰姆者，都用最糟糕的阅读方式来读他，那么兰姆可能是个糟糕作者。"观察人们如何阅读，是评判他们之读物的雄厚基础；可是，评判读物，作为评判人们阅读方式之基础，却脆弱又无常。因为，对文学作品之公认评价，风尚一变就会随时迁移，但是，专注与用心不专、顺从与任性、超然与自我中心之别，阅读模式之别，则恒久不变；倘若曾经有效，将每时每地有效。

【§5. 利好三：使批判不再容易】其三，它会使得批判（critical condemnation）变成艰难任务，我估计这是好事。批判如今太过容易。

【§6. 评判须作两步区分】无论用何种方法，无论藉读者评判书籍，还是藉书籍评判读者，我们总要做双重区分。首先分开绵羊和山羊，其次再区分绵羊之好坏。[①] 先把一些读者或书籍隔在围栏之外，接着才对围栏之内作出褒贬。因而，倘以书籍为起点，我们首先划一条线，一边是纯"商业垃圾"、惊悚故事（thrillers）、色情文学、女性杂志上的短篇小说，另一边可称之为"雅"文学、"成人"文学、"真正"文学或"严肃"文学。接着，我们称后者之中，一些好，一些坏。比如，最受称许的现代批评家，会称莫里斯[②]和豪斯曼不好，霍普金斯和里尔克[③]好。若评判读者，我们也这样做。我们先做一个大致的，几乎没有争议的划分，一边是这些人，他们读

---

① 山羊与绵羊这一比喻，典出《马太福音》二十五章 31—33 节："当人子在他荣耀里，同着众天使降临的时候，要坐在他荣耀的宝座上，万民都要聚集在他面前。他要把他们分别出来，好像牧羊的分别绵羊、山羊一般——把绵羊安置在右边，山羊在左边。"

② 威廉·莫里斯（William Morris，1834—1896），英国作家、艺术家、设计师、印刷商和社会改革者，被认为是维多利亚时代最伟大的人物之一。代表作《乌有乡消息》（*News from Nowhere*，1891）。参《英国文学辞典：作家作品》（孙建主编，复旦大学出版社，2005），第 335 页。

③ 里尔克（Rainer Maria Rilke，1875—1926），重要的德裔奥地利诗人，以《杜伊诺哀歌》和《致俄耳甫斯的十四行诗》享誉世界。（参《不列颠百科全书》第 14 卷 287 页）

得很少、囫囵吞枣、稀里糊涂、丢三落四,只为消磨时间;在另一边,阅读对他们而言,则是一种艰辛而又重要的活动。接着,在后一类,我们区分趣味之“好”与“坏”。

【§7. 第一重区分:现行方法势利自负,我的方法开诚布公】在做出第一重区分、圈出围栏之时,依照现行体系的批评家必定以评判书籍自命。然而事实上,划在围栏之外的绝大多数书籍,他从未读过。你读过几部“西部小说”(westerns)[①]? 读过多少科幻小说? 这类批评家之导向,若只取决于这些书籍之低廉价格和俗艳封面,那么,所站地面就极不牢靠。在后代眼中,他可能碰巧丢丑,因为一部作品,在这代专家眼中只是经济垃圾,在另一代专家眼中,则可能成为一部经典。另一方面,他之导向,若取决于他对此类书籍之读者不屑一顾,那么,他就在粗鲁且未经明言地使用我的体系。更为安全的是,容许用我的体系,并令他用得

---

① western,西部小说或电影。一种独特的小说、电影、电视及广播剧体裁,通常以19世纪50年代至19世纪末的美国西部为背景。西部小说的时间和地点正是千篇一律——神话般的西部,它那伟大的美和前途一定要由淳朴的人民来保卫,以免恶人破坏。这种责任感还激发了他们的自尊。作品的主角是传统的美国英雄——一个人单枪匹马与荒野作斗争。(参《不列颠百科全书》第18卷190页)

高明一点，这样更稳妥；只是要确保，他的不屑一顾之中，并未掺杂社会势利（social snobbery）或知识自负（intellectual priggery）。我所提出的体系，则开诚布公（works in the open）。假如我们不能观察西部小说购买者的阅读习惯，或者认为不值得花时间去尝试观察，那么，我们就对这些书籍无话可说。假如我们能够观察，那么，将这些习惯归为盲于文学类或敏于文学类，通常并无多大困难。假如我们发现，一部书通常以某一方式阅读，假如我们更进一步发现，此书从未以其他方式阅读，那么，我们就有初步理由认为，此书不好。另一方面，即便我们只找到一个读者，对他来说，双栏排印、封面俗艳的廉价小书是其终生乐趣，他一读再读，会注意到也会反对一字之差。那么，无论我们自己会如何小看它，无论我们的朋友或同事对它如何不屑，我们就不敢将它置于围栏之外。

【§8. 第一重区分：现行方法会笼而统之】我知道现行方法之危险，颇有些根据。科幻小说（science-fiction），曾是我经常光顾的文学省份；假如说我现在很少光顾，那不是因为我的文学趣味得到提升，而是因为这一省份发生变迁，现在盖满了新房子，其建筑风格非关我心。然而，在那些美好的旧时光里，我注意到，无论批评家就科幻小说说了些什么，他们都暴露出极端无知。他们谈起它，仿佛它是个同质文类(hemogeneous genre)。然而，它根本不是文学意义上的一个文类(genre)。那些作者之间，毫无共通之处，除了都使用某种特定"机器"(machine)。有些作家，属于儒勒·凡尔纳[1]家族，主要兴趣在于技术。有些作家用此机器，只为文学奇幻(literary fantasy)，从而生产童话或神话之作。绝大多数用它，则为了讽刺；对美国生活方式的最为尖刻的美国式批评，几乎全都使用这一形式，而且一旦冒险尝试其他形式，就立即有人声讨说它是"非美国式"。最终，眼看科幻小说之繁荣，大批打工仔"蜂拥而入"，把遥远星球甚至银河系用作侦探故事或爱情故事之背景。而这类故事之地点，要是置于伦敦白教堂区或纽约布朗克斯区，也会一样好，甚至更好。既然众多科幻故事种类不同(differ in kind)，当然其读者也如此。假如你愿意，你可以把科幻小

---

① 儒勒·凡尔纳(Jules Verne，1828—1905)，法国作家，现代科幻小说的重要奠基人。《地心游记》(1864)、《从地球到月球》(1865)、《海底两万里》(1870)、《八十天环游地球》(1873)、《神秘岛》(1874)等著作，都被拍成电影。其最受欢迎的著作是《八十天环游地球》。(参《不列颠百科全书》第17卷490页)

说归为一类;然而,这恰如将贝伦登①、康拉德②和雅各布斯③的作品,归为一类,名曰"海洋故事"(the sea-story),并就此展开批评,还仿佛很有洞察力似的。

【§9. 第二重区分:现行体系法谈程度之别,我的体系谈种类之别】然而,正是进入第二重区分之时,正是在区分绵羊或区分围栏之内时,我的体系与现行体系反差最大。对现行体系(the established system)而言,围栏之内的区分,以及围栏内外这一首要区分,只能是程度之别。弥尔顿不好,而佩兴斯·斯特朗④更差;狄更斯(其大部分作品)不

① 贝伦登(创作时期 1533—1587),其名字一般拼作 John Bellenden,又拼作 Ballenden,Ballantyne 或 Bannatyne。苏格兰作家。(参《不列颠百科全书》第 2 卷 353 页)

② 康拉德(Joseph Conrad,1857—1924),英国小说家。讨厌学校教育,向往海上生活。17 岁来到马赛,在法国商船做徒工,从此开始了长达 20 年的海上生涯。其最负盛誉的小说乃《黑暗的中心》(1902),写他在刚果所见所闻的帝国主义的种种残暴掠夺行径。(参《不列颠百科全书》第 4 卷 421 页)

③ 雅各布斯(W. W. Jacobs,1863—1943),英国短篇小说家。早年住在泰晤士河的一个码头,父亲是码头管理员。他本人未曾当过水手,但根据幼年记忆创作的以航海者和码头工人为题材的小说,使他一举成名。他写的不是海上的水手,而是他们在岸上的奇遇和不幸。(参《不列颠百科全书》第 8 卷 494 页)

④ 佩兴丝·斯特朗(Patience Strong,1907—1990),英国著名女诗人。参上章第 2 段脚注。

好,而埃德加·华莱士[1]更差。我趣味低下,是因为我喜欢司各特(Scott)及史蒂文森(Stevenson);喜欢 E. R. 巴勒斯[2]的,趣味更低。而我提出的体系,区分阅读方式,则是种类之别,而非程度之别。“趣味”(taste)、“喜欢”(liking)、“乐享”(enjoyment),所有这些词用于盲于文学者身上与用在我身上,承荷着不同含义。没有证据显示,曾有人对埃德加·华莱士的反应(react),与我对史蒂文森的反应一样。这样来看,评判说某人盲于文学(unliterary),就像这一判断:“此人并未陷入爱河”;而评判说我的趣味低下,则更像是说:“这人陷入爱河,却爱上一个可怕女人。”一位有理智和教养的男士爱上了一个我们并不喜欢的女人,这一事实

---

① 埃德加·华莱士(Edgar Wallace,1875—1932),英国小说家,戏剧家和记者,是一个极受欢迎的侦探和悬念故事作家。华莱士实际上发明了现代“惊险小说”。他这种体裁的作品情节错综复杂,但轮廓清晰,并以紧张的高潮而著称。他洋洋洒洒,下笔千言,共著有 175 部小说,15 部剧本和无数短文、评论小品。其文学声誉,死后下降。(参《不列颠百科全书》第 18 卷 69 页)

② E. R. 巴勒斯(E. R. Burroughs,1875—1950),美国实验小说家。这种小说在故意渲染的色情文字中唤起一种噩梦般、有时粗野幽默的世界。他对性生活毫不掩饰的描述(他曾是一个狂热而又公开的同性恋者)和坦率讲述自己作为一个瘾君子的体验,使他赢得“避世运动”(Beat Movement)作家们的钦佩。(参《不列颠百科全书》第 3 卷 261 页)

正当而又无可避免地使得我们对她作重作端详，在她身上寻找且时而发现我们此前未曾留意的东西。同理，在我的体系中，一本我们认为不好的书，人们抑或哪怕只有一人真正阅读，对之耳熟能详，一生钟爱——这一事实就会引起怀疑，怀疑此书其实并不像我们所想的那样糟。诚然，有时候，我们朋友的爱人，在我们眼中依然如此平庸、愚钝、不招人爱，那么我们可以将他的爱，只归根于荷尔蒙的无可理喻而又神秘的作用。同理，他喜爱的那本书，有可能看上去依然如此之糟，以至于我们把他的喜爱归根于某些早年生活联想（early association），或其他心理创伤（psychological accident）。然而，我们必须且应该避免盖棺论定。通常，其中总有一些东西我们无法看到。任何书籍，有读者真正阅读且爱而不舍，其中必有某些优点。这一显而易见的可能性压倒一切。因此，在我的体系中，谴责这样一本书，是一件极其严肃的事。我们的谴责从来就不是最终答案。问题通常可以重新讨论，一点也不荒唐。

【§10. 我的体系属无罪推定】而且我认为，我所提体系在此更为现实（realistic）。因为，无论我们说什么，我们都清醒意识到，围栏之内的区分，比围栏本身的安放位置，更不确定(precarious);掩饰这一事实,将一无所得。吹着口哨,保持士气高昂,我们可以说,我们保准丁尼生之逊色于华兹华斯,恰如埃德加·华莱士之逊色于巴尔扎克。当你争得头脑发热,你可以说,我之喜爱弥尔顿,只是喜爱连环漫画那种趣味低下(badness)的温和事例。当我们说这些事时,头脑清晰的人不会全心相信它们。我们在围栏之内所作的高下(better and worse)之分,根本就不像"垃圾"文学与"真正"文学('trash' and 'real' literature)之分。它们全都依赖于不确定且可被驳回的评判(precarious and reversable judgements)。我提议的体系,坦然承认这一点。从一开始,它就承认,对于那些曾一度安处围栏之内的作者,决不可能有毕其功于一役的"拆穿"或"揭露"(totally and finally 'debunking' and 'exposing')。我们从这一假定开始,即无论何书,只要那些真正阅读的人发现它好,它就有可能是好书。所有的可能性都在反对抨击者。抨击者有望去做的全部事情,只是说服人们,它没有他们所认为的那样好;坦白地说,即便是这一估价,保不准不一会儿就被驳回。

【§11. 我的体系可让拆穿家闭嘴】于是,我的体系的一个结果就是，让这样一类批评家闭嘴：对他们而言，英国文学中的所有伟大名字——受短命的批评“机构”保护的半打人除外——就像狗面前的诸多灯柱。[①] 我想，这是件好事。这些废黜(dethronements)，是精力的极大浪费。他们之刻薄(acrimony)，产生了热，却以光为代价。他们并未提高任何人从事好的阅读的能力。改进人的趣味，其真正路径并非诋毁他之当前所爱，而是教他如何乐享更好的东西。[②]

---

① 原文为“so many lamp-posts for a dog”。以狗与灯柱比喻批评家与作家之关系，乃一典故。美国作家杰弗瑞·罗宾森(Jeffrey Robinson)有名言：“批评家之于作家，恰如狗与灯柱。”(Critics are to authors what dogs are to lamp-posts)英国戏剧作家 John Osborne 亦说：“问从事写作之作家，对批评家作何感想，恰如问灯柱对狗有何感受。”(Asking a working writer what he thinks about critics is like asking a lamp-post what it feels about dogs.)西人似有狗吠灯柱之说，恰如汉语世界有狂狗吠月。

② 以上可视为本章之第一部分。路易斯在此申说他所提出的体系，有三个主要好处。这些好处，归为一点，就是能让那些以拆穿(debunk)为职事的批评家闭嘴。debunk 乃路易斯常用词汇。在他看来，现代思想盛产 debunker。所谓 debunker，常常操持这一语调：所谓爱情说穿了无非是荷尔蒙，是性欲之包装；所谓战争说穿了无非是屠杀，是利益争夺；所谓宗教或道统说穿了无非是意识形态，是剥削关系的温情脉脉的面纱。故而将 debunker 译为“拆穿家”。路易斯一生，对拆穿家深恶痛绝。关于“拆穿家”所导致的思想恶果，可参拙译路易斯《人之废》(华东师范大学出版社，2015)一书。

【§12—16. 可能遭遇的若干反对】

以上就是我所想到的，让对书籍之批评基于对阅读之批评，有望得到的一些利好（advantages）。然而，直至目前，我们只是勾画了在理想状态下运作的体系，而无视一些障碍。而在实践中，我们将不得不面对一些难堪。

【§13. 反对一：好书也会用于坏的阅读】藉人们的阅读方式评判书籍，对此最为明显的反对就是这一事实，即同一本书可能会以不同方式阅读。我们都知道，好小说和好诗中的某些片段，被一些读者，主要是中学生，用作色情文学（pornography）。我们也知道，如今劳伦斯以平装本面世。其封面图片以及其在车站书报摊上的同伴，就清楚显示，书商预期的是何种销售，因而预期的是何种阅读。因而，我们必须说，令一本书声名扫地的，并非坏的阅读之存在（existence of bad reading），而是好的阅读之缺席（absence of good reading）。理想状态下，我们将乐意把好书界定为："容许、约请甚至强迫"好的阅读。[1] 可在现实中，我们将不得不以"容许和约请"将就。的确可能会有这样一些书，它们强迫(compel)这一意义上的好的阅读，即假如谁用错误方式阅读，谁就很有可能翻不了几页。假如你拿起《力士参孙》[2]、《快乐王子雷斯勒斯》[3]或《瓮葬》[4]来消磨时间，或寻求刺激，或帮你做自我型白日梦，你很快就会放下它们。可是，那些能抵制坏的阅读的书籍，与那些不能抵制的书籍相比，并不必然更好一些。逻辑上讲，一些美能被滥用，一些则不能，这只是偶然(acci-

---

① 路易斯《诗篇撷思》第9章：

当我们形容一幅画"值得赏爱"(admirable)时，所指的是什么呢？虽然，我们并非指它正有人欣赏着，因为往往坏的作品有一大堆人趋之若鹜，好的作品却乏人问津；当然也不是指它值得赏识，就像一位考生"值得"(deserves)拿高分一样，换句话说，若未得赏识，便有人受到不公平的待遇。所以，当我们说一幅画值得或令人赏爱("deserves" and "demand" admiration)时，乃是指赏爱它是对它应有的充分而恰当的反应，并且，这样赏爱它绝不会错爱它，若有人不懂得赏爱它，徒然显出自己缺少鉴赏力，愚蠢到任由美好的事物流失掉。艺术品和许多大自然的景观之所以值得(deserve)、配得(merit)、甚至要求(demand)人的欣赏(admiration)，便是基于同样的道理。(曾珍珍译，台北：雅歌出版社，1995，第77—78页)

② 弥尔顿的希腊式古典悲剧之作。中译本译名有二，朱维之先生译作《力士参孙》，金发燊先生译作《斗士参孙》。

③ 《快乐王子雷斯勒斯》(*Rasselas*)，约翰逊(Samuel Johnson，1709—1784)的作品，郑雅丽中译本由北京大学出版社2003出版。

④ 《瓮葬》(*Urn Burial*)，托马斯·布朗(Thomas Browne，1605—1682)的作品，光明日报出版社2000年出版缪哲之中译本。

dent)。至于说“约请”(invites),其程度各异。因而,“容许”(permits)就成了我们的最后依靠。理想状态下,坏书就是不可能有好阅读的书。其中文字,禁不住密切注意,它们所传达的没有什么提供给你,除非你要么准备着只为刺激,要么准备着做自慰的白日梦。然而,在对好书的构想里,“约请”还是进入其中。假如我们足够努力,那么差不多就可能会有专注而又顺从之阅读(attentive and obedient reading)——这还不够。作者定不会把所有任务都留给我们。他必定显示,而且很快显示,他的书值得机敏而又规矩的阅读(alert and disciplined reading),因为它犒劳此类阅读。

【§14. 反对二:书籍已知,阅读未知】还会有一种反对意见是,立足于阅读而非书籍,就是弃已知而就未知。毕竟,书籍可获致(obtainable),我们可以自行翻检;关于他人之阅读方式,我们又能真正知道什么?不过,这一反对并不像乍听上去那般强大。

【§15. 第一重区分可以确知】我们已经说过,对阅读之评判,有两重。首先,我们把一些人作为盲于文学者,置于围栏之外;接着我们区分围栏之内趣味之好与坏。做第一重区分时,那些读者本人不会给我们以有意识之协助。

他们并不讨论阅读。即便试图谈论，也拙于言辞。可是，就他们之情形而言，外部观察却极容易。在整个生活中，阅读只占很小的一部分，每本书在用过之后，都像旧报纸一般扔在一边，这时，我们可以确诊为盲于文学之阅读。对某书有着热烈而又持久的爱，一读再读，这时，无论我们认为此书如何糟糕，无论我们认为此读者如何之不成熟或没文化，也不能确诊为盲于文学之阅读。（当然，我用一读再读意指，出于自择的一读再读。处在没几本藏书的偌大房屋里的孤零零的孩子，或远航船只上的海员，可能被迫退而求其次，重读任何读物。）

【§16. 第二重区分虽不可确知但也可大致不差】当我们做第二重区分——褒赞或指责那些显然是敏于文学之人的趣味——借助外部观察的检验，不再奏效。可是作为补偿，我们现在应对的是一群善于言辞的人。他们将会谈论他们心爱之书，甚至就心爱之书写东西。他们有时会明白告诉我们，当然更经常的是无意流露了，他们从中得到的快乐之种类，以及此种快乐所隐含的阅读种类。我们因而往往能够评判，不是确定无疑而是或然性很大（with great probability）：谁因劳伦斯之文学成就接受他，谁则主要被反叛意象或穷孩子发迹的意象所吸引；谁把但丁当作一个诗人去爱，谁把他当作一个托马斯主义者去爱；谁在某作者那里寻求胸怀之扩充，谁则寻求自尊之扩充。当某作家的全部或者说大多数颂扬者，在他们的嗜好里流露出盲于文学（unliterary）、反文学（anti-literary）或超文学（extra-literary）之动机，那么，我们就可以正当怀疑此书。

【§17—20. 阅读伦理：以善度人】

【§17. 带着善意阅读】当然，我们不会刻意回避，拿亲身阅读做实验。只不过，我们的亲身实验，当另辟蹊径。若阅读某位如今失宠之作家（如雪莱或切斯特顿[1]），只是为了确证我们对他所怀有的不利观点，那就没有什么比这更无启发了。其结果，乃一预知之结论。某人要与你谋面，假如你已不再信任他，那么，他所说所做的一切，看上去都

---

[1] 切斯特顿（G. K. Chesterton，1874—1936），20世纪杰出作家，护教学家，对C. S. 路易斯产生过极大影响。著作等身，包括传记、推理小说、历史、神学论著等，最著名的有：《异教徒》、《回到正统》、《永恒的人》、《布朗神父》等。路易斯在一次访谈中说："今人之书里，对我帮助最大的当数切斯特顿的《永恒的人》（*The Everlasting Man*）。"

会确证你的疑心。阅读某书,除非我们假定它可能或终究很好,否则我们无法发现此书之糟。我们必须倒空心灵,敞开心扉。诚心挑刺,作品将无一幸免;离开读者一方之初始善意(a preliminary act of good will),没有作品能获得成功。

【§18. 评论须作无罪推定】你可能会问,对于一部几乎确定无疑的坏书,其中或许具有某些好处的几率,百不及一,我们为何要对它如此煞费苦心。并无理由要我们应当如此,可是,当我们打算对它做出评判,当然就应费心了。无人请你去听证法庭审理的每一案例。可是,假如你坐在法官席上,更不用说假如你志愿坐此职位,那么我想,你应当听取证词。无人强制我们去评价马丁·塔波尔[1]或阿曼达·罗斯[2];可是,假如我打算评价,我就必须公正地阅读他们。

【§19. 缘何遵无罪推定:否定命题比肯定命题更难成立】无可避免,所有这一切在一些人看来,是一件精心谋划

---

① 马丁·塔波尔(Martin Tupper,1810—1889),英国作家、诗人,以《谚语哲学》(*Proverbial Philosophy*)一书闻名。参维基英文百科。

② 阿曼达·罗斯(Amanda Ross),未知何许人。

的策略，以保护坏书免受其应受之申斥。甚至在一些人看来，这是我对自己或朋友们的心爱之书，网开一面。我不得不如此。我之所以想使人们相信，敌对评判(adverse judgements)通常是最最危险(hazardous)，是因为我相信，它还真是这样。至于敌对评判缘何非常危险，应是显而易见。否定命题(negative proposition)之建立，难于肯定命题。瞥上一眼，我们就可以说屋里有个蜘蛛；要言之凿凿地说屋里没蜘蛛，恐怕就得(至少)来次春季大扫除了。宣布某书好，我们有自己的肯定性体验(positive experience)，足以为凭。我们发现，自己被促使着(enabled)、约请着(invited)、强迫着(compelled)去从事我们心中彻头彻尾的好阅读；无论如何，就最好之阅读而言，我们有此能力。尽管对我等最好之阅读(our best)的品质，我们可能且应该心存谨慎之疑虑，但是我们几乎不会弄错，哪种阅读更好，哪种阅读更糟。反过来，宣布某书糟，发现它在我们身上引发的是不好的反应，就不足为凭，因为这可能要归咎于我们自身。称某书不好，我们并非是在宣称它引发坏的阅读，而是在宣称它无法引发好的阅读。这一否定命题，永远无法言之凿凿。我可以说："我在此书中所得快乐，只能是转瞬即逝的颤栗，或者只是与作者观点同声相应。”可是，其他读者或许能够从中得到，我无法得到的快乐。

【§20. 纯文人易捕风捉影】然而，由于某种不幸悖谬(paradox)，最为文雅(refined)最为敏感(sensitive)之批评，也和任何其他批评一样，没有免却此一特殊危险。这类批评(很是正确地)思索每个文字，以颇不同于文风贩子(Stylemonger)的方式，藉某一作者之文风评判该作者。它时时留意言外之意或弦外之音，藉此，某字或某词可能会泄露作者态度之失(faults of attitude)。一面之词，绝少公正。接着批评家需要确保，他侦查到的韵外之致(fine shades)，在他自己的圈子之外也的确通行。一个批评家越是文雅(refined)，他就越有可能生活在一个狭小的文人圈(a very small circle of *littérateurs*)，这个圈子经常碰头，相互阅读，发展出一种近乎私密的语言(private language)。假如这个作者本人并不在同一群落——他可以是个文人(a man of letters)和天才(a man of genius)，却不知文人圈之存在——那么，对于这些批评家来说，此作者之文字有各色各样的弦外之音，而对于作者本人或与之交谈的人来说，根本就不存在。新近，有人说我可笑，因为我把一个词置于引号之内。我这样做，因为我相信，这是美式口语用法，还未英国化。我用引号，恰如我用斜体标示法文片断；不用斜体，是因为怕读者会认为我在表示强调。假如批评家说，这很笨拙，他或许说对了。但是指控我可笑，那只显示了他和我走岔了(at cross purpose)。我来自这样一个地方，其中无人认为引号可笑；或许没必要，或许用错了，但并不可笑。我推测，我的批评家所从来之地，引号总被用来隐含某种嘲弄；我也推测，对我来说只是一点外国腔，或许对他来说却正是流行话。我猜想，这等事并不罕见。批评家假定，他们自己群落里的英文寻常用法，对于一切受过教育的人也都寻常。实际上，这一用法只是圈内秘传(esoteric)，通常很不方便(convenient)，而且通常处于快速变化之中。他们所发现的作者暗含态度之征兆，其实只是他们自己之年纪或远离伦敦之征兆。他混迹于伦敦人中间，恰如大学或家庭餐桌上的陌生人，他天真无邪地说出来的某些东西，其实包含着他并不知道的一个段子(tale)——一个笑话(joke)或一个悲剧(tragedy)。“在无字句处读书”(reading between the lines)在所难免，但是，我们必须极其谨慎，否则我们可能捕风捉影。

【§21—27. 谨慎评价性批评】

【§21. 马修·阿诺德论评价性批评】无可否认,我所提议的体系及其全部要旨(spirit),必然趋于让我们,对严格意义上的评价性批评(evaluative criticism)[1]之有用性的信念,保持节制。尤其是其中的指责(condemnation)。评价性批评家(evaluative critics),尽管从词源学来看,他们当得起批评家之名,但并非只有他们才叫作批评家。在阿诺德对批评的理解之中,评价(evaluation)只占很少份额。对他而言,批评"本质上"是好奇心之操演,他将之界定为"心灵对各项主题进行自由嬉戏"[2]。重要的是,"如实看清事

---

① 瑞恰兹说:"以批评家自居就是等于以价值鉴定者自居。(To set up as a critic is to set up as a judge of values)"(杨自伍译《文学批评原理》,百花洲文艺出版社,1997,第51页)

② 【原注】*Function of Criticism*.

【译注】原文是"disinterested love of a free play of the mind on all subjects for its own sake",语出马修·阿诺德《当前文学批评的功能》(The Function of Criticism at the Present Time)一文。其中说:

英国文学批评应当清楚地意识到理应遵循的轨迹和规则(rule)。不妨一言以蔽之,这就是不计利害(disinterestedness)。文学批评何以显得不计利害呢?那就是与所谓的"实用观点"保持距离,坚定地遵(转下页注)

物之本相”①。更为紧要的是，去看看荷马到底是哪类诗

(接上页注)从自身的法则和规律：即心灵对各项主题进行自由嬉戏(a free play of mind on all subjects)；批评应该始终拒绝出卖自己，不要别有用心地对理念进行政治化和实用目的的考虑；很多人都会坚定地向这些观念靠拢，也许应当经常地向它们靠拢，而且在我国无论如何都得坚定不移地向它们靠拢。但是，这和批评真没有什么关系。(见《“甘甜”与“光明”：马修·阿诺德新译8种及其他》，贺淯滨译，河南大学出版社，2011，第15页)

① 【原注】*On Translating Homer*，II.

【译注】原文是“to see the object as in itself it really is”。“如实看清事物之本相”(seeing things as they are，亦译“实事求是”)，是阿诺德的重要词汇。他在《论荷马史诗之翻译》和《当前文学批评的功用》(The Function of Criticism at the Present Time)、《美好与光明》(Sweetness and Light)诸文中，反复强调。由于前文尚无中译本，故略引后二文，以见此语之重要。比如他在《美好与光明》中说：

说来，在知识的问题上，既然有无用的、纯粹是病态的好奇，就一定有对于明智者是自然的、值得称道的好奇，即追求思之本属，追求如实看清事物之本相(seeing things as they are)而获得的愉悦。事情还不仅如此。看到事物本相的欲望自身也意味着心智的平衡和调适，不作有效的努力是不易达到这种心态的，它的反面正是我们说“好奇”时所要指责的盲目的病态的头脑发热。(马修·阿诺德：《文化与无政府状态》，韩敏中译，三联书店，2002，第7页)

他在《当前文学批评的功用》中则说：

普通大众根本不会有这种实事求是(to see things as they are)的炽热情怀，相当片面的理念就能使他们心满意足。人世间的实用活动依托于、而且也只能依托于片面的理念。这实际等于说，凡实事求是者，无论何人，最终都会发现自己处在一个极小的圈子里，但是，正是由于这个小圈子坚定不移的奋斗，完整全面的理念才能发扬光大而终成潮流。实用人生的激进和喧嚣往往让泰然自若的观众也眼花缭乱、心浮气躁，大有把他们拽入这个漩涡之势。(见《“甘甜”与“光明”：马修·阿诺德新译8种及其他》，贺淯滨译，河南大学出版社，2011，第20页)

人，而不是告知世人，应该如何热爱这类诗人。最好的价值判断是，“那种伴随新颖知识、几乎是不知不觉地在一个美好清澈的心灵中生成的判断”①。假如阿诺德意义上的批评，在量和质两方面都已足够，那么，评价意义上的批评，将不再必要。更不用说，批评家之功能就是把自己的评价强加给别人了。“批评之伟大艺术在于，别让自己碍事，让人性决断。”②我们要向他人如其本然地展示，他们声称或褒或贬的作品；去描述，甚至去界定其特征，然后，让他们面对（现在更知情）自己的反应。在一个地方，阿诺德甚至警告

---

① 【原注】*Function of Criticism.*

【译注】原文是“which almost insensibly forms itself in a fair and clear mind, along with fresh knowledge.”语出马修·阿诺德《当前文学批评的功能》(The Function of Criticism at the Present Time)一文：

人们说进行判断是批评家的正业，这在某种意义上是正确的；但只有那种伴随新颖知识、几乎是在不知不觉地在一个美好清澈的心灵中生成的判断，才是最可贵的；所以说，知识，永远鲜活的知识，对批评家事关最大。只有依靠交流新知并随之传达自己的判断——但这应该是自然而然的，而且，在次要意义而非首要意义上，它提供一部手册或一条线索，而不是抽象地立法定案——只有这样，批评家才能广泛地、最大程度地飨宴读者。（见《“甘甜”与“光明”：马修·阿诺德新译8种及其他》，贺淯滨译，河南大学出版社，2011，第29页）

② 【原注】*Pagan and Mediaeval Religious Sentiment.*

【译注】原文为“The great art of criticism is to get oneself out of the way and let humanity decide”。语出马修·阿诺德《异教徒与中古宗教情感》(*Pagan and Mediaeval Religious Sentiment*)，此文尚无中译。

批评家,不要持有一种不近人情的完美主义(ruthless perfectionism)。批评家“坚持他关于最好、关于完美的观念,与此同时,也乐于接受作品呈现出来的次好部分”[1]。一言以蔽之,批评家要具有这样的性格:“易于心喜,却难于满意”。麦克唐纳(MacDonald)将此性格归于上帝,切斯特顿步其足迹,则归于批评家。[2]

【§22—24. 评价性批评是否有益于读者?】阿诺德所理解的批评(无论我们对他的实践看法如何),我认为是非

---

① 【原注】*Last Words On Translating Homer*.

【译注】原文为 He“is to keep his idea of the best, of perfection, and at the same time to be willingly accessible to every second best which offers itself.”语出马修·阿诺德《再论荷马史诗之翻译》,此文尚无中译文。

② 原文是:“easy to please but hard to satisfy。”暂未考明详细出处。麦克唐纳(MacDonald,1824—1905),英国19世纪杰出小说家,诗人,演说家,牧师。一生作品无数,其幻想文学颇受世人瞩目。

麦克唐纳与切斯特顿,对路易斯之归信,举足轻重。路易斯在其精神自传《惊喜之旅》第11章自述:

> 正如阅读麦克唐纳的书一样,我在阅读切斯特顿的著作时,也不知道自己为什么要读这些书。一个执意护持无神思想的年轻人,在阅读上再怎么小心,也无法避免自己的思想不受挑战。处处都有陷阱。赫伯特说:“一打开圣经,里面充满无数令人惊奇的事物,到处都是美妙的网罗和策略。”容我这样说,神是颇自作多情的。(见《觉醒的灵魂1:鲁益师谈信仰》,曾珍珍译,台北:校园书房,2013,第50页)

在小说《梦幻巴士》(*The Great Divorce*)中,麦克唐纳以“我”的导师之形象出现;而在一次访谈中,路易斯说:“今人之书里,对我帮助最大的当数切斯特顿的《永恒的人》(*The Everlasting Man*)。”

常有益的活动。问题关乎对书说长论短的批评;关乎赋值与贬值(evaluation and devaluation)。曾几何时,此类批评被认为对作者有用。如今,这一声称总体上被抛弃。现在人们假定,它对读者有用。我在此考量它,正是由于这一观点。对我而言,它是否立得住脚,取决于它是否有能力放大(multiply)、保护(safeguard)或延长(prolong)这些时刻,即,好读者好好阅读好书的时刻,文学之价值因而实际存在的时刻。

这驱使我问自己,最近几年才想到的一个问题。我是否可以言之凿凿地说,任何评价性批评,曾切实有助于我理解并欣赏任何伟大的文学作品或任一作品的一部分?

探寻在此事上我曾受益于谁,我似乎发现了某种意想不到的结果。评价性批评家,排名最低。

【§25. *老学究于我最有助益*】名列前茅的是老学究(Dryasdust)。显然,我感激且必须深深感激编辑、校勘家(textual critics),注疏家(commentators),以及词典编纂者,远甚于其他任何人。你们找出作者原文,艰涩词汇之意谓,以及典故之出处。你们为我所做的,跟新解读和新评价相比,远胜百倍。

【§26. 文学史家次之】我必须置于第二位的是受鄙视的一群,即文学史家。我是指真正的好文学史家,如 W. P. 凯尔或奥利弗·埃尔顿。[1] 这些人对我的首要帮助就是,告诉我什么作品存在。进言之,他们把这些作品置于其历史情境(setting);因而向我表明,它们旨在满足何种要求,它们假定其读者心灵中有何才具(furniture)。他们带我离开错误路径,教我去寻找什么,使我差不多能够置自身于作品对之说话的读者的心灵框架之内。之所以能够如此,是因为这些历史学家,总体上接受了阿诺德的建议,不让自己碍事。他们更关心描述书籍,而非评判书籍。

【§27. 批评家位列第三】其三,说实在的,我们必须把形形色色的激情批评家(emotive critics)置于第三。到了一定年纪,他们给我提供了很好的服务。他们用自己的热情感染我,因而不仅将我送往他们赞赏的作家,而且使我带着一个好胃口(a good appetite)。虽然我现在不再乐于阅读绝大

① W. P. 凯尔(William Paton Ker,1855—1923),苏格兰文学学者,散文家;埃尔顿(Oliver Elton,亦译艾尔登,1861—1945),英国文学学者,以六卷本《英国文学概观:1730—1780》(*A Survey of English Literature* [1730—1880]) 名世。(参英文维基百科)

多数此类批评家，但是，他们曾一度有益。他们对我之理智贡献不大，对我之“勇气”却贡献良多。连麦凯尔[1]也是如此。

【§28—31. 批评之价值】

【§28. 批评家是否有助于欣赏?】然而，当我思及名列伟大批评家的那些人(我不谈生者)时，我陷于停顿。我是否有把握实打实地说，阅读亚里士多德、德莱顿[2]、约翰逊、莱辛[3]、柯勒律治、阿诺德本人(作为一个实用批评家)、佩特[4]或布拉德雷[5]，曾经提升我对任何场幕、篇章、诗节或诗行之欣赏？我拿不准自己是否有把握。

---

① 麦凯尔(J. W. Mackail, 1859—1945)，苏格兰文人，社会主义者，今则以维吉尔专家为人铭记。他也是个诗人、文学史家和传记作家。(参英文维基百科)

② 德莱顿(John Dryden, 1631—1700)，英国诗人、剧作家和文学评论家。详见本书第4章第16段脚注。

③ 莱辛(Lessing, 1729—1781)，德国剧作家、评论家、美学家，以《汉堡剧评》闻名于世。(参《不列颠百科全书》第10卷28页)

④ 佩特(Walter Pater, 1839—1894)，英国唯美主义运动的理论家和代表人物，“为艺术而艺术”的提出者，代表作《文艺复兴：艺术与诗的研究》。广西师范大学出版社2002年出版该书中译本，译者张岩冰。

⑤ 布拉德雷(A. C. Bradley, 1851—1935)，英国文学评论家，杰出的莎士比亚学者，以《莎士比亚悲剧》(1904)广受称誉。在文学批评史上，以著名演讲《为诗而诗》而闻名。(参《不列颠百科全书》第3卷101页)

【§29. 作者有助于欣赏批评家,而非相反】既然评判一个批评家,我们总是根据他在何种程度上照亮(illuminates)我们业已从事的阅读,又怎会有别的答案?布吕纳介的"爱蒙田胜于爱自己"①,在我看来,是我迄今读过的最深刻的一句评语(remark)。可是,我如何知道此评语之深刻?除非我看到布吕纳介正确点出,我对蒙田之乐享中的一个因素——此因素一经指出我便恍然大悟,而此前却未十分在意。因而,我对蒙田之乐享,居先。读布吕纳介无助于我乐享蒙田;正是我之阅读蒙田,使得我乐享布吕纳介。我可以乐享德莱顿之散文,无须知道约翰逊对它之描述;我无法乐享约翰逊之描述,如果不曾阅读德莱顿之散文。略加修正,这也适用于罗斯金在《过去》(*Praeterita*)②一书中,对约翰逊本人散文的出色描述。除非我有能力说"对,

---

① 原文为法文:*aimer Montaigne, c'sst aimer soi meme*。出处未知。布吕纳介(Brunetière),法国文学批评家,首倡文学进化论。钱锺书《谈艺录》第4则曾有简介:"法国Brunetière以强记博辩之才,采生物学家物竞天演之说,以为文体沿革,亦若动植飞潜之有法则可求。所撰《文体演变论》中论文体推陈出新(Transformation des genres)诸例,如说教文体亡而后抒情诗体作……戏剧体衰而后小说体兴。"(中华书局,1984,第36页)

② 此书系罗斯金自传,有中译本《过去:罗斯金自传》,刘平译,北京:金城出版社,2011。

那正是《俄狄浦斯》所产生的效果”，否则我如何知道，亚里士多德关于好的悲剧情节的看法是探本之论还是愚蠢？①真相(truth)并不是我们为了乐享作者而需要批评家，而是为了乐享批评家而需要作者。

【§30. 批评之价值在于返照】批评通常给我们所读之书，投下一丝返照(a retrospective light)。有时候，它或许纠正我们此前阅读中过分强调或忽视之处，从而改进我们后来之重读。然而，对成熟又细致(mature and thoroughgoing)读者久已了然于胸的作品来说，这种情况并不多见。假如他足够愚蠢，这些年一直误读它，那么很有可能，他会继续误读下去。我的体验是，一个好注疏家或好文学史家，不置褒贬，却更有可能纠正我们。快乐时日独自重

---

① 亚里士多德认为，悲剧是对行动的摹仿，情节是悲剧的根本和“灵魂”，突转和发现是情节中的两个成分。最好的情节是突转与发现同时发生，亚里士多德以《俄狄浦斯》为范本说明这一点：“突转……指行动的发展从一个方向转至相反的方向；我们认为，这种转变必须符合可然或必然的原则。例如在《俄狄浦斯》一剧里，信使的到来本想使俄狄浦斯高兴并打消他害怕娶母为妻的心理，不料在道出他的身世后引出了相反的结果。……发现，如该词本身所示，指从不知到知的转变，即使置身于顺达之境或败逆之境中的人物认识到对方原来是自己的亲人或仇敌。最佳的发现与突转同时发生，如《俄狄浦斯》中的发现。”(陈中梅译注《诗学》第11章，商务印书馆，1996)。

读，也有此效。倘若我们不得不做出选择，重读乔叟通常胜于阅读对他的新评论(criticism)。

【§31. 返照之价值】我远非暗示，对我们已有文学体验之返照(retrospective light)，没有价值。既然我们就是这种人，不仅想要拥有体验，而且想要分析、理解并表达自身体验；而且说到底，既然我们是人——作为人，作为社会动物——我们就想要"交换心得"(compare notes)①：不仅就文学交换心得，而且就饮食、风景、游戏抑或关乎共同景仰

① 路易斯在《诗篇撷思》一书之开头说，在某种程度上，"交换心得"(comparing notes)比"开堂授课"(instruct)更于人有益：

这不是一本学术专著。我并不是希伯来文专家，也不精通圣经训诂、古代历史或考古学。这本书是写给和我一样对诗篇种种所知有限的人，如果需要为本书的写作提出理由，我的理由是这样的：通常，学生若在课业上遇见问题，和同学互相切磋，比由老师单方面指导，更能有效解决问题。当你拿去问老师时，正如大家记忆中都有的经验，他可能讲解些你早就懂得的，再添加许多你目前不需要的资料，而对引起你困惑的地方，却只字未提。我曾经从双方的角度观察过这现象。身为人师，我总试着尽力回答学生的问题，有时讲解不到一分钟，某种出现在学生脸上的表情立刻告诉我，他正遇见我当学生时从老师身上遇见的挫折。同学之所以比老师更能帮助自己解决问题，正是因为他懂得没那么多。我们希望他帮助解决的问题，也正是他自己方才遇见的。专家遇见这问题，是许多年前的事了，所以，他的印象已经模糊。现在，他是以另一种眼光看待整个问题，因此，无法想像困扰学生的是什么，他以为应使学生感到困惑的地方，学生其实还未探讨到那里。

这本书是我以业余者的身份写给另一个业余者的，谈到我自己读诗篇时所感到的困惑和所获得的启示，希望对非专家的读者多少有些帮助，可以提高他们对诗篇的兴趣。因此，我是在"交换心得"(comparing notes)，而非"开堂授课"(instruct)。(曾珍珍译，台北：雅歌出版社，1995，第5—6页)

之熟人交换心得。对于我们的人生乐事，我们爱听他人到底如何乐享。自然而然而且理所应当的是，我们应该特别乐于听闻，一流头脑对特别伟大之作有何兴发感动（responds to）。我们兴致勃勃地阅读伟大批评家（并非每每一致同意），原因就在于此。它们是很好的读物；说它们有助于他人之阅读，我相信是估计过高。

【§32—37. 警官派批评家为害最深】

【§32. 警官派批评家】我担心，这事这么看，不会令那些可称之为"警官派"（Vigilant school）的批评家满意。对他们而言，批评是社会卫生学或伦理卫生学（hygiene）的一种形式。他们看到，宣传、广告、影视，四面威胁着清晰思考、现实感和优雅生活。[①] 米甸的主人们，"游荡来，游荡

---

① 朱光潜在《谈美》一书中，把批评家分为四类："导师"、"法官"、"舌人"和"印象派"。路易斯这里所说的"警官派"（Vigilant school）批评家，略相当于朱先生所说的以法官自居的批评家：

第二类批评学者自居"法官"地位。"法官"要有"法"，所谓"法"便是"纪律"。这班人心中预存几条纪律，然后以这些纪律来衡量一切作品，和它们相符合的就是美，违背它们的就是丑。（《朱光潜全集》新编增订本第3卷，中华书局，2012，第40页）

去"(prowl and prowl around)[1]。而在印刷文字之中游荡，最危险不过。印刷文字之危险，最难以捉摸，"倘若可能，连选民也就迷惑了"[2]。这一危险，并不在围栏之外的那些显见的文学垃圾之中，而在那些貌似(除非你知之甚深)"文人"且安处围栏之内的作者身上。巴勒斯和"西部小说"(Westerns)[3]，只会捕获乌合之众；更难以捉摸的毒药，则潜藏在弥尔顿、雪莱、兰姆[4]、狄更斯、梅瑞迪斯、[5]吉卜林和德拉·梅尔[6]之中。为防止毒害，警官派就是我们的警犬或侦探。有人指责他们苛刻(acrimony)，指责他们如阿

---

① 米甸(Midian)，圣经地名。阿拉伯沙漠西南部，阿卡巴湾东岸地区。摩西从埃及逃亡米甸(《出埃及记》2:15)，岳父叶忒罗就是米甸的祭司。米甸人以游牧为生，善于经商。(参卢龙光主编《基督教圣经与神学词典》，宗教文化出版社，2007)

② 原文是"if it were possible, to deceive the very elect"，语出《马太福音》二十四章24节。

③ 埃·莱·巴勒斯(E. R. Burroughs，1875—1950)，美国小说家。他的泰山故事塑造了一个世界闻名的民间英雄。(参《不列颠百科全书》第3卷261页)

④ 兰姆(Charles Lamb，1775—1834)，英国散文家，文评家，诗人，柯勒律治和华兹华斯之好友。

⑤ 梅瑞迪斯(George Meredith，1828—1909)，英国维多利亚时代小说家、诗人。

⑥ 德拉·梅尔(Walter de la Mare，1873—1956)，英国诗人，小说家。

诺德所说,“顽固而又好走极端——我想是我们岛国凶暴之残余”①。然而,这一指责或许并不中允。他们诚实无欺,满腔热忱。他们相信,他们嗅出并探到一种大恶。他们蛮可以像圣保罗那样诚恳地说,“若不传福音,我便有祸了”②:若找不出庸俗、浅薄、虚情假意,并使之暴露无遗,我便有祸了。一个忠实的检察官或搜巫者(witch-finder),履行其所志愿的职责,不大可能温和。

【§33. 警官派批评家分不清吉卜林与吉卜林现象】显然,我们很难找到一个共通的文学基础(common literary ground),藉以裁决警官派到底有助于还是有妨于好的阅读。他们竭力推举某种自以为好的文学体验;但是他们对文学中“好”的理解,与他们对好的生活的整体理解,构成一个天衣无缝的整体。他们的整个价值体系(scheme),我相信,尽管从未得到系统阐述,却介入每次批评行为中。一切批评无疑都受批评家对文学之外事物看法的影响。不过,读到表述坏内容的好文字时,我们通常有某种自由(free

① 【原注】*Last Words On Translating Homer*.

② 原文为 Woe to me if I preach out the gospel,语出《哥林多前书》九章 16 节。

play)、某种意愿(willingness)去搁置怀疑(或信赖),甚至搁置深恶痛绝。尽管我们讨厌色情文学本身,但我们依然可以赞美奥维德[1](Ovid),因为他让其色情文学不再令人厌恶或令人窒息。尽管我们可以承认,豪斯曼的诗句“什么样的畜生和流氓创造了世界”[2],将某种反复出现的观点一语道尽;但与此同时,一经冷静,根据关于实际宇宙的任何假说(on any hypothesis about the actual universe),必会看出那一观点实在愚蠢。在某种程度上,我们乐享《儿子与情人》中的这一场景,因为它确实“撩人情愫”(get the feeling):其中年轻情侣林中媾和,感到他们自己乃巨大“生命浪潮”之“沧海一粟”。[3] 与此同时却明确断定,此类伯格森

---

① 奥维德(公元前43—公元18),古罗马诗人,与维吉尔、贺拉斯齐名。此处应指奥维德的《爱经》。

② 原文是“Whatever brute and blackguard made the world”,语出豪斯曼的《最后的诗》第9首(*Last Poems*, IX)。

③ 《儿子与情人》乃劳伦斯之成名作。路易斯所引,见该书第13章。其中有这么一段哲学文字:“度过了如此良宵之后,他们俩都领会了热情的无限,大家都平静了。他们感到渺小幼稚,不胜惶恐、惊诧,就象当初亚当与夏娃失掉天真,体会到那股魔力的强大时一样,这股魔力把他俩赶出伊甸园,去经历人间的日日夜夜,沧海桑田。这对他们每一个人都是一种启蒙,一种满足。认识他们自身的微不足道,认识到把他们弄得神魂颠倒的那股巨大的生命浪潮,使他们心里得到安宁。既然如此了不起的一股神奇力量,能够压倒他们,把他们与自己融为一体,使得他们(转下页注)

式生命崇拜，以及由此场景得出的实践结论，非常糊涂甚至有害，仿佛是用心灵的另外部分在作断定。然而警官派，在每一表述中寻找作者态度之征兆，把接受或拒斥此态度当作生死攸关之事，不许自己有这种自由。对于他们，没有趣味好尚这回事(a matter of taste)。他们不承认审美体验之类的领域。对于他们，并无文学特有的好(good)。某作品，或某单独片段，除非揭示了美好生活本质所系的那些态度，否则，就不好。因而，倘若你打算接受他们的文学批评，你就必须接受他们(隐含的)对美好生活的理解。也就是说，只有你尊他们为圣人，你才能把他们当作批评家来景仰。可在我们尊他们为圣人之前，我们总该看到他们的整个价值体系得到阐述吧：不是把它当作文学批评的一种器具(instrument)，而是让其自立，让其亮出资格证书——把它自己交付合适裁判，交付道德家、道德神学家、心理学家、社会学家或哲学家。因为我们切莫原地打转，奉他们为圣人

(接上页注)认识到自己在这股拔起每片草叶，每棵树木，每样生物的巨大浪潮中只是沧海一粟，那么何必自寻烦恼呢？他们可以听凭自己由生活摆布，每人都可以在旁人身上找到一种安宁。他们共同获得了某种明证。这种名声什么力量也勾消不了，什么力量也抢夺不走，这几乎成为他们生活的信念。”(陈良廷、刘雯澜译，人民文学出版社，1987，第475—476页)

因他们是好批评家，相信他们是好批评家又因他们是圣人。

【§34. 警官派和其敌人一样危险】同时，关于警官派能带来的好处，我们必须暂缓评判。不过，即便在此期间，总有迹象表明，他们会带来坏处。我们从政治领域得知，公共安全委员会[1]、猎杀女巫者[2]、三K党[3]、奥兰治党[4]、麦卡锡主义者[5]，诸如此类，可变得与他们所要抗击的敌人一样危险。使用断头台，会上瘾。职是之故，在警官派批评之下，几乎每月都有颗人头落地。被认可的作家之名单，逐渐

---

① 公共安全委员会(committee of public safety)，法国一管理机构，建立于法国大革命期间的1793年4月，在罗伯斯庇尔的影响下推行恐怖统治，于1795年解散。(参《牛津英汉双解大词典》)

② 从中世纪末到18世纪初，整个欧洲强烈反对巫术，以《圣经》中的训诫"行邪术的女人，不可容她存活"(《出埃及记》22:18)为根据，到处进行公审和处决。这就是臭名昭著的猎杀女巫。(参《不列颠百科全书》第18卷277页)

③ 三K党(Ku Klux Klans)，美国两个不同的恐怖主义秘密组织，其一成立于南北战争后不久，到19世纪70年代消亡；另一个始于1915年，延续至今。(参《不列颠百科全书》第9卷365页)

④ 奥兰治党(Orange Order)，原名奥兰治社团，绰号奥兰治人。爱尔兰新教政治集团，以英王威廉三世的名字命名。1795年成立，以维护新教和新教的王位继承权为主旨。(参《不列颠百科全书》第12卷412页)

⑤ 麦卡锡主义，指1950—1954年发生在美国政府和其他机构中的一场大张旗鼓迫害共产党嫌疑分子的运动。该运动由参议员约瑟夫·麦卡锡(Joseph McCarthy)发起，虽然大多数被怀疑者根本不是共产党人，但许多人被列入黑名单或失去工作。(参《牛津英汉双解大词典》)

小得出奇。无人高枕无忧。倘若警官派之人生哲学碰巧错了,那么,警官派就不知拆散好读者与好书的多少姻缘。即便其人生哲学是对的,我们仍可存疑:此类戒备、如此铁心拒不受骗、拒不受任何色诱——如此“金睛火眼虎视眈眈”①——与接受好作品所需要的顺服(surrender)是否相容?你不可能武装到牙齿,同时又顺服。

【§35. 警官派批评无异于严刑逼供】迅速拘捕某人、勒令他自我辩解、你的提问扑朔迷离、紧揪不放每处前后不一,或许是揭露伪证或装病的好方式。不幸的是,假如某个腼腆或木讷之人恰有难言之隐相告,你的这一方式,无疑使你永远无由得知。令你免受糟糕作者蒙骗的这一全副武装或满腹狐疑,可能也会令你眼瞎或耳聋,无法闻见好作者之遮遮掩掩的优点,尤其是当这些优点不再时髦之时。

【§36. 文学批评泛滥才是文化之大威胁】因而,我心存疑虑的,非关评价性批评之合法性或乐趣,而是关乎其必要性或益处。尤其是当今,我更怀疑。任何人,只要看过大

---

① 原文是 dragon watch with disenchanted eye,语出英国诗人、散文家兰德(Walter Savage Landor,一译“兰多”,1775—1864)之代表作《假想对话录》(*Imaginary Conversations*,1824—1853)第166页。

学里英语专业荣誉生之作业,就会忧心忡忡地注意到一个日趋明显的趋势,他们看待书籍,全然透过其他书籍观看。论及每部戏剧、每首诗或每篇小说,他们生产出来的都是杰出评论家之观点。一方面是有关乔叟评论或莎士比亚评论的令人叹为观止的知识,一方面是对乔叟或莎士比亚极为欠缺的知识,二者并存不悖。我们越来越难碰到,个体之兴发感动(individual response)。至关重要的结合(读者邂逅文本)[1],看起来从未容许自发出现或自发展开。显然,年轻人因文学批评之灌输、蛊惑,昏头转向,以至于最基本的文学体验不再可能产生。在我看来,这一事态对我们的文化之威胁,远远大于警官派所防范的。

【§37. 不妨暂时戒绝评价性文学批评】暴饮暴食文学批评(surfeit of criticism),很是危险,亟需治疗。暴饮暴食是斋戒之父。我建议,十年或二十年戒绝阅读或写作评价性评论,或许于我们大有裨益。

---

① 川端康成《花未眠》一文云:"美是邂逅所得,亲近所得。"

尾　声[1]

EPILOGUE

【§1—2. 思考阅读本无须探究文学价值问题】

在探究过程中，我反驳了两种论点：文学之价值在于(1)告诉我们生活真相；(2)作为文化之辅助。我也说过，阅读之时，我们必须把接受所读之书，作为目的本身。我不赞

① 【译按】文学价值问题，本在阅读理论之外。虽然，亦不妨略加说明。倘若我们自知有所不知，那么，阅读广义之文学其价值何在就自不待言。至于狭义之文学，其价值何在，可从“艺”与“道”两方面分别来看。作为“艺”，文学作品之价值在于引领我们体验秩序。作为“道”，则在于带领我们走出自我藩篱，摆脱固陋。

同警官派的这一信念，即题材不好，就不能成为好文学。所有这一切都隐含着，对文学特有的“好”(good)或“价值”(value)的设想。有些读者会抱怨，我并未澄清这种“好”是什么。他们会问，我是否正在提出某种享乐主义理论(hedonistic theory)，并进而将文学之好(the literary good)等同于快乐(pleasure)？① 抑或说，我就像克罗齐(Croce)那样，把“审美”确立为某种绝然不同于逻辑及实践的体验模式(mode of experience)？② 为什么我不把牌摊上桌面呢？

---

① 我们生活价值何在？我们该如何生活？享乐主义给出的答案是，最高的善就是“幸福”(happiness)，而且还是唯一的善。正是幸福赋予生活以意义，每个人应最大可能地谋求幸福，避免痛苦。注意，这并非吃喝玩乐之哲学张本，因为暴饮暴食也会导致痛苦，故而它更要求人节制。有时候，哲学家以“快乐”(pleasure)代替“幸福”。较为明晰之介绍，可参见[美]菲尔·沃什博恩：《没有标准答案的哲学问题》，林克译，北京：新华出版社，2010，第三章第1节。

② 朱光潜先生曾以心灵活动之“两度四阶段”概括克罗齐之哲学体系：“他的哲学只研究精神活动。他把精神活动分为认识和实践两类。认识活动和实践活动属于低高‘两度’，但彼此循环相生，认识生实践，实践又生认识。这两度又各分为两阶段：认识活动从直觉始，到概念止；实践活动基于认识活动，从经济活动始，到道德活动止。这四阶段的活动各有其价值与反价值，视其所产生的结果而定：直觉产生个别意象，正反价值为美与丑；概念活动产生普遍概念，正反价值为真与伪；经济活动产生个别利益，正反价值为利与害；道德活动产生普遍利益，正反价值为善与恶。这四种活动各有专门学科负责研究：直觉归美学，概念归逻辑学，经济活动归经济学，道德活动归伦理学。”(《西方美学史》第19章)。亦可见《克罗齐哲学述评》(朱光潜全集)新编增订本第7卷)第2章。

窃以为，在这样一本小书中，我并无任何显见义务去如此做。我从局内人角度(from within)写文学实践和文学体验，因为我自诩是个文人(literary person)，对着其他文人说话。你我是否有特别义务或特别资质去讨论，文学之“好”究竟何在？解释任何活动之价值，并进而将其置于价值阶梯之中，通常并非那种活动本身之任务。数学家无需讨论数学之价值，尽管他可能会去讨论。厨师和美食家或许极为适合讨论厨艺；但让他们去想，食物应烹制得美味可口，是否重要、为何重要及如何重要，就不大合适了。这类问题，属于亚里士多德所谓的“更高尚”(a more architectonic)探究①；的确属于“学问之女王”(the Queen of the Knowledge)②，假如现在对此王位，还有不折不扣的觊觎者

---

① 亚里士多德《形而上学》卷三这样形容形而上学：“同一事物可以全备诸因，例如一幢房屋，其动因为建筑术或建筑师，其极因是房屋所实现的作用，其物因是土与石，其本因是房屋的定义。……四因都可以称为智慧的学术。至于其中最高尚(architectonic)最具权威的(authoritative)，应推终极因与善因之学，终极与本善具有慧性——万物同归于终极而复于本善，其他学术只是它的婢女，必须为之附从而不能与相违忤。”(《形而上学》996b3—11，吴寿彭译，商务印书馆，1959)

② 康德《纯粹理性批判·第一版序文》(蓝公武译)：“玄学固曾有尊为一切学问之女王一时代；且若以所愿望者为即事功，则以玄学所负事业之特殊重要，固足当此荣称而无愧。但今则时代之好尚已变，(转下页注)

(pretendress)的话。我们无需“承担太多”。在好的及坏的阅读体验中,引入关于文学之“好”的本性(nature)或地位(status)的理论,甚至是一种不利。我们或许被诱使伪造体验,以供支持理论。我们的观察越是特属文学,它们就越少沾染某种价值理论,也就对高尚的探究者(architectonic inquirer)更为有用。我们关于文学之好所说的东西,无意于证实或证伪他的理论,当此之时,方才最有助于证实或证伪。

【§3—4. 广义文学之价值,不言自明】

虽如此,鉴于沉默可能会遭恶意曲解,我就把手中为数不多而又平常的几张牌摊上桌面。

我们若取文学之广义,以便包括“知的文学”和“力的文学”[2],那么问“读他人之书有何好处”,就很像问“听他人说

(接上页注)以致贱视玄学;老妇被弃诚如海枯拔(Hecuba)之所自悼者:昔我为人中之最有权力者,因有无数之子婿儿女而占支配者之地位,而今则为流离颠沛之身矣。”邓晓芒译文:“曾经有一个时候,形而上学被称为一切科学的女王,并且,如果把愿望当作实际的话,那么她由于其对象的突出的重要性,倒是值得这一称号。今天,时代的时髦风气导致她明显地遭到完全的鄙视……”

② 关于“知的文学”和“力的文学”,参本书第八章第2段脚注。

话有何好处”。除非你完满自足不假外求,能给自己提供你所需要的一切信息、娱乐、建议、非难及欢笑,否则,答案显而易见。假如确实值得花点时间或听或读,那么,往往也就值得专注地去听去读。实际上,即便并不值得专注之事,我们也必须专注(attention)才能发现。

【§5—6. 狭义文学价值之两面:道与艺】

若取文学之狭义,这问题就复杂了。一部文学艺术作品,可从两点考虑。它既“有它意”(mean)又“是自己”(was);既是“逻各斯”(Logos[1],言说),又是“艺”

---

[1] Logos殊难汉译,恰如“道”字殊难英译。故而汉语学界退而求其次,音译Logos为逻各斯;恰如英语学界,音译“道”字为Tao。最传神之意译,则为二字互译。钱锺书先生解释《老子》第一章之“道可道,非常道”时指出,“道”与Logos,在很大程度上可相互比拟。因为:

> 古希腊文“道”(Logos)兼“理”(ratio)与“言”(oratio)两义,可以相参,近世且有谓相传“人乃具理性之动物”本意为“人乃能言语之动物”。(《管锥编》,三联书店,2008,第639页)

换言之,Logos与“道”都双关“思”与“言”,抓住了“思想”与“言说”的二重性。关于二字之互通,可详参钱锺书《管锥编·老子王弼注·二》,杨适《古希腊哲学探本》(北京:商务印书馆;2003)第四章第3节,张隆溪《道与逻各斯》(南京:江苏教育出版社,2006)第一章第5节“道与逻各斯”。

(Poiema[①],造作)。作为逻各斯,它或讲述故事,或表达感情,或劝诫或恳求或描述或非难或逗笑。作为艺,它藉其声韵之美,亦藉其相连部分之间的均衡、对比及多样统一,它是一个人工制品(*objet d' art*),是给人巨大满足的造作之物。[②] 由此看来,或许仅仅由此看来,古老的诗画平行论是

---

① 陈中梅译注亚里士多德《诗学》(商务印书馆,1996)第1章注2:

Poietike("制作艺术"),等于 poietike teknne,派生自动词 poiein("制作")。因此,诗人是 poietes,即"制作者",一首诗是 poiema,即"制成品"。从词源上来看,古希腊人似不把做诗看作严格意义上的"创作"或"创造",而是把它当作一个制作过程或生产过程。诗人做诗,就像鞋匠做鞋一样,二者都凭靠自己的技艺,生产或制作社会需要的东西。

关于古希腊对诗歌的这一理解,亦可参见塔塔尔凯维奇《西方六大美学观念史》(刘文谭译,上海译文出版社,2006)第三章第1节。藉此,Poiema 前无冠词,均译为"艺";Poiema 前有冠词,均译为"诗作",以凸显诗歌与技艺、制作之关联。

② 关于艺术作品这一二重性,路易斯在《失乐园序》(*Preface to Paradise Lost*, London: Oxford University Press, 1942)中,有更精妙之论述:"每一首诗可从两个路径来考量——把诗看作是诗人不得不说的话(as what the poet has to say),以及看成一个他所制作的事物(as a *thing* which he *makes*)。从一个视点(point of view)来看,它是意见或情感之表达(an expression of opinion and emotions);从另一个视点来看,它是语词之组织(an organization),为了在读者身上产生特定种类的有节有文的经验(patterned experience)。这一双重性(duality),换个说法就是,每一首诗都有双亲——其母亲是经验、思想等等之聚集(mass),它在诗人心里;其父亲则是诗人在公众世界所遇见的先在形式([pre-existing Form]史诗、悲剧、小说或其他)。"(第2—3页)

有益的。①

文学艺术作品的这两个特征之分离,是一种抽象(abstraction)。② 而且,作品愈好,就愈强烈感觉到这是抽象。不幸的是,这一抽象无可避免。

---

① 所谓"古老的诗画平行论"(the old Parallel between painting and poetry),是贺拉斯《诗艺》中的"诗亦犹画"(*ut pictura poesis*)之论:"诗歌就像图画:有的要近看才看出它的美,有的要远看;有的放在暗处看最好,有的应放在明处看,不怕鉴赏家敏锐的挑剔;有的只能看一遍,有的百看不厌。"(《诗艺》第362—365行,杨周翰译,人民文学出版社,1962)

关于"诗画平行论"的是是非非,可参看钱锺书《七缀集》中的《中国诗与中国画》一文,有专门讨论。至于路易斯,并不同意诗画平行论。他在《正经与语文》(Prudery and Philology)一文中说:

没有什么格言比"诗亦犹画"更没道理了。我们时常听说,凡事终究都能进入文学。在某种意义上,这可能对。但这是一个耸听的实话(dangerous truth),除非我们用这一陈述做一补正,即,除了语词没有什么可以进入文学,或者说(假如你喜欢)除非变成语词否则没有什么可以进入文学。语词,和其他任一媒介一样,有其自身特有的力量及局限(their own proper powers and limitations)。(举例来说,即便要去描写最简单的器具,语词也几乎无能为力。谁能用语词解释一把螺丝刀一副剪刀是什么样子?)

见拙译《切今之事》,华东师范大学出版社,2015,第151—152页。

② 朱光潜《克罗齐哲学述评》指出,汉译abstract为"抽象",译concrete为"具体",乃习惯译法,并不准确。因为作为哲学术语,abstract更有"不完整的"、"片段的"之义;concrete则有"完整的"、"普涵的"之义。见《朱光潜全集》新编增订本第7卷,中华书局,2012,第13页。

【§7—10. 文学作为“艺”】

【§7. 享乐论等于啥都没说】作品作为“艺”(Poiema),我们的体验毫无疑问是深切的快乐(a keen pleasure)。人一经享有此快乐,还想再享。他寻求新的同类体验,尽管他之寻求,并无良心之强制,无生活必需之逼迫,亦无兴趣之引诱。假如有人否认说,满足了这些条件的体验并非快乐,那么,我们或可以请他给快乐下一个将其排除在外的定义。关于文学或关于艺术的享乐主义理论,其真正的反对是,“快乐”(pleasure)是一种高度抽象,因而也是一种非常空洞的抽象。它外延过大,内涵过小。假如你告诉我,某事物给人快乐,我并不知道它到底更像复仇、奶油土司、成功、有人爱慕或脱离危险,还是更像挠痒痒。你将不得不说,文学给我们的不仅仅是快乐,而是它所特有的快乐;这时,你不得不完成的真正任务就是,给这一“特有快乐”下个定义。等你完成任务之时,你会发现,你藉“快乐”一词立论,似乎已不再重要。

【§8. 诗艺之乐:亦步亦趋】因而,说诗作形式(the

shape of the Poiema)给我们快乐,固然没错,但却无益。我们必须谨记,“形式”一词用于前后相连之各部分(恰如音乐和文学中各部分)时,只是个隐喻(metaphor)。乐享诗作形式(shape),很是不同于乐享一座房屋或一个花瓶之形式,后一形式实实在在(literal)。诗作之各部分有待我们自己安排;我们遵照诗人之处方,有序有节地享受种种想象、感受及思想。(颇为“刺激”的作品之所以很难引发最好的阅读,原因之一就是,贪婪的好奇心诱使我们囫囵吞下一些段落,比作者预想的更快。)与其说这像端详花瓶,不如说更像在行家指导下“庆典”(doing exercises),或者说更像参与到一个好编导所编的歌舞之中。在我们的快乐里,有好多成分。锻炼我们的种种机能(faculties),本身就是一种快乐。对那看上去值得顺从但却难以顺从之事,成功顺从就是一种快乐。倘若诗歌、典礼(exercises)或舞蹈由大师掌控,那么其动与静、迟与速、段落之难与易,都恰如其分,仿佛我们有此需要;一些需要之得到满足令我等喜出望外,在此满足之前,我们并未意识到这些需要。终了之时,我们累,但不过度,“恰到好处”(on the right note)。如果早一刻、晚一刻或以任何不同方式结束,都会难以忍受。回顾整个践履

(performance),我们会感到,我们被引导着经历了活动的某种文理(pattern)或安排(arrangement),我们本性所渴求的那种文理或安排。①

【§9. 亚里士多德与瑞恰慈】这一体验,除非它对我们有益,否则不会影响我们——不会给我们此类快乐;其有益,不在于它是诗歌、舞蹈或典礼之外某个目的之手段,而是对此时此地之我们有益。那种放松、身心微倦、烦躁尽抛,伟大作品在收场之际声言所能提供的一切,都对我们有益。亚里士多德的"疏泄"(Katharsis)说②及瑞恰慈博士的理论,其道理就在于此。瑞恰慈认为,观看伟大悲剧之后的"心灵平静"(calm of mind),其实意味着"此时此地神经系统一切正常"③。我无法接受这两种理论。不接受亚里士

---

① 《礼记·中庸》曰:"喜怒哀乐之未发谓之中,发而皆中节谓之和。"可资参证。

② 亚里士多德《诗学》(陈中梅译注,商务印书馆,1996)第6章给悲剧下了个定义:"悲剧是对一个严肃、完整、有一定长度的行为的模仿,它的媒介是经过'装饰'的语言,以不同的形式分别被用于剧的不同部分,它的摹仿方式是借助人物的行动,而不是叙述,通过引发怜悯和恐惧使这些情感得到疏泄。"(1449b3—6)

③ 原文为 All's well with the nervous system here and now。见I. E. 瑞恰慈:《文学批评原理》,杨自伍译,百花洲文艺出版社,1997,第224页。

多德的疏泄说，因为世人对此词之义，尚无一致意见。[1]不接受瑞恰慈博士的理论，是因为它极有可能对最低级的最蓄意的自我型白日梦，作出有利判决。悲剧于他而言，是我们能够在“未发”(incipient)层面或想象(imaginal)层面，兼顾在显见行动中可能相互冲突的冲动——面对可怕之事，趋近及退避的冲动。[2] 没错，当我读到匹克威克先生之善举时，我能够(在未发层面)兼顾我想把钱捐出去又想把钱留在口袋的意愿；当我读到《马尔顿之战》时，我(也在未发层面)兼顾了既想勇武又想安全的意愿。于是，未发层面就是这样一个地方，其中你可以既吃掉蛋糕又留着

---

① Katharsis之解释，众说纷纭。汉语译名之多——或译“净化”或译“宣泄”或译“疏泄”——足见并无定解。关于此众说纷纭之处，可详参陈中梅译注《诗学》之附录Katharsis。

② 【原注】*Principles of Literary Criticism* (1934), pp. 110, 111, 245.

【译注】瑞恰慈这样解释亚里士多德的Katharsis：“怜悯，即接近的冲动，恐惧，即退避的冲动，在悲剧中得到一种其他地方无法找到的调和。认识了二者的调和，人人都能认识到其他同等不协和的冲动组合可以调和。它们在一个有条理的单整反应中的交融(union in an ordered single response)就是成为人们认作悲剧标志的净化(Katharsis)，不论亚里士多德原来指的是不是这类含义。这就说明了悲剧所产生的那种陷入紧张情绪时的消释和沉静的感觉，以及平衡和镇定的感觉，因为一旦唤醒，这种冲动除了压制之外没有其他方式能够使之处于平息状态。”见杨自伍译《文学批评原理》(百花洲文艺出版社，1997)第223页。英文夹注，本译者参照英文本增补。

蛋糕，①其中你可以变得非常勇敢但却无生命危险，其中你乐善好施却又不花一分钱。我认为，假如文学给我带来的就是这个，我宁可不再读文学。然而，尽管我拒斥亚里士多德和瑞恰慈博士，但我仍认为其理论是对路的那种(the right *sort*)理论，联合抵抗这样一些人：他们会在“生命观”或“生命哲学”以至“人生评注”中，寻找文学艺术作品之价值。亚里士多德和瑞恰慈博士，都把文学之“善”([goodness] 我们实

---

① 西蒙娜·薇依(Simone Weil)在《重负与神恩》中说：

人的巨大痛苦——从童年起直至死亡——乃看和食是两种不同的行为。永恒的真福是一种“看即食”的状态。

在尘世看到的东西并不是实在的，这是一种背景。所食之物已被毁，已非实在。

罪孽在我们身上造成了这种分离。(顾嘉琛、杜小真译，中国人民大学出版社，2003，第100页)。

她在《在期待之中》一书也说：

美是斯芬克司，是谜，是令人恼怒的神秘。我们想把它当作食物，可是，它只是观赏之物，只在一定距离上才会出现。人生活中的巨大痛苦就在于看和吃是两种不同的行为。只有在天的另一方，在上帝所在的地方，二者才成为同一和唯一的行为。从孩童时代起就是如此，当他们久久注视一块点心时，拿起来吃掉它几乎不忍心，但是又自禁不住，因而感到痛苦。也许，邪恶，堕落和罪恶本质上几乎就是诱惑人们去吃掉美，吃掉只应当看的东西。夏娃第一个这样做了。如果说她偷吃了禁果因而使人类遭难，那么看禁果而不吃它，这相反的行为应当是拯救人类。《奥义书》中说过：“两个长翅的同伴，两只鸟在一根树枝上，一只鸟吃了果子，另一只鸟看着果子。”这两只鸟就是我们灵魂的两部分。(杜小真、顾嘉琛译，三联书店，1994，第102—103页)

际感受到的好处)，置于我们阅读时在我们身上发生了什么之中；而不是置于某种辽远或仅仅可能的结果之中。

【§10. 道与艺一体相连】正因同时也是“诗艺”(a Poiema)，逻各斯(a Logos)终究成为一部文学作品。反过来，诗艺藉以构筑其和谐的那些想象、情感以及思想，却由逻各斯在我们心中激发出来，并且指向逻各斯；离开逻各斯，它们就不会存在。我们目睹暴风雨中的李尔王，我们感受他的愤怒，满怀怜悯与恐惧看他的故事。我们的反应针对的事物，其本身非关文学(non-literary)，非关言辞(non-verbal)。此事之文学性(the literature of the affair)在于文字。文字呈现暴风雨、愤怒及整个故事，因而激起这些反应。其文学性亦在于把这些反应，井然有序地纳入“舞蹈”或“典礼”之节文(the pattern of the ‘dance’ or ‘exercise’)当中。邓恩的《鬼影》,[①]作

---

① 傅浩译《鬼影》(*Apparition*)：“我因你轻蔑而死，呵，女凶手，/ 你以为从此脱离 / 我没完没了的纠缠骚扰之时，/我的鬼魂将来到你床头，/看见你，伪装的处女，在更差的怀抱里；/ 那时你微弱的烛火摇曳将熄，/而他，当时你所委身者，已倦卧，/ 如果被你摇，或者掐醒，会以为 / 你想要更多，/ 就假装熟睡而把你躲避；/ 那时，瑟瑟的可怜虫，受冷落，你 / 将僵卧，浸浴在水银似的冷汗里，/ 比我更像鬼；/ 到时我要说的话，现在不告诉你，/ 以免挽救了你；既然我的爱已耗尽，/ 我宁愿你将在痛苦之中悔恨，/ 也不愿你由于我恫吓而永葆纯真。”(见《约翰·但恩诗选》，傅浩译，外语教学与研究出版社，2014，第130—131页)

为“艺”,具有某种很简单却有力的谋篇(design)——屈辱之升级,并未导向极端屈辱,而是出人意料地导向更为严厉的缄默。这一文章(pattern)之素材,是恶意,我们阅读之时与邓恩共享。文章(pattern)给了它一个了断(finality)和一丝优雅。同理,说得再远一点,但丁依照他所假想的宇宙,组织(orders)并节文(patterns)我们对宇宙的感受及想象。

【§11—18. 文学作为“道”:帮我们走出固陋】

【§11. “道”不同,为何还要读其作品?】与科学阅读或其他信息阅读形成对照,严格的文学阅读(strictly literary reading)之标志就是,我们无须相信或赞同其逻各斯。① 我们绝大多数人,并不相信但丁的宇宙,就是宇宙之真貌。我们绝大多数人,在真实生活中都会评判,邓恩的《鬼影》所表达的情感,愚蠢而又卑下;甚至是更等而下之的评判,无趣。我们无人会同时接受豪斯曼与切斯特顿的人生观,或

① 参本书第八章第20段及脚注。

同时接受菲茨杰拉德所译《鲁拜集》[1]和吉卜林之人生观。这样说来,让从未发生过的故事占据心灵,替代性地进入一种我们本人避之唯恐不及的感受,其好处何在,如何为其辩护? 让我们的内在之眼(inner eye)[2]热切关注从无可能存在之物——关注但丁的人间天堂(earthly paradise),关注忒提斯浮出水面抚慰阿喀琉斯,关注乔叟或斯宾塞的自然女神(Lady Nature),或关注《古舟子咏》里的髑髅船,其好处何在,如何为其辩护?

【§12. 此问不可回避】把文学作品之全部好处(whole goodness),置于其作为"艺"的一面,企图回避这一问题,徒劳无益。因为,正是出于我们对逻各斯的种种兴趣,才有了"诗艺"。

---

① 菲茨杰拉德(Edward FitzGerald,1809—1883),英国诗人、翻译家。他翻译了波斯诗人欧玛尔·海亚姆的《鲁拜集》(*Rubáiyát of Omar Khayyám*)(1859年初版)。《鲁拜集》被菲茨杰拉德译成英语后,大受欢迎。普遍认为菲茨杰拉德的英译本《鲁拜集》,是作者和译者共同创作的结果。值得一提的是,菲茨杰拉德将此书译过五稿,而且初版还没有署名。(参新浪博客"默·菲氏鲁拜集专辑":http://blog.sina.com.cn/u/2930665713)

② inner eye,直译为"内心之眼",参照美学史上著名的"内在感官"(inner sense)说,意译为"内在之眼"。关于内在感官说,见本书第四章第12段之脚注。

【§13. 文学作为“逻各斯”的价值:走出固陋】我理应得出的最为切近的答案就是,我们寻求一种自我扩充(an enlargement of our being)。我们不想囿于自身。我们每个人,天生带着自身特有的视角及拣择,去看整个世界。① 即便我们所构筑的超然的奇幻故事(disinterested fantasies),也受我们自身心理之浸染及囿限。默许感性层面上的这一特殊性(particularity)——换言之,完全信任视角(perspective)——就显得荒诞不经。要不然,我们就应该相信,随着距离越来越远,铁轨还真的相距越来越近了。然而,我们还要在更高层次上,脱离这一视角幻象。我们亲身去看、去想象、去感受的同时,也要以他人之眼去看,以他人之想象去想,以他人之心去感受。我们不满足于是个莱布尼茨单子(monads)②。我们要窗户。作为逻各斯的文学,就是一系

---

① 路易斯在《给孩子们的信》(余冲译,华东师范大学出版社,2009)中说:“一般人都只能以自己的立场看外在世界,也就不能很客观地看待他/她自己。”(第87页)维科在《新科学》(朱光潜译,人民文学出版社,1997)中指出,认识世界时“以己度人”或“自我中心”的习惯,乃人之天性:“由于人类心灵的不确定性,每逢堕在无知的场合,人就把他自己当做权衡一切事物的标准。”(第120则)“人类心灵还另有一个特点:人对辽远的未知的事物,都根据已熟悉的近在手边的事物去进行判断。”(第122则)

② 尼古拉斯·布宁、余纪元编著《西方哲学英汉对照辞典》(转下页注)

列窗户，甚至是一系列门。读过伟大作品之后的感受之一就是，“我出乎其外”（I have got out）。或者换个角度说，“我入乎其内”（I have got in）；我穿透了其他一些单子之外壳，发现其内部样貌。①

【§14. 失丧生命的将要得着生命】因而，好的阅读尽管本质上并非一种情感的、道德的或理智的活动，却与这三者有某些共通之处。在爱中，我们摆脱我们自己，走入他人。② 在道德领域，任何正义或慈爱之举，都牵涉到设身处

（接上页注）（人民出版社，2001）释单子（monads）：

［源自希腊文 *monas*］，单位］莱布尼茨对其实体概念所用的一个成熟的词。……单子是实在的终极要素。他们是简单的，没有部分、广延或形状，它们是不可分割的。它们互不影响。所以，每个单子都“没有窗户”，就像一个属于它自己的世界。它是自足的，是自然界的真正原子。……每一个单子都是整个宇宙的一面镜子。虽然它们的每一个都是自身封闭的，它们之间却有完全和谐的关系，这个关系是由上帝预先确定的。莱布尼茨关于单子的理论被称作“单子论”。莱布尼茨单子学说的许多令人不解的特征可以在他的逻辑和科学的范围内得到理解。

①　王国维《人间词话》第60则：“诗人对宇宙人生，须入乎其内，又须出乎其外。入乎其内，故能写之；出乎其外，故能观之。入乎其内，故有生气；出乎其外，故有高致。”顾随说：“文人是自我中心，由自我中心至自我扩大至自我消灭，这就是美，这就是诗。否则，但写风花雪月美丽字眼，仍不是诗。”（见《顾随诗词讲记》，顾随讲，叶嘉莹笔记，中国人民大学出版社，2010，第5页）

②　爱是不自私，是对利己主义的否定，可谓通见：

恋爱是不自私的，自私的人没有恋爱，有的只是兽性的冲动。何以说恋爱不自私？便因在恋爱时都有为对方牺牲自己的准备。（转下页注）

地，因而超越我们自身的争竞特性（competitive particularity）。[①] 在理解事物时，我们都拒斥我们想当然的事实，而尊重事实本身。我们每个人的首要冲动是，自保及自吹。第二冲动则是走出自身，正其固陋（provincialism），治其孤单（loneliness）。在爱中，在德性中，在知识追求中，在艺术接受中，我们都从事于此。显然，这一过程可以说是一种扩

（接上页注）自私的人无论谁死都行，只要我不死。（《顾随诗词讲记》，顾随讲，叶嘉莹笔记，中国人民大学出版社，2010，第4页）

作为把握人内在本质的，实际使人摆脱虚假自我证实的生动力量这样的真理，就叫作爱。爱作为利己主义的实际否定，乃是个性的有力证明和拯救。（[俄]索洛维约夫：《爱的意义》，董友、杨朗译，北京：三联书店，1996，第44页）

利己者只对自己感兴趣，一切为我所用，他们体会不到"给"的愉快，而只想"得"。周围的一切，凡是能从中取利的，他们才感兴趣。利己者眼里只有自己，总是按照对自己是否有利的标准来判断一切人和一切事物，他们原则上没有爱的能力。……利己和自爱绝不是一回事，实际上是互为矛盾的。（[美]弗罗姆：《爱的艺术》，李健鸣译，北京：商务印书馆，1987，第44页）

至于路易斯的《四种爱》一书，更是对此论之颇详。

① 《论语·八佾篇》："君子无所争。"《魔鬼家书》（况志琼、李安琴译，华东师范大学出版社，2010）第18章，路易斯借大鬼Screwtape之口，说出上帝与撒但的不同哲学："整个地狱哲学的根基建立在一个公理之上，即此物非彼物、是己则非彼。我的好处归我，而你的好处归你。一个自我的所得必为另一自我的所失。……'存在'就意味着'竞争'"（第68—69页）；"祂旨在制造一个矛盾体；万物既多种多样，却又莫名其妙地归于一体。一个自我的好处同样会让另一个自我受益。祂把这种不可能的事情称为'爱'"（第69页）。

充(enlargement),也可以说是一种暂时之“去己”(annihilation of the self)。这是一个古老悖论:“失丧生命的,将要得着生命。”①

【§15. 雅量】因而我们乐于进入他人之信念(比如说卢克莱修或劳伦斯之信念),尽管我们认为它们有错。乐于进入他们的激情,尽管我们认为其情可鄙,如马洛或卡莱尔有时之激情②。也乐于进入他们的想象,尽管其内容全无真实。

【§16. 文学:自我扩充】千万不要以为,我在使力的文学(the literature of power)再次蜕变为知的文学(the literature of knowledge)的一个部门——此部门之存在,旨在

---

① 《马太福音》十章34—39节:“你们不要想,我来是叫地上太平;我来并不是叫地上太平,乃是叫地上动刀兵。因为我来是叫人与父亲生疏,女儿与母亲生疏,媳妇与婆婆生疏。人的仇敌就是自己家里的人。爱父母过于爱我的,不配作我的门徒;爱儿女过于爱我的,不配作我的门徒;不背着他的十字架跟从我的,也不配作我的门徒。得着生命的,将要失丧生命;为我失丧生命的,将要得着生命。”

② 马洛(Christopher Marlowe,1564—1593),英国戏剧作家,诗人,翻译家,与莎士比亚同时。曾与一些怀疑宗教的人结成文学团体,人称“黑夜派”;卡莱尔(Thomas Carlyle,1795—1881),英国小说家,以《论英雄和英雄崇拜》(1841)闻名于世。(参孙建主编《英国文学辞典:作家与作品》,复旦大学出版社,2005,第228、303页)

满足我们对他人心理的理智好奇。因为这根本不是(那一意义上的)知的问题。这是去结识(*connaître*)而不是去知晓(*savoir*);是去体验(*erleben*);我们成为那些其他自我。不只是为了主要看清他们是什么样的人,而是为了见他们之所见,暂时在这一大剧场中坐上他们的座位,用他们的眼镜,免费去看这些眼镜所展露的洞察、喜乐、恐惧、惊奇或欢愉。因而,某诗中所表现的情怀(mood)到底是当时诗人自己之真实情怀,还是他所想象出来的情怀,这无关紧要。紧要的是,他有能力使得我们亲历此情。① 我怀疑,关于《幽灵》(*The Apparition*)中所表达的情怀,邓恩是否只是给了其一个戏剧载体。我更怀疑,蒲柏其人——在写作之外,或

---

① 路易斯在《英语是否前景堪忧》一文中说,学习文学,是"在过去仍然活着的地方与过去相遇",从而摆脱自身之时代与阶级局限,步入更广阔的世界。这是在学习真正的精神现象学:"他在学习真正的精神现象学(*Phaenomenologie des Geistes*):发现人是何其异彩纷呈。单凭'史学'不行,因为它主要在二手权威中研究过去。'治史'多年,最终却不知道,成为一名盎格鲁-撒克逊伯爵、成为一名骑士或一位19世纪的绅士,到底是何滋味,大有人在。在文学中能够发现纸币背后的黄金,且几乎只有在文学中才能发现。在文学中,才摆脱了概论(generalizations)和时髦话(catchwords)的专断统治。文学学生知道(比如)尚武(militarism)一词背后,藏着多么纷繁的现实——郎世乐,布雷德沃丁男爵,马尔瓦尼。"(见拙译《切今之事》,华东师范大学出版社,2015,第38—40页)

者就在那一戏剧时刻之内——是否感受到以“是的，我自豪”①开头的那段所表达的情怀。可这又有何干？

【§17. 满足于自身即自造牢笼】这就是我所能看到的，作为逻各斯的文学所具有的特定价值或好处；它容许我们的体验超出一己之身。它们与我们的切身体验一样，并非全都值得拥有。我们说，有一些体验比其他更“有趣”。有趣之原因，自然极为多样，因人而异。或许是因其典型（这时我们说“多么真实”），或许是因其反常（这时我们说“多么奇怪”）；或因美，或因可怕，或因令人敬畏，或因令人振奋，或因哀婉动人，或因滑稽可笑，或仅仅因为大胆辛辣。文学给我们提供门径（*entrée*），步入它们。我们这些终生都是真正读者的人，很少全面认识到，作者们对我们之存有（our being）的极大拓展。跟一个盲于文学的朋友交谈时，我们才对此体认最深。他或许心地善良，聪明睿智（full of goodness and good sense），却居于狭小世界之中。我们居于其中，会感到窒息。谁仅仅满足于自身，因而小于自身，

---

① 【原注】*Epilogue to the Satires*, dia. II, l. 208.【译注】原文是“Yes, I am proud.”

谁就身处囹圄。自己之双眼对我来说,不够,我还要通过他人之眼去看。甚至全人类之眼,亦嫌不够。我遗憾的是,畜生不会写书。倘若能得知事物对一只老鼠或蜜蜂呈何样貌,我将很是兴奋;倘若我能感知嗅觉世界为一只狗所承载的全部信息和情感,那我将更是兴奋不已了。

【§18. 去己方能成己】文学体验医治个体性(individualality)之创伤(wound),却无损于其特权(privilege)。一些群体情感(mass emotions)也能医治创伤,但它们摧毁其特权。其中,我们相互分离的自我被扔进池塘,沉沦为次个体性(sub-individuality)。而在阅读伟大文学之时,我化身千万人,但仍是我自己。恰如希腊诗歌中的夜空,我以无数之眼观看,但观看之人依然是我。如同在敬拜中、在爱中、在道德行为中、在求知中那样,在此我超越了自身;当此之时,我前所未有地是我自己。①

---

① 现代以来,个人主义与集体主义各自为营,相争不下。路易斯认为,此二者是一对魔鬼。关于这两者之外的第三种可能,路易斯在名为Membership的演讲中,有专门之阐发。文见《荣耀之重》(*Weight of Glory: And Other Adresses*)一书,拙译该书之中译本将于2015年由华东师范大学出版社出版。

附:《俄狄浦斯》札记一则[1]

Appendix: A Note on Oedipus

有人可能以为,曾经有些社会,其中父母与儿女可合法成婚。他们以此为由,否定俄狄浦斯故事之非典型性(atypical)。[2] 这一理论,或许能在那些并不罕见的神话之中,找到若干支持,其中大地女神之年青伴侣也是她的儿子。然而,这一切都与我们所见的俄狄浦斯故事

---

① 本附注乃路易斯为本书第七章第9段而写。原标题后有"(see p. 62)"的字样,指参见英文原著第62页。

② 【原注】See Apollodorus, *Bibliotheca*, ed. J. G. Frazer (Loeb, 1922), vol. II, pp. 373 sq.

很不相干。因为这一故事并非讲述一个人娶母为妻,而是讲述一个人,其处身之社会认为此类婚姻可恶至极,却被残酷命运注定要娶其母,既不知情又无意为之。假如确有容许此类婚姻的社会,那么正是在此类社会中,永无可能讲俄狄浦斯之类故事,因为没的可讲。假如娶母为妻与娶邻家女儿那样正常,那么,相对于娶邻家女儿,它并不更耸人听闻,并不更值得编成故事。我们或许会说,这一故事"源于"对某早前时代的模糊记忆,或某异质文化的模糊传闻,在那些时代或文化中,并不反对父母与儿女通婚。然而,这一记忆必定已经如此之"模糊"——让我们直话直说,如此错讹——以至于此古老习俗(custom)根本不成其为习俗,以至于其任何记得之实例都被错认为是畸形怪胎。此异质文化是如此之异质,以至于对于此事之报道,也必然会遭故事讲述者之同等误解。否则,我们现有的这一故事,就会被摧毁——恰如梯厄斯忒斯的故事会被摧毁,假如它所讲述的社会,其中以亲生儿子的肉款待客人是好客之表现。这一习俗之缺席,甚至其难于理解,才是这一故事之必要条件(*conditio sine qua non*)。

2014年4月6日译毕

2014年7月10日一校

2014年11月5日二校

2015年3月2日三校

2015年4月3日四校

图书在版编目(CIP)数据

文艺评论的实验/(英)C. S. 路易斯著;邓军海译注;普亦欣,王月校.
—上海:华东师范大学出版社,2015.6
ISBN 978-7-5675-3760-6

Ⅰ.①文… Ⅱ.①路…②邓…③普…④王… Ⅲ.①文艺评论—
研究 Ⅳ.①106

中国版本图书馆 CIP 数据核字(2015)第 136525 号

华东师范大学出版社六点分社
企划人 倪为国

路易斯著作系列

文艺评论的实验(重译本)

著　　者　(英)C. S. 路易斯
译 注 者　邓军海
校　　者　普亦欣　王　月
责任编辑　倪为国
封面设计　姚　荣

出版发行　华东师范大学出版社
社　　址　上海市中山北路 3663 号　邮编　200062
网　　址　www. ecnupress. com. cn
电　　话　021－60821666　行政传真　021－62572105
客服电话　021－62865537　门市(邮购)电话　021－62869887
地　　址　上海市中山北路 3663 号华东师范大学校内先锋路口
网　　店　http://hdsdcbs. tmall. com

印 刷 者　上海盛隆印务有限公司
开　　本　787×1092　1/32
插　　页　4
印　　张　9
字　　数　150 千字
版　　次　2015 年 8 月第 1 版
印　　次　2023 年 6 月第 3 次
书　　号　ISBN 978-7-5675-3760-6/I・1406
定　　价　48.00 元

出 版 人　王　焰

(如发现本版图书有印订质量问题,请寄回本社客服中心调换或电话 021－62865537 联系)